下册

莫忘初心，许你朝夕 III

沐笙箫 作品

青岛出版社
QINGDAO PUBLISHING HOUSE

Chapter 7
深情无情都是你

孟瑶不明所以，洛萧捏住她的下巴，冷笑的样子犹如撒旦般骇人："你不是跟我说，你叫童染吗？"

"我……"孟瑶瞪大眼睛，"萧，我不是那个意思……"

"你给我闭嘴！"

洛萧脸色铁青，拽住孟瑶的胳膊就将她朝墙上摔去！

砰！孟瑶整个人撞在墙上，她摇着头："痛……"

"你也知道痛？"洛萧伸手按住她，嘴角的笑容残忍至极，"你居然告诉我你叫童染，这种感觉是不是很爽？"

"不是……我……"

"小染是你能冒充的吗？"洛萧抬起膝盖，用力抵住孟瑶的小腹，孟瑶疼得喊出声来："啊——"

"闭嘴！"洛萧捂住她的嘴，还好外面的人没发现，他松开手，"孩子还在是吗？"

"不……"孟瑶泪流满面，"孩子没了……我一被抬下直升机，就流产了……"

洛萧冷冷一笑："你哭什么？那孩子本来就不能留，难道你还想生下来？”

“萧……”

啪！洛萧又甩了她一巴掌，孟瑶双颊顿时肿高起来。

“你还当我是傻子吗？”洛萧捏住她的下巴，几乎要将她的下颌捏碎，“你还以为我那么好骗？”

“堂，堂主……”孟瑶不得已只得改了称呼，“当时烈焰堂被炸，我把你背了出来，然后我们从山坡上滚下去，我本来以为我们都会死，但是被人救起来了，那个赵叔说你短暂性失忆，所以……”

“所以你就冒充小染？”洛萧阴恻恻地眯起眼睛，“孟瑶，你想死是吧？”

“我……”

洛萧蓦地退开身，声音冰寒刺骨：“既然你这么喜欢冒充她，我告诉你，在这儿，你继续当你的童染，也别对任何人说你看见了童染，你就是童染，明白吗？”

孟瑶面色惨白地点点头：“我明白了……”

洛萧走出洗手间时，还回头说了句：“孟瑶，你的孩子最好是真的掉了，否则我会亲自让他流掉。”

他说完便出了房间，背影决绝且无情，一下都没有回头看她。

孟瑶听见房门被摔上的声音，有温热的液体从眼角滑落，她闭上眼睛，抬起手掌擦拭了下，将身体蜷缩起来。

她只是爱他而已，有错吗？

童染在楼梯口蹲了很久，周管家泡了药端上来，经过她身边的时候顿了下脚步：“童小姐……您还怀着孩子，不能久蹲的。”

童染双腿都麻木了，她扶着墙壁站起来，并不看周管家一眼，转身朝楼上走去。

周管家叹口气，跟在她身后。

走到六楼，就见陈安推门出来，周管家忙上前：“安少爷，药泡好了。”

童染只以为是控制毒性的药，便径自朝房内走去，陈安伸手拦住她：“你做什么？”

童染喉间哽咽了下：“他睡了吗？”

“关你什么事？”陈安挡住房门，句句带着嘲讽，“怎么着，他要是没睡，你是要替洛萧进去捅他两刀吗？”

“我想跟他说几句话。”

“他不想跟你说，”陈安并不让开，冷笑一声，“滚去洛萧床上吧，他说不定正等着你。”

童染不理会他难听的话，站着没动：“那我在这里等他睡醒。”

“滚！”陈安抬手一推，童染踉跄两步，周管家忙扶住她：“安少爷，童小姐还怀着孩子……”

“那畜生的孩子就是该死，”陈安一想到莫南爵就气得不轻，“难道你打算生下来，让他喊莫南爵一声爸？你能不能别恶心他？”

童染依旧没动，背部靠着墙面，小腹确实很酸胀，她抬手抚了下：“我保证不发出声音，就站在这里。”

“你就是用这副楚楚可怜的样子骗男人的吧？”陈安不吃这套，伸手揪住童染的衣领，几乎将她整个人提起来，“我本以为你是真的对他好，他为你付出了多少你难道不知道吗？你知不知道帝爵对他来说有多重要？他没了帝爵就没了一切，你知道他怎么跟我说的吗？他说他还有你，我呸！”

童染双眸浮现泪光，陈安冷冷啐了一口，眼神里尽是讽刺和蔑视：“他要你这种女人有什么用？”

童染被他提得难受，周管家见状生怕孩子会出什么意外，忙上前拉住陈安的手臂，将他向边上拽：“安少爷，您冷静点，童小姐身体本来就不好……”

陈安松手，童染只觉得腹部疼得难受，她咬了下唇，后背靠向墙面。

“你走吧，”陈安挥了下手，“别站在这里。”

童染性子很倔，她还是那句话：“我不会妨碍你，我就站着。”

陈安冷笑一声：“你是知道了什么吧？杀父仇人的事？”

童染喉间哽咽：“我只是觉得我爸爸不该死，难道我这么说也错了吗？我小时候就失去了父母，我真的很怕再失去任何亲情……陈安，我知道你讨厌我，我也不想伤害莫南爵，我爱他，怎么会想伤害他？”

“我可没看出来你不想。”

“从来没有人问过我是不是愿意，这些事情我都被蒙在鼓里，最后才知道……我该怎么办？”童染抬眸，眸中泪光闪烁。

陈安冷着脸：“可这件事情和爵没有关系，你对洛萧能宽容，对他就不行吗？”

“我没有怪他……”童染微垂下头，双手捂住脸，只觉得天崩地裂，“我没办法怪他，可我怎么才能对得起我的父母……他们走的时候我不在身边，现在知道了真相也无能为力……”

陈安盯着她布满泪痕的小脸，一时竟然说不出话来。

周管家站在边上听着十分难受，他放下手里的碗盘，砰的一声就朝着童染跪下去：“童小姐，对不起，当年我……”

“不要对不起了……”童染过去将他扶起来，喉咙里压抑的嘶吼声无法发泄，她整个人都陷入极度的恐慌中，“没什么对不起的，你们都没错，这都是命，我都认了……”

周管家没再说话，童染走到边上的墙角处靠着，脸色惨白，透明如纸。

陈安看得压抑，别开视线，伸手拿起瓷碗：“这都凉了，你再去热一下吧，”他将碗递给周管家，“温点就行。”

“好的，安少爷。”周管家端着碗走下楼，童染向后退了点，双眼酸胀得不行，她想要靠着眯一会儿。

陈安转身走进房间，临推开门前还是顿住了脚步，回过头时，童染已经靠着墙角闭上了眼睛，她显然是累极，重重打击令人措手不及，她已经濒临崩溃。

陈安抿着唇，犹豫了下还是走过去，童染并未察觉，陈安弯腰将她打横抱起来时，她只是皱了下眉，没有醒过来。

豪华的房间里，莫南爵躺在大床上，双眼紧闭，右手吊着瓶点滴。陈安轻脚走过去，将童染放在他身边。

感觉到熟悉的气息，童染脑袋轻蹭了下，侧过身去环住身边男人的腰。

陈安瞥了一眼，将莫南爵的点滴拔掉，而后转身出了房间。

陈安从农庄内取了辆车，直接开回了陈家。

陈家世世代代都是行医世家，在美洲极有声望，陈氏庄园后面便是极大的药园和山川，里头种着的名贵药物多不胜数，许多还是外面的人闻所未闻的。

必经之路是一条葱郁的大道，四周都是茂密的树木，时不时还会有猴子蹿出来，陈安穿了件白衬衫，开车时暖风吹过来，很是惬意。

蓦地，身后传来车辆呼啸的声音，陈安皱起眉头，这儿向来没什么人，他从倒车镜里看了一眼，就见三辆轿车从后面跟来，呈现出包抄的趋势。

轿车并无车牌，挂牌的地方都蒙上了黑布，显然不是一般的过路车。

前方再开二十分钟左右便是陈氏庄园，陈安沉着脸，脚下加大了油门。

后方的轿车也加快了速度，甚至有两辆车直接开进边上的树林里，抄近道出来后，猛然挡在陈安车前。

吱——

尖锐刺耳的声音划过地面，陈安猛踩下刹车，车头差点撞上对方的车。

砰！

子弹的声音擦过空气，一连四发，枪枪精准，将轿车的四个轮胎打爆。

陈安明显感觉到车身沉了下，他眉头紧锁，双手握紧了方向盘。

黑色轿车的门被人推开，几个壮汉走下来，个个身材魁梧，手里都拿着枪，腰间别着条镶金皮鞭。

陈安想要去拿手机，壮汉抬手就朝着挡风玻璃开了一枪。子弹在手边炸开，几个壮汉走过来，还未走近，陈安便推开车门下了车。

这几个人的穿着打扮让他似乎察觉到什么：“你们是莫家的人？”

壮汉并未回答，只是一前一后朝他走来，陈安后退一步，便听见空中传来轰隆的声音。

一架直升机在他身后降落。

陈安转过头，就看见一身唐装的谢阳华从上面走下来。

陈安脸色一沉，这个人他不太熟悉，只依稀记得是莫家的一个管家。

他为什么会出现在这里？

谢阳华面上含笑，冲陈安垂首：“安少爷。”

陈安俊脸阴沉：“你们做什么？”

谢阳华不卑不亢地开口，在这里守了这么久，总算守到他回来：“是这样的安少爷，我们有事情要麻烦您跟我们走一趟。”

“没空，”陈安懒得理他，转身朝轿车走去，才走两步便被边上的壮汉按住了双臂，他冷笑一声看向谢阳华，“这就是你说的麻烦我？”

“安少爷，请您跟我们走一趟。”

陈安冷着脸：“你们最好放开我！”

“带走。”

“你们脑子抽了？莫家不是神通广大，什么事要麻烦我？”陈安弯腰后脚下扫出去，其中一个壮汉便向后栽了下，“给我松手！”

谢阳华皱起眉头，转过身时手里的皮鞭已经扬起，啪的一声抽在了陈安的胸前！

“嘶——”皮鞭抽开血肉，从侧脸蔓延至下腹，陈安疼得整个人朝下跪去。谢阳华走过来握住他的肩头：“安少爷，我奉劝您不要吃不必要的苦头，您是个医学天才，这么好的资源我们很珍惜的。”

他丝毫不掩饰自己的目的，陈安脸上满是鲜血，闻言冷笑一声：“是莫北焱叫你们来抓我的？”

谢阳华想了下，干脆顺着他的话把这笔账推到莫北焱头上：“是的，是大少爷吩咐的。”

“滚！”

“不知安少爷是否知道二少爷的下落？”

“笑话，我怎么会知道？”陈安满脸不屑，“我已经好多年没见过莫南爵了，我想他八成是隐居了，你们不用费精力找了。”

谢阳华知道陈安什么也不会说，命人将他捆了起来：“带走！”

“放开！”

壮汉将陈安的嘴用布条塞上，扛起他后上了直升机，剩下的人将陈安的车推入边上的树林顺着山坡滚下去后，便跟着离去。

农庄内，莫南爵睁开眼睛的时候，只觉得臂弯很沉。

他侧过头，就见童染枕着他的一只手臂，睡得很沉，双手还紧紧环着他的腰。

这女人怎么跑他床上来了？

莫南爵皱起眉头，垂在身侧的右手轻握了下，确定能动后便抬起头，轻托住童染的脑袋想让她枕在枕头上。

他修长的手指才碰到她的发丝，童染便睁开了眼睛。

莫南爵抽回手，撑着床沿坐起身。

童染下意识拽住他的胳膊："几点了？"

莫南爵并不说话，起身走到衣橱边，将睡袍脱去后换上衬衫。

童染盯着他健硕的背部，莫名其妙地觉得他好像瘦了点，她鼻尖酸涩，也掀开被子坐起身来。

莫南爵从洗漱间出来，挽着袖口朝门口走去。

"等等！"童染喊了句。

莫南爵脚步顿了下，并未转身，也没再朝外走，似乎在等她说话。

童染盯着他的背影，只不过一晚上的时间，他们之间似乎就隔了千沟万壑，她觉得胸口始终堵着口气，怎么也消散不去。

嘴唇张张合合好几次，她还是没有说出什么来。

莫南爵也没有回头，气氛沉寂得可怕，他等了几分钟，便开门走出去。

童染看着红木房门被合上，突然喊了句："我饿了！"

并没人回应，她坐在床沿，一颗心空荡荡的。童染没有跟下去，小腹还是不太舒服，她又卷着被子躺回床上。

莫南爵下楼的时候，用人准备好了早餐，大理石圆桌上摆满了中式以及西式的点心，应有尽有。

周管家见他下来，忙拉开餐桌的椅子："少主。"

莫南爵穿了件纯黑色的衬衫，眉宇间始终笼着散不去的冷冽，他瞥了周管家一眼："陈安出去了？"

周管家摇摇头："这个我不太清楚，我一早醒来就没看到安少爷。"

尽管有用人，周管家还是习惯服侍莫南爵，现在莫南爵不能喝咖啡，只能喝些健康的东西。

周管家倒了杯豆浆递过去，发现莫南爵手边的食物一口未动："少主？"

莫南爵擦了下手后站起身："准备一份端上来。"

周管家怔了下，虽然不明白什么意思，但还是应声道："是，少主。"

童染并未睡着，脑袋里一团乱，她只要闭上眼睛，就似能听见洛萧质问周管家的那一句：你为什么要让我父母杀了我叔叔婶婶……

她双肩颤抖，伸手捂住耳朵时还是忍不住哭出声来。

莫南爵推门进来时就见她卷着被子在哭，他眉头紧皱，走到床边时童染也丝毫未察觉，她双手覆在耳朵上，哭得被角都湿了一大块。

他心里确实有气，但他也知道，这个事实她确实很难接受。

莫南爵在床边站了很久，童染始终在哭，呜呜咽咽的声音听得人心烦意乱，他俯下身，双手才要碰到她，便响起了敲门声："少主？"

童染猝然抬起头来，正好对上一张放大的俊颜，她吓得朝床边退去："你……"

莫南爵冷着俊脸，直起身体后将门打开。

直到热气腾腾的早餐摆在眼前，童染才回过神来，她愣愣地坐在床沿，盯着早餐发呆。

莫南爵站在边上，二人谁也没开口，到最后，还是男人先动了手："起来。"

童染很不想动，全身都痛："让我再坐一下……"

"不行！"莫南爵弯腰将她横抱起来，走进洗漱间将她放下，将牙刷和毛巾朝洗漱池边扔过来，"快点，我看着你洗。"

他语气很冷，童染哪里被他这样凶过，以前他再怎么霸道，也从来不是这样的口气。童染觉得莫名委屈，站着没动。

莫南爵斜倚着瓷砖墙，冷着脸瞅着她。

童染喉间哽咽，想要出去，莫南爵一个反手将她推回墙壁上："你就想这样走？"

童染用力挣扎了下："那你想怎么样？"

"你说我想怎么样？"莫南爵冷着脸，双手撑在她的头侧，嗓音低沉而醇厚，"我那样对待韩青青，还炸死了她，你不准备打我几巴掌？"

童染对上他的眼睛，里面溢满的嘲讽她不是看不懂："我知道你没有。"

"我有，她是我害死的，当初一针杀了她的人也是我。"莫南爵嘴角噙着抹笑，冷冷地说道。

童染只觉得胸口难受无比，她摇摇头："我知道你没有，你不会逼青青去当替身新娘，肯定是她自己愿意的。"

“哦？是吗？”莫南爵嘴角冷冷勾起，“你为什么相信我？我很难理解。”

童染垂下眼眸：“我没有不相信你。”她伸出纤细的双臂环住他的脖子，脸颊相贴的时候，莫南爵感觉到温热的液体顺着下巴滑落。

童染将小脸贴在他的颈间，眼泪同他的体温相比已经不能算烫，她一口咬住他的肩，留下一圈浅浅的齿痕：“莫南爵，我从来没有不相信你，也从来没有停止过爱你，一分一秒都没有……”

莫南爵闭上眼睛，双手将她环紧，什么也没再多说。

他没有说，昨晚上楼的时候，他连右腿几乎都要动不了。

他没有说，他有时候真的很羡慕洛萧，羡慕他能拥有她二十一年。

他也没有说，我也爱你，我对你的爱不是没有停止，而是无法停止……

童染尖细的下巴抵在他的肩上，关于杀父之仇，二人谁都没再提及，这是一根刺，扎得比洛萧还要深，一碰就疼，流血化脓，暗无天日。

童染一手抬起来贴在他的后脑上，她微仰起头，声音很轻：“莫南爵，我给你唱首歌吧。”

男人轻点下头：“好。”

童染扯开嘴角，也不知道是笑还是什么，酸涩得很：“这首歌我很喜欢，记得刚刚住进帝豪龙苑的时候，你天天折磨我，动不动就凶我，你不在家的时候我每天都听，听着听着就哭了，那时候眼泪真不值钱呢……”

她粉唇微张，歌声依旧动人。

是张靓颖的《我们说好的》。

我们说好绝不放开相互牵的手
可现实说光有爱还不够
走到分岔的路口
你向左我向右
我们都倔强地不曾回头
……
我们说好一起老去看细水长流
却将会成为别人的某某

又到分岔的路口

你向左我向右

我们都强忍着不曾回头

……

她依旧在唱着，莫南爵轻推开她，目光对上她的，才发现她早已泪流满面。男人低下头，轻柔地吻去她眼角的泪水。

童染伸手覆上他的手掌：“莫南爵，会不会真的有一天，我们都倔强地不肯回头，你向左，我向右，再也不会见面了……”

莫南爵眉头紧蹙，没有开口。

童染低下头，脸颊贴住他的手背：“如果真的有那一天，我会回头，我不会倔强，我就是死也会回头的……”

莫南爵抽回手，将她搂紧：“放心，不会有那么一天的。”

就算有，他也会是先回头的那一个，他不会让她站在分岔的路口，他会给她留一条万无一失的路，她左他也左，她右他也右。

童染闭上眼睛，咧开嘴角：“我还没唱完呢。”

“不许唱了，难听死了”因为怕摔着她，莫南爵不敢抱她，只能搂着她朝外走。

童染抬起头来：“我唱得很难听吗？”

“人丑唱什么都难听。”

“我很丑吗？”

“跟洛萧一样丑。”

“……”

莫南爵将她拉到餐桌边，伸手探了下玻璃杯的温度：“我去叫人加热。”

“不要，”童染忙拉住他，“温的也可以喝，你陪我吃。”

莫南爵推开她的手，还是叫人上来将早餐加热后再端上来。

不得不说，这男人细心起来真是叫人折服。

童染怀孕后渐渐开始有反应，吃东西不能太快，莫南爵掰开一个奶黄包递过去：“小口咬。”

童染点点头，吃饭的时候倒是很乖，一盘早餐吃下去，头也没那么晕了。

莫南爵拿起纸巾替她擦了擦嘴角。

童染喝掉最后一口牛奶后站起身来，周管家进来收拾，莫南爵看一眼时间，已经接近中午："陈安还没回来？"

周管家端起盘子后摇摇头："我方才打了安少爷的手机，但是是关机的状态。"

"去问农庄的人了吗？"

"问过了，车库那边的人说安少爷早上七点多取了辆车，是银灰色的宝马，也没说去哪里，他们不敢多问。"

莫南爵皱起眉头："他走的时候拿了什么东西吗？"

"没有，那边的人说安少爷是空手去的。"周管家依旧摇头。

莫南爵视线从窗户探出去，七点，现在将近十二点，五个小时，陈安去了哪里？

童染站在边上，听对话也知道不太正常："陈安的家也在美国是吗？"

周管家点点头："是的，童小姐。"

莫南爵眯起眼睛，挥手示意周管家先出去："再等等，他如果是回家了，可能会比较晚。"

"是，少主。"

"午餐也送上来。"

如今发生了这样的事，谁也不可能再想着出去玩，莫南爵不会提，童染也不可能开口，周管家退出去后，房间内气氛再次静谧下来。

童染走到床边坐下，将双膝蜷上去。

莫南爵脸色阴沉，走到阳台上，关上玻璃门后才拿出烟盒，随手点了一根烟。童染抬起头，能望见他薄唇间轻吐出的烟雾。

这样的相处让她很害怕，仿佛一颗定时炸弹，随时会爆炸，她明明是拉着引线的人，却控制不了任何事。

最悲哀的事情也不过如此。

童染望向阳台，莫南爵双手撑着窗沿，精致的侧脸被镀上金光，颀长的身影挺拔有型。她从来不否认他是完美的，甚至做梦也没想过自己能有这个福分。

可到了手里，她却握不住。

往事浮现在脑海中，从相遇到相知再到相爱，童染能感觉到他的变化，也能感觉到自己的变化，可……

她闭上眼睛，没有再想下去。

莫南爵抽了几乎半盒烟，再次抬起头的时候，已经下午四点半了。

他按灭手里的烟，指间动作的时候轻微颤抖着。桌上还放着饭菜，童染一口没吃，抱着膝盖蜷在床沿。

他推开门走进去，想要将她的身体放平，童染睡得很浅，动一下便醒了，抓住他的手："你别走！"

莫南爵拍了下她的脑袋："松开，这样睡你也不怕腰酸。"

童染揉了下眼睛："你吃饭了吗？"

"饿了？"

"没有，"童染松开他的手，喉间哽咽了下，"我做了个梦，梦到我们站在分岔路口，你边上站了个女人，我回头了，可是我怎么喊你你都不理我……"

"你确定你看到的是我？"莫南爵拿了毛巾给她擦脸，"是洛萧吧？"

童染推开他的手："陈安还没回来吗？"

"没有，"莫南爵将她拉起来，"下楼去吃点东西。"

二人来到楼下，杰西也还没有回来，周管家站在门口望着："少主。"

莫南爵点了下头："去给她煮碗面。"

周管家应声后进了厨房，童染来到沙发边坐下："你打陈安的电话了吗？"

"关机。"

童染咬住下唇："他会不会有急事？他在这里有朋友吗？"

"再急的事他也会和我说一声。"

也是。

周管家将煮好的面端到餐桌上，童染望了一眼："我不太……"

"你最好别告诉我，什么你吃不下、不太想吃之类的。"

"……"童染只得走过去拿起筷子。

莫南爵上半身窝进沙发里，搭起一条腿，食指有节奏地轻敲着沙发扶手："洛萧是被抓来的吧？"

童染夹起一块牛肉放进嘴里咀嚼，却怎么也咽不下去，闻言点点头："昨晚我在楼梯口听到的……好像是要他写什么配方，上来的两个手下说，让他快点去看他老婆，不然堂主回来要他的命。"

莫南爵眯起眼睛："他老婆？"他扫了童染一眼。

"不是有个女人被关在二楼最里面一间房吗？"童染放下筷子，"好像这些人都以为那个女人叫童染……洛萧就说她是我，我也不知道她是谁。"

莫南爵冷笑一声："他还真是能扯。"

"……"

童染噎了下，周管家替她倒了杯牛奶："童小姐，再不吃就凉了。"

童染望着那碗面，又不敢说吃不下，勉强吃了几口，一阵恶心的感觉涌上来，她丢掉筷子，起身就朝洗手池冲去。

"呕——"童染双手撑着池台，连带着早上吃的东西都吐得干干净净，她半弯着身体，双腿一软差点滑下去。

莫南爵起身快步走过来，接过周管家手里的毛巾替她擦嘴，童染别开脸："别，很脏……"

男人用力扳过她的脸，将她嘴边的污渍擦得干干净净，而后又递过来一杯水："漱口。"

童染乖乖照做，莫南爵扣住她的腰让她靠着自己："很难受吗？"

童染点点头。

"那，"莫南爵皱起眉头，想了半天吐出一句话，"那怎么办？"

童染闻言抬起头来："也会有你不知道该怎么办的事吗？"

"比如你。"

"……"童染别开视线，"我不想吃东西。"

"你想饿死孩子是吗？"莫南爵冷着脸，"不行！"

"我是真的吃不下去，看到就想吐……"

"是因为我坐在这里？"莫南爵捏着她的下巴，俊脸凑过来，"要不然我叫洛萧来坐在你对面，望着他你总吃得下吧？"

"你就不能不提洛萧？"

"是谁先提的？"

“是你！”

“你再说一遍？！”

“就是你！”童染甩开他的手，“有本事你就打我！”

“你以为我不敢？！”

周管家抿着笑站在一边，仿佛又看到他们在帝豪龙苑相处的日子，拌嘴争吵不断，他却从未听出硝烟味，而是感觉很舒适。

童染方才喊了几句，这会儿明显感觉胃里舒服了些，她撇了下嘴：“我想喝橙汁，要酸酸的。”

莫南爵冷着俊脸，童染见他不说话，伸手环住他的脖子：“我现在就想喝，不喝吃不下饭。”

莫南爵神色微松，童染踮起一条腿，男人冷瞥了一眼，还是弯腰将她横抱起来朝沙发走去。

周管家瞅了一眼，少主也就是嘴巴硬得很，其实哪里舍得童小姐受苦？

“你还愣着做什么？”莫南爵转过头怒吼一声，“她要喝橙汁，你聋了？！”

“我，我马上去榨。”周管家一怔，忙转身溜进厨房。

童染拳着双腿坐在沙发上，莫南爵将她的腿拉直，拿过毯子给她盖在小腹上，随后拿起桌上的烟盒，起身就要走出去。

童染一把拽住他的手腕：“你别抽烟了。”

莫南爵动作顿了下，童染用力将他拉回来：“你陪我坐一下。”

“松开。”

莫南爵推开她就要起身，童染不想他又抽烟，伸手捂住小腹：“我，我不舒服。”

男人果然回过头来，其实她那点小心思他怎么可能看不出来，莫南爵视线落在她的脸上，想了下还是将烟盒丢在桌上，坐到她边上，将手放在她的小腹上。

童染握住他的大手，不想骗他：“其实我没不舒服。”

“我知道。”

童染一怔。

莫南爵将她的手拉开，俯下身，将耳朵贴在她尚且平坦的小腹上：“他会踢你吗？”

“不会，”童染将手放在他深棕色的发间轻捋几下，“我上次问陈安，说是要四个月左右才会胎动，越往后面越明显。”

莫南爵抬手环住她的腰，四个月……现在才两个多月，他能等到那时候吗？

他没再说话，只是静静地贴在她的腹间，童染也没再开口，垂下头盯着他的侧脸，男人眼底的希冀很是明显，她却不爱这个孩子。

童染虽然能感受到即将为人母的那份悸动，也无法避免地会心软，可对这个孩子她始终不爱，尤其是真相被揭开后，她更加无法释怀。

她每每都会想，如果这个孩子是莫南爵的该有多好！

周管家端着榨好的橙汁走出来，望着沙发上的一幕，默默地退了回去，把这静谧的时间留给他们。

时间仿佛跟着静止了，童染只觉得无比安心，她伸手环住男人的肩膀，将眼睛闭上。

平稳的呼吸声自头顶传来，莫南爵睁开眼睛，精致的侧脸被印出红痕，他坐起身体，才发现童染已经睡着了。

周管家这才端着果汁走出来。

莫南爵竖起食指抵在唇边，示意周管家别出声，随即他弯腰将她轻抱起，转身上了楼。

他每一步都靠着墙走，每一步都很小心，以确保就算突然没了力气也不至于摔着她，至少现在，他还有力气抱得动自己的女人。

周管家跟上去将房门打开。

莫南爵将童染放在大床上，弯腰在床沿坐了下来，怀孕之后她非但没胖，巴掌大的脸反倒还小了一圈。

男人屈起食指蹭了下她的脸颊，其实他不怪她，也无法去怨她，事实就是事实，再无法接受也是事实，莫南爵怪天怪地最后也只能怪自己。而她不过才二十出头，同龄的女孩在大学里享受生活的时候，她却要经历这些。

莫南爵视线紧锁在她的小脸上，童染睡得并不安稳，秀眉紧蹙着，显然没做什么好梦。

他拉过薄被替她盖上，起身出去的时候，将空调调至睡眠状态。

周管家还端着果汁站在门口，莫南爵瞥了一眼："等她醒了，如果想喝你再重新榨一杯。"

"好的，少主。"

莫南爵走下楼，时钟已经指向了 17:30，陈安还是没有回来。

按照陈安的性格，再怎么样，起码会打个电话来说一声，不可能无缘无故地消失，这是莫南爵会做的事，不是陈安会做的。

周管家也是急得团团转："少主，安少爷会不会是出了什么事？拉斯维加斯还是挺乱的，如果……"

莫南爵剑眉紧皱，他掐灭手里的烟后站起身："我去找他。"

"那童小姐……"

"洛萧既然是被抓来的，暂时不可能被放出来，我最迟凌晨就回来，目前这里还是最安全的，"莫南爵转身上楼，"要是她醒了你就告诉她，我去找陈安了，让她安心在这里等我。"

"可是少主……"周管家忙跟上去，"安全吗？您就一个人……"

莫南爵头也没回："我一定要去找他。"

周管家不好多说，只能闭上了嘴。

莫南爵换了套黑色皮衣下来，修长的双腿上套了双漆金皮靴，手臂两侧都插上了匕首。他从陈安带的药箱里拿了两支兴奋剂，别的什么也没拿，提了辆车便出了农庄。

拉斯维加斯他再熟悉不过，七年了，建筑几乎有了翻天覆地的变化，整座城市都跟着陌生起来。陈家在市区有十几家大大小小的医院，莫南爵绕了一圈，并未发现陈安回去过的痕迹。

他没在市区逗留，直接驱车朝陈氏庄园开去。

天色渐暗，莫南爵开得很慢，视线扫向路两侧的树木，蓦地定格在一棵被撞过的树木上。

照理来说，这里人烟稀少，是不可能发生车祸的。

莫南爵将车停下来，走到树林边，视线顺着山坡探下去，发现这里很明显有大型重物划过的痕迹，否则现场不可能如此惨烈。

他抓着树枝滑下去，果然在山坡的底端发现了一辆车。

莫南爵目光一沉，银灰色的宝马，显然是农庄的车，连车牌都是一个系列的。

他扯了根长藤蔓，继续朝下面滑去，走到车边的时候他才发现，连车钥匙都没拔下来，车子还处于发动状态。

车窗和车门都是紧闭着的，翻下来的时候车里肯定没人。

他单手撑着车门，一拳砸开了车窗，视线扫进去，一眼就看到了陈安放在夹层里的手机。

他眯起眼睛，将手机拿起来后转身回到了公路上。

手机里面并无别的通话记录，此时天已经完全暗下来，四周只剩下鸟叫声，莫南爵斜倚在车门边，打开手机的照明灯，忽然扫到了公路上的一条鞭痕。

莫南爵走过去蹲下身，鞭痕很深，他举起手机，照明灯照射过去，还能看到公路上依稀留着几许斑驳的血迹。

这种鞭痕这种场景，他再熟悉不过，且一辈子都不会忘记。

莫南爵修长的手指在柏油路上抹了下，鞭痕所到的地方，指尖还能触摸到淡淡的金粉。

只有镶了金的皮鞭才会残留下金粉，这类的装饰看起来华丽，实则是因为打起来更痛，颗粒硌在皮肤里，就跟针扎一样。

莫南爵阴沉着脸站起身来，甩了下手，鼻翼间似乎还充斥着那种鞭子的味道。

若真是莫家的人，他们抓陈安做什么？

难道……

他几乎是第一时间就想到了莫北焱。

莫南爵将手机放起来，没再多待，发动车子便朝反方向开去。

拉斯维加斯，东郊莫家。

带着民国味道的别墅占地面积极大，四周都站着侍卫，个个持枪，腰间别着皮鞭。

这儿方圆百里都是一望无际的森林，莫南爵将车停下来后，从森林后面绕进了别墅后方。

这片森林他很熟悉，小时候无数次被丢进去训练，活着爬出来的时候，连有几棵树都数清楚了。

莫家向来守卫森严，莫南爵戴上漆皮口罩，方才开了一阵子的车，双手已有无力的感觉，他从腰间取出兴奋剂，对着自己的双臂注射进去。

十指渐渐恢复力气，他双手握了下拳，已能活动自如，虽然无法维持太久，起码几个小时能撑过去。

他从未想过，有朝一日回莫家，竟然是要偷偷潜进去。

莫南爵掏出皮绳，对着高墙甩上去，扯了下确定牢固，这才抬起长腿抵住墙面，飞快地攀爬上去。

他身形矫健，落地的时候并无声音，猫着腰，口罩遮在鼻梁上，露出一双锐利的眼睛。莫南爵顺着一排树朝前走，来到后花园。若是陈安真的被抓进来，那肯定是关进了地牢里，莫家抓人向来是严刑拷打，对待自家的人也不例外。

若是真的在地牢，外面都是重重铁门，他贸然闯进去救人是不可能的。

除非陈安从地牢里被带出来，只要他能出来，莫南爵就有把握把他救走。

他思索良久，爵眯起眼睛，双手探到手臂上的匕首，抽出来后握在手上，转身往回走。

从后花园出去，就是行医阁，莫家所有的医生都住在里面。

莫南爵走得很快，修长的身形隐在层层树叶后，走过的巡视侍卫也没发现。

阁楼内的医生都已经歇下，莫南爵从后窗翻进去，一间一间地动手，将所有的医生都打昏后捆起来，嘴巴也贴上胶布，分别塞进了各个药缸里。

他动作极快，对方还来不及喊出声，便已经昏过去。

莫南爵从原路退出行医阁，出去时顺便把门反锁了下。

晚间的别墅看起来更加大气磅礴，他飞快地穿梭在各个楼阁之间，冷风划过眉宇，带起一阵冰寒。

阁楼内，苏清甜洗了澡，穿了件淡紫色的长袍睡衣，端坐在梳妆台前，手腕上青紫痕迹未褪，这是前几天训练时，手一抖被打的。

她拉开抽屉，拿出里面看过一遍又一遍的剪纸，嘴角勾起淡淡的笑容，细长的手指抚上剪纸上的那个字，眼里溢满了思念。

蓦地，外面传来轻微的动静，窗外闪过一个人影。

苏清甜一惊，吓得忙将抽屉里的剪刀取出来抓在手里。

窗户上的黑影看起来修长且高大，很明显是个男人。苏清甜不敢喊出声，一颗心几乎提到了嗓子眼。

窗户被一把推开，苏清甜下意识扬起剪刀，浑身哆嗦，显然是怕极，直到察觉到没有动静，才抬起头来，视线正好对上一双清冽的黑眸。

苏清甜一怔，手里的剪刀啪的一声掉在了地上。

男人戴着漆皮口罩，几乎裹住了大半张俊脸，眉宇间笼着不曾变过的清冷神色，深棕色的短发凌厉有型。

苏清甜瞪大了眼睛，完全不敢相信自己看见的，她退后一步，几乎以为自己在做梦，连声音都跟着颤抖："你是……二少爷……"

莫南爵薄唇紧抿，伸手将口罩拉了下来。

苏清甜眼睛一眨不眨地盯着他，男人摘去口罩的那一瞬间，她的眼泪夺眶而出。

整整七年……

魂牵梦萦七年的人，日夜思念七年的人，如今就站在她跟前。

莫南爵神色依旧冷淡，视线扫过她的脸，继而落在她瘀青的手腕上，声音低沉："谁打的？"

苏清甜意识到自己的失礼，忙伸手将眼泪抹掉，低下了头："回二少爷，是训练时我自己不小心……"

"我说过，不用这样跟我说话。"莫南爵说着视线扫过房间，一切摆设都没变。

苏清甜忙倒了杯水放在桌边，而后又转身进洗漱间取了条白毛巾用温水打湿。

她出来时换了件旗袍，走到莫南爵身边，轻柔地握住他垂在身侧的右手，一下一下地用温毛巾给他擦着手。

以前也是这样，这就是莫家的规矩，做妻子的要给丈夫擦手。他们虽然还没成婚，但一切规矩得照着来，大家也都是喊她一声二少奶奶。

莫南爵剑眉皱起，薄唇抿了下，将手抽了回来。

苏清甜以为右手已经擦好了，便走到左边，握住了他的左手。

莫南爵又将左手抽了回来。

苏清甜没有开口，转身走进洗漱间，换了条干净毛巾后转出来，踮起脚要给他擦脸。

莫南爵后退一步，冷睨着她素净的脸庞，也不知道是不是错觉，他竟然觉得她和童染眉宇间有几分相似。

果然现在看什么都像那个女人。

苏清甜对他的举动并不理解，在她眼里，妻子就是要服侍丈夫，她捏紧手里的毛巾："二少爷，是不是我做得不对……"

莫南爵并不回答，转身走到桌边坐下，修长的食指轻叩桌面："坐。"

苏清甜忙走过去坐下，一如既往地温婉顺从。

莫南爵搭起一条腿，似乎在思索着该怎么开口，苏清甜鼓起勇气抬起头，目光带着痴恋锁住他的俊脸："二少爷，你这次回来还走吗？"

莫南爵表情始终冷淡，他端起茶杯，却并未喝一口："我没有回来。"

苏清甜不敢反驳他，只是低下头去："二少爷，对不起。"

莫南爵食指滑过杯沿，沾了些许水渍，他声音很沉："你没什么对不起我的。"

苏清甜见状站起身，拿了纸巾过来，替他将指尖的水渍擦干净。

莫南爵抬起头，正好对上苏清甜的视线，她刹那间红了脸。他身上独特的男性气息萦绕在屋内，她只觉得这七年的等待和守候都是值得的。

苏清甜每天都在盼，盼他什么时候回来，什么时候能再见他一面……

这也是她在莫家能坚持下去的原因。

哪怕他当时狠心没带她走，哪怕他一辈子不会回来，但她起码有个盼头，盼着有这一天。

苏清甜盯着他的手："二少爷，这七年，你过得好吗？"千言万语就汇成了这一句话。

莫南爵双手交握后放在桌面上，苏清甜一眼就看到了他小拇指上的尾戒。

他向来不喜欢在手上戴任何东西，能让他戴上的戒指，肯定不一般。

她不敢问，也知道自己没那个资格问，他是二少爷，他的女人永远不可能只有她一个，苏清甜深知这一点，只有接受。

莫南爵薄唇动了下："凑合。"

苏清甜点头，还想开口说些什么，莫南爵却打断了她的话："我这次来找你，是让你帮我一个忙。"

"二少爷让我做什么，都是应该的。"

莫南爵剑眉蹙了下，很不喜欢苏清甜这种说话方式，可这也是改不了的："你一会儿装病，最好是肚子疼之类肉眼看不出的病，装得严重点，然后喊侍女上来，让她们紧急给你找个医生看看。"

苏清甜不解："可这样的话，医生一来就会知道我是装的……"

"没事，"莫南爵眯起眼睛，"你只要装得像点，医生来了之后的事情交给我处理。"

苏清甜好歹也是莫家的二少奶奶，她若是病了，肯定得第一时间看的，这么大晚上的临时去市区叫医生肯定是来不及的，所以，如果陈安真的被抓来了，这种情况下，莫北焱一定会立即让陈安来替苏清甜看的。

他几乎认定了陈安是莫北焱抓的。

苏清甜秀眉皱了下："可是二少爷，我没装过，我也不知道……"

"没事，你就喊疼，待会儿多穿点，捂点汗出来。"

"是。"苏清甜不敢违背他，站起身，"二少爷，那我去换件厚点的旗袍，你等我一下。"

莫南爵点点头，看着她走去衣帽间。

蓦地，门外响起敲门声。

莫南爵瞬间警觉，一手摸到了腰间的匕首上。他想不通这么晚了会有谁来。

苏清甜才走到衣帽间门口，也惊得转过身来，望向莫南爵，她还未有所动作，门外再次响起声音："是我。"

二人几乎同时听出来，这是莫北焱的声音。

苏清甜一怔。

莫南爵眼神沉了下，紧接着眼里笼上大团阴霾。

他侧过头望了苏清甜一眼。

苏清甜被他看得浑身一震，她知道这意味着什么，可……她能怎么办？

门外，莫北焱又抬手敲了敲门，他知道侍女已经睡下，声音也稍微大了些：“苏清甜，我知道你在里面，开门！”

他才从公司回来，今晚喝了点酒，只觉得闷得难受，不知道怎么的，就走到了这栋阁楼楼下。

他莫名想看看苏清甜那低眉顺目的模样，平常他都是厌恶的，今天八成是因为喝了酒。

“你再不开门我就踹门了！”

苏清甜瞪大眼睛，神色急迫，望向莫南爵，只见男人嘴角勾勒出一抹冷笑。

她想要解释，却不知道该怎么开口。

砰！莫北焱抬脚就开始踹门：“快点！苏清甜！”

苏清甜进退两难，忙小步跑过来，刚想要说些什么，莫南爵已经转身朝衣帽间走去：“去开门。”

苏清甜怔了怔，莫南爵已经推门进了衣帽间。

砰——莫北焱正好将门踹开。

苏清甜一惊，差点将手边的茶杯打翻。

莫北焱穿了身酒红色的西装，颈间的衬衣扣子悉数解开，走路有些摇晃，进来时差点把花瓶踢倒。

苏清甜闻到他身上的酒气，下意识朝后退了几步：“大少爷，你这是……”

“怎么，不欢迎我啊？”

莫北焱走到桌边，这几天事情太多，站得越高压力越大，几乎将他的双肩压垮，他低下头，咳嗽起来。

咳了片刻，他端起莫南爵拿过的那杯茶水，仰头就灌了下去。

苏清甜站在边上，也不好阻止，只得看着他喝下去。

莫南爵还在衣帽间里，苏清甜心里到底是忐忑的，莫北焱才放下杯子，她便开了口：“大少爷，时间不早了，你快回去休息吧。”

莫北焱抬起头来，眉梢轻挑，伸手又扯开一粒衬衫扣子：“你赶我走？”

“不是的……”苏清甜摇摇头，一颗心怦怦直跳。她从不会伪装，所以完全无法应付这种场面。

莫北焱晚上很少来找她，也就之前有过那么一次，她也没让他进来。

她没想到，今天会这么巧。

莫北焱显然并不打算放过她，语气似是调侃：“那是什么？你说来听听。”

苏清甜浑身都冒了冷汗，只得硬着头皮道：“大少爷，我，我毕竟是二少奶奶，大晚上我们孤男寡女待在一起，传出去名声都会受到影响。”

“是吗？”莫北焱闻言嘴角勾起一抹意味深长的笑容，他直起身体，反手就将西装外套脱了下来，“怎么个影响法？我不太懂，还要你教教我，”他说着食指顺着向上，又解开了两粒扣子，“是这样吗？”

衬衫下，古铜色的健硕胸肌若隐若现，苏清甜惊得立马转过身去，抬手遮住眼帘：“大少爷，你，你还是先把衣服穿好。”

莫北焱绕过桌子朝她走过去，苏清甜反应过来时，男人已经绕到了她的背后。

她一惊，闪身想要躲开：“大少爷……”

莫北焱上半身朝前倾，伸手搂住了她的腰。

“啊——”苏清甜吓得大叫一声，然后忙捂住嘴，生怕将侍女引上来。

男人手臂搂得很紧，她身材曼妙，细腰一手正好圈住，莫北焱低下头，凑到她脸上轻嗅了几下：“刚洗了澡吧？这味道，真香。”

苏清甜只觉得一股酒气扑面而来，她惊得浑身颤抖，双手止不住地朝他推拒：“大少爷，你别这样，你放开我……”

莫北焱紧搂着她不放，本就喝了酒，体内的炙热因子被点燃，怎么可能放手，他旋了个身，直接将她抵在墙面上：“用的什么沐浴露？香得颤人。”

苏清甜死死咬住尖叫声，双手紧紧护在胸前：“大少爷，我求求你放开我……”

莫北焱突然弯下腰，一个用力将苏清甜扛上了肩头。

“啊——”身体骤然失重，苏清甜再怎么也忍不住尖叫出声，她伸手捶着男人的肩头，“你放我下来……”

莫北焱扛着她几步走到床边将她放到床上，大床上铺着淡紫色的床单，上面绣着一对比翼双飞的鸳鸯。

苏清甜身体止不住地朝床后面退，莫北焱俊脸绯红，酒气未散，他伸手扯开衬衫，飞出的纽扣弹到了苏清甜的脸上。

她吓得连声音都在打战："不要，大少爷，你清醒点……"

莫北焱哪里听得进去，伸手拽住她的脚踝，一个用力将她拖到了身下。

苏清甜奋力蹬着腿，忍住哭声道："大少爷，我知道你没醉，你快起来吧，这样的游戏你玩得起，我玩不起，被发现了我会被打死的……"

"不会，"莫北焱伸手捂住她的嘴，凑到她耳边，酒红色的碎发张扬不羁，"我不会让人打死你，清甜，你相信我。"

苏清甜用力摇着头，泪水滚出来滴在莫北焱的手背上，"大少爷，你放过我，我是你弟弟的妻子，你不可以这样……"

她说着视线下意识朝衣帽间的门扫去，苏清甜想，莫南爵会出来救她的，对吗？

"弟弟？"莫北焱冷哼一声，眼底的柔和瞬间消失，他伸手掐住她的脖子，"你说得对，就因为你是我弟弟的妻子，所以我今天要定你了！想替莫南爵守身如玉是吧？我告诉你，没门儿！"

话音刚落，莫北焱伸手扯住她的肩头，苏清甜还未反应过来，肩头的旗袍已经被撕开，露出白皙的肌肤。

莫北焱手劲极大，苏清甜疼却不敢叫出声，她死死咬着牙，最后全部变成了闷哼声："嗯……"

这一声分明是痛呼，却依旧娇媚入耳，莫北焱听得骨头酥麻，疯狂的吻止不住地朝她的锁骨处落下。

"不要，不可以……"苏清甜瞪大了眼睛，怎么也挣不开，她望向紧闭的衣帽间门，眼中渐渐溢出绝望之色。

莫南爵在里面绝对能听见，但是他没有出来。

难道，他真的已经不在乎她了吗？

莫北焱吻过她的锁骨，一手已经扯开了旗袍的上半部分。

苏清甜仰起头，双腿乱蹬，却于事无补，莫北焱丝毫没有停手的意思，寸寸向下，伸手扯掉了自己的皮带。

莫南爵只觉修长的双腿如同灌铅般沉重得抬不起来，好看的桃花眼内阴沉一片，外面的声音传入耳膜，如同针刺般扎人。

他却没有出去，他说不清是为什么，没有必要，没有资格，没有理由，没有意义……

无休止的争夺，令他只觉身心俱疲，有些东西压得太久，已经不能用负担和仇恨来形容。

莫北焱一手从苏清甜的腰间朝上游移。

肌肤相贴带来的战栗令苏清甜羞耻至极，她疼得泪流满面，最后扫出去一眼，衣帽间的门依旧紧闭。

苏清甜咬着牙，决心已下，不管莫南爵在不在乎，她就算是死，也要为莫南爵守住自己的清白。

她没再犹豫，猝然抬起腿，膝盖朝莫北焱的腹部用力一顶，男人正动情，猝不及防，闷哼一声，抬起头时，苏清甜已经整个人撑了起来。

莫北焱伸手就要去抓她，苏清甜身体拼了命地朝后面退，很快就退到床的另一头，她几乎是滚下了床，转过身就一头朝着梳妆台撞了上去！

砰——红木台面一阵剧烈晃动，鲜血顺着梳妆台流了下来。

莫北焱瞬间怔住，血红的颜色刺入眼中，像是浇了盆冷水下来，他一个激灵便清醒过来，抬脚跨上床冲过去，蹲下身伸手去搂她："你想死想疯了！"

苏清甜双手抓着梳妆台的桌脚，鲜血滑过眼角，一片妖冶的红："我，我就是死……也不会让你碰我……"

莫北焱皱起眉头，伸手捏住她的下巴："你就真的宁愿死是吗？"

"我是二少爷的女人……"苏清甜点点头，苍白的脸庞与鲜血形成鲜明的对比，"我要为他守身……一辈子……"

"你——"莫北焱差点气死，伸手将她搂了起来，望着她被鲜血染红的发丝，转身从床上拽下被单，将她裹起来后朝外面走去。

苏清甜疼得几乎要昏厥："不要出去……"

她想，二少爷方才要她装病引出医生，那一定是很重要的事情，否则他不会对她开口。

既然她无法做到装病，那，不如就真的病吧。

如果她伤得严重些，是不是能让他尽快脱险？

她见不得他受一点点伤，哪怕莫南爵再怎么对她，也始终是二少爷，她是二少奶奶，这是她从小认定的，不会变。

“闭上你的嘴！”莫北焱也顾不上穿上衣，抱着苏清甜踢开门便冲了出去。

砰！房门顺着力道回弹了下，带起阵阵寒风。

莫南爵抬起头，眸中闪过沉痛之色。外面已无动静，他知道，苏清甜最后那一句不要出去，是说给他听的。

他喉间轻滚了下，抬脚走过去将门拉开。

大床上凌乱不堪，莫北焱和苏清甜的衣服散落在地上，莫南爵眼睛扫过去，只一眼便别开视线。

他的视线顺着染血的梳妆台扫上去，最后定格在台面上梳子压着的东西上。

背面是白色条纹的，并不大，应该是张照片。

莫南爵眯起眼睛，刚准备走过去，楼下便传来侍女的声音：“二少奶奶出事了，都快起来！快去行医阁找医生！”

脚步声咚咚地响起，莫南爵一个闪身进了边上的洗漱间。

莫家地牢内，陈安的四肢被绑在刑架上，身上衣服未换，已经湿透。

谢阳华拿着镶金皮鞭站在他跟前：“安少爷，您只要研制出 Devils Kiss 的解药配方，就可以放您安全离开。”

陈安冷笑一声，笑话，他要是研制得出来，洛萧还能活到现在?

“我没有见过这东西，更不会研制，你别白费……啊！”

谢阳华对着他胸前就是狠狠一鞭：“安少爷，我劝您不要吃不必要的苦头。”

陈安疼得倒吸口凉气，俊脸跟着扭曲，他不像莫南爵，从小受惯了这种鞭子，这突然来一下，是真的忍不住痛。

剧烈的疼痛过后，陈安还是抬起头来，补完上一句话落下的两个字：“力气。”

谢阳华手指摩挲着皮鞭上面的血迹，神色依旧从容不迫：“安少爷，要我是您，就不会这么笨，没什么不会研制的，您在这里待上个一年半载，难道还弄不出解药吗？”

陈安冷冷看他一眼：“估计到时候我有那个天才脑袋研制出来，你这狗东西也没那个命要了吧？”

他语气嘲讽至极，谢阳华闻言脸色一沉，蓦地抬起手，几鞭子就冲着陈安猛抽过去！

一鞭正好抽在绑在刑架上的绳子上，陈安身体歪了下，从刑架上滚下来的时候，正好一鞭对准了脸，他皱起眉头，细小颗粒划过嘴角，只觉得阵阵剧痛袭身。

谢阳华手上动作未停，陈安从小锦衣玉食，谢阳华不信他受得了这个痛，手起鞭落间，几十鞭已经打了下去。

凄厉的声音响彻地牢。

陈安抬手抹了下眉心，已经分不清是哪里流出来的血。他双手撑着地面，修长的手指弯曲起来，疼得连眼睛都已经睁不开。

谢阳华走过来在他身边蹲下：“安少爷，您考虑清楚了吗？”

陈安艰难地睁开双眼，白衬衫已被染成血红，他依旧冷笑道：“不好意思，你的狗命我控制不了，我考虑有什么用？”

谢阳华皱起眉头，没想到他居然还不屈服，他站起身，朝边上的人吩咐道：“去把东西拿来。”

不过几分钟，侍卫便拿着一个盒子走进来。

谢阳华伸手接过，将盒子里面的东西取出来。

陈安瞥了一眼，眼里闪过一丝惊讶之色，谢阳华拿着那支注射针管走近他：“安少爷，您看见了吗？这就是 Devils Kiss，您说，要是您被注射了，是不是就会用尽全力研制解药呢？”

陈安并不害怕，扬了下眉：“你给我注射也没用，我说了我研制不出，你有种就把我爷爷也抓来。”

“陈老爷子我可不敢随便动，”谢阳华不紧不慢，命人将陈安的双手都押住，将注射针管的前端取下来，“嘴上说的可没用，安少爷，我们来试试。”

陈安皱起眉头，却并未再开口。他不会说出洛萧，因为莫南爵和童染都在那儿，而且洛萧要是被莫家人抓了，那解药他们是别想拿到了。

谢阳华将针尖对准了陈安的右手臂，陈安闭上了眼睛。

针尖刚扎进去，谢阳华还没来得及将 Devils Kiss 朝他体内推入，外面便响起一阵急促的脚步声：“不好了！”

陈安睁开眼睛，第一反应就是莫南爵来找他了。

谢阳华动作一顿，将还未注射的针尖拔出来，脸色难看至极：“怎么回事？出去看看！”

脚步声一路到了地牢门口，侍女心急如焚，伸手用力拍门：“谢管家，大事不好了，二少奶奶磕破了头，现在快不行了！”

“什么？”谢阳华站起身来，“不行了你找我有什么用？快去行医阁找医生看！”

“我们去了，可是行医阁的医生一个也找不着了，不知道跑哪里去了，”侍女急得团团转，她们这些人被派去服侍苏清甜，要是她出了事，她们也得跟着死，“谢管家，您快想想办法，二少奶奶流了满脸的血，连呼吸都快没了！”

谢阳华皱起眉头，命人将地牢的层层铁门打开：“二少奶奶现在人在哪里？”

侍女连滚带爬地进来：“在大少爷的房间里，情况很严重，二少奶奶已经陷入昏迷……”

陈安闻言眯起眼睛，莫北焱和苏清甜在一起，难道……

“派人去行医阁找了吗？”

“在外面找了一圈都找不到，谢管家，现在去市区叫医生也来不及了，怎么办？”

苏清甜毕竟是二少奶奶，肯定是不能出事的，谢阳华低头望了陈安一眼：“来人，把他抬到大少爷的房间去。”

“是。”

“记住，大少爷要是问是怎么回事，你们都说不知道。”

“是。”

几个侍卫连忙将陈安抬起来，侍女在前面带路，谢阳华出了地牢，并未跟上。他并不想见莫北焱，而且还要去一趟沈心碧那儿。

莫北焱换了件衬衫，正着急地等着，苏清甜躺在大床上，脑袋上的伤口谁也不敢乱动，她闭着眼睛，意识已经混沌。

边上的侍女手忙脚乱地准备着热水和缝针要用的物品。

陈安被抬进来的时候，莫北焱明显一怔。

侍卫将陈安放下来，他虽然一身是伤，但还是能走几步。

“医生，病人在这儿。”侍女将水端过来，陈安望了一眼，才知道苏清甜确实磕破了头，看起来还挺严重。

他在侍女的搀扶下走到床边，莫北焱跟着走过去：“你怎么在这儿？”

陈安冷笑一声：“你抓了我，又问这种问题，你脑子被门夹了吗？”

“我没抓你。”

“是，狗抓的。”

陈安没再开口，视线扫过苏清甜脖子上的瘀青，也大概明白了什么，莫北焱也难得地没再争执，退开身，让陈安替苏清甜缝伤。

时间一分一秒地流逝，陈安抬起头时，天都已经快要亮了。

他直起身体，将口罩和手套摘掉：“我开点药，你们去抓了煎给她喝，注意别碰水，不发炎就没事。”

陈安走到桌边坐下，侍女为他拿过纸笔，他抬手开始写药方，莫北焱站在他身后：“是谁打了你？”

“一只狗。”

“谢阳华？”莫北焱倒是第一时间猜了出来，“他抓你做什么？”

“研制 Devils Kiss 的解药。”

“那他为什么不抓洛萧？”

陈安眼皮轻跳一下：“洛萧已经死了。”

莫北焱摇摇头：“那可未必。”

陈安懒得同他多说，写好药方后站起身：“去抓药吧。”

莫北焱却先一步将药方接过：“你写了什么？”

“怎么，难道你还怕我下毒？”陈安冷睨他一眼，故意道，“这又不是你的女人，你瞎担心个什么劲？”

莫北焱面色无异，将药方递给侍女：“你去换身衣服吧，乍一看跟从死人堆里爬出来的一样。”

陈安扫了眼床上躺着的苏清甜，擦着莫北焱的肩膀朝衣帽间走去："那也好过一个穿着衬衫的强奸犯。"

莫北焱低头望了一眼自己身上的衬衫，好半天才反应过来，陈安居然说他是强奸犯？！

陈安身上还有鞭伤，侍女拿药的时候他顺便拿了点消炎止痛的药用，随便换了身休闲装。

出来时，莫北焱正和两个侍卫站在门口，陈安缓步走过去，侍卫忙上前押住他的双臂："安少爷，请跟我们回去。"

莫北焱意味深长地瞥了一眼，忽然伸手揽住其中一个侍卫的肩膀："你过来一下，帮我个忙。"

"可是大少爷，我还要押他回地牢……"

"押他一个人不就够了吗？"莫北焱揽着他朝边上带，看一眼另一个侍卫，"他一身是伤，你一个人还搞不定啊？"

"搞得定！"

"那废话什么？走啊！"莫北焱说着望了陈安一眼，"安哥，一路顺风。"

陈安瞥都没瞥他一眼。

那名侍卫押着陈安朝下面走去，此时莫家大宅里并没什么人，才走几步，陈安只觉得边上闪过一道黑影，他立马开口："我要上厕所。"

"不行！"侍卫拒绝，"先回地牢再说。"

"你就对自己这么不自信吗？"陈安抓住他在意的点，指了下边上的草丛，"我这种一身伤的人，只是方便一下，你都看不住我？"

年轻的侍卫皱起眉头，想了下道："好，你去吧，我就站在边上等你。"

陈安点头，转身走进草丛后蹲下身。

侍卫百无聊赖地等着，半天也没见人出来，他抬脚踢了下草堆："你还没好啊？"

一个人走了出来。

侍卫抬起头："我还以为你……"下一瞬他便瞪大了眼睛，眼前的人一身黑色皮衣，哪里还是陈安，"你是……"

他话还没说完，莫南爵抬手就将他解决掉，快速拖进了边上的草丛中。

陈安蹲在草地边上，手撑住地面："痛死我了。"

莫南爵走过去蹲下，视线扫过陈安脖颈处的血痕，侧脸上那一道尤为明显，他脸色一沉：“谢阳华打的？”

纵然上了药，陈安还是疼得直冒冷汗：“他还想给我注射 Devils Kiss，我差点被他打死！”

莫南爵俊脸上笼着阴霾，他拉起陈安的手：“哪里还有伤？”

“没事。”

陈安看他的脸色就知道他状态并不好，皱起眉头道：“爵，你是不是打了兴奋剂？”

莫南爵收回视线：“没有。”

“你别想骗我，”陈安一把抓住他的手，“你居然给自己打兴奋剂？你疯了？！”

“少废话，”莫南爵压低声音，拽起陈安，“疯的是你，这里是莫家，我们得先出去。”

陈安气得不行：“兴奋剂那种东西你还敢乱打，你是想刺激神经加速萎缩？”

“还不是因为你蠢得被人抓来了？”

“……”

莫南爵从腰间掏出皮绳甩上高墙，扯了下确定牢固后递给陈安：“你先上。”

陈安瞥了一眼，可他上身疼得不行，这东西靠的又全是臂力：“我爬不上去……”

莫南爵睨向他，随即转过去蹲下身：“上来。”

陈安瞪大眼睛：“你？”

“少废话，我叫你上来！”莫南爵冷着脸，“你以为我想背你？”

陈安犹豫了下，倒不是不敢上去，他就怕莫南爵撑不住……

砰！远处蓦地传来一声枪响，紧接着是一大批人整齐的脚步声：“给我搜！别让他跑了！”

“糟了，”莫南爵眯起眼睛，一把拽住陈安的胳膊将他朝自己背上按，“快上来，你想死在这里？！”

陈安没再犹豫，莫南爵将他背起来，到底还是有些吃力的，换作以前，他肯定能很轻松。

“他们朝这边来了！”

莫南爵将皮绳在手腕上缠了几道圈，抬起长腿抵住墙面，薄唇扬起一个弧度：“抓紧我，我要是抓不住松手掉下去，你就自己抓住绳子，别我们俩都被抓。”

“你别瞎说！”

莫南爵抬腿朝上爬，背着个人着实很吃力，枪声紧接着朝这边扫过来：“那边有人！”

几颗子弹擦着树叶飞过，在男人手边炸开。

莫南爵动作未停，就在即将攀爬出墙沿的时候，一个侍卫发现了动静：“在那儿！”

一阵子弹又贴着高墙扫射。

陈安低咒一声道：“你们家子弹都不要钱的，”他咬着牙，“爵，你先出去，我等一下再……”

“别找死！”莫南爵腾出一只手将他的胳膊拽紧，“你敢松手我就拧断你的胳膊。”

陈安没再说话，此时多说无益，其实他知道，若是他被抓了，莫南爵也不可能单独离开。

侍卫带着人朝这边冲来。

莫南爵一手向上攀住墙沿，莫家的围墙极高，成排的樟树贴墙而立，男人的手掌已被刺出鲜血。

砰！子弹几乎是擦着陈安的肩头过去的，他低头凑到莫南爵耳边，还是想劝一下他：“爵，你先松手，我们两个出不去的，他们人多，中弹多不划算。”

莫南爵并未说话，依旧朝上攀爬，这需要极大的臂力，他薄唇紧抿，抵在墙面上的右腿陡然软了下，他手上一松，整个人顺势朝下滑去！

皮绳将手心勒出道道血痕。

陈安感觉身体朝下坠，他握住掐着自己胳膊的手：“莫南爵，你快松开！”

“给我闭嘴！”莫南爵死死拽紧皮绳，下滑蓦然止住，他俊脸上已经布满了冷汗，抖了下右腿，依旧没什么力气，他干脆单腿朝上攀爬。

这儿是草丛最靠里的一块，边上大树很多，侍卫过来后也不敢擅自靠近，毕竟不敢确定他们是不是携带着别的武器，侍卫只得将这一小块包围起来：“快点下来！否则我们就开枪了！”

莫南爵腰间是别了颗手榴弹的，但是不到万不得已他不想用，若是引来更多的人，那就会很麻烦，他没有停顿，就要攀爬到顶端的时候，皮绳传来刺啦的声音，显然是拉不住了。

后方响起枪支装卸的声音，莫南爵耳朵向来极其灵敏，似乎连侍卫手指摩擦过枪身的声音都听得一清二楚，他眉头一皱，下一瞬子弹就朝陈安后背上射过来！

“上去！”莫南爵撕下皮衣的下摆咬在齿间，手疾眼快地拽住陈安的胳膊，一个用力将他拽到身前，子弹直直地射入莫南爵的腰侧！

男人闷哼一声，眉宇间溢出痛苦之色，陈安被他护在手臂间，视线移向他腰侧向下滴落的血迹，惊得瞪大了眼睛：“你疯了！”

莫南爵紧咬着皮衣，将皮绳绕着左手手臂缠上几圈，而后右手托住陈安的后腰，一个用力将他朝上推：“踩着我的肩膀上去！”

他一系列动作极快，陈安猝不及防，被托起来时才惊觉他的意图，他回过头去：“你会掉下去！”

皮绳在渐渐松动，

“少废话！”莫南爵修长的五指张开托在陈安的腰间，冷下声音道，“不踩就我们一起掉下去送死。”

陈安眉头紧紧皱起：“你说不丢下我，现在难道要叫我丢下你？莫南爵，我告诉你你想都别想！”

“瞧你那娘儿们样！”莫南爵见状索性抬起腿，抵住陈安的膝盖后将皮绳转缠在他的腰侧，而后双手用力将他从墙顶推下去，“自己握紧，帮我照顾好童染！”

“你——”陈安整个人顺着墙顶朝外面滚去，他双腿快速缠住皮绳，莫南爵那一推几乎用尽了全力，所以他擦着墙沿一路朝下滑，很快到了底。

砰——伴随着人坠落的声音，子弹声响彻天际，莫家高墙外，陈安抬脚就朝高墙上踢，他双眼通红，虽然看不见里面的情形，但知道情况绝对不会好："莫南爵，你给我滚出来！自己的女人自己管！"

包围的侍卫听见了动静："已经有一个人逃出去了！"

几人收了枪冲过来："抓住另一个！"

莫南爵擦着墙沿滚下来时，抓住了树枝，缓冲后摔在地上，右手生疼他也没空管，撑起身体后就穿过草丛朝反方向冲去。

他右腿绵软无力，像是被什么压制住了神经，根本无法跑快。他俊脸沁出冷汗，疼得蹲下身，四处寻找着树枝。

侍卫的脚步声正朝这边接近，莫南爵并未犹豫，找到树枝后折断，将尖端朝着自己的右腿狠狠刺去！

右腿开始恢复力气，莫南爵咬着牙又将树枝拔出来丢开，剧痛使他感官异常清晰，男人抬起头，视线扫过周围，选择着要走的方向。

砰砰砰！子弹时不时地透过树叶射进来，莫南爵没再犹豫，抬脚朝一个方向跑去。片刻后他来到一堵墙前，这墙并不高，他借助冲势脚下用力，几下便翻了过去。

落地后莫南爵才发现，这儿是一个很偏僻的地方，几乎没什么人。

至少他原来在莫家的时候，这儿还未建起来。

男人继续往前跑，跑了半天才发现，后面竟然是一条湖！

莫南爵俊目打量了一番，这里四周极其干净，边上的宅子也是精心装修过的，显然住的人很是讲究。

连侍卫都未第一时间追来，显然这里平常来的人少，所以守卫并不森严。

蓦地，一阵脚步声传来，莫南爵退入草丛后蹲下身，宅子外面两个侍女端着果盘和糕点盒走进来："你小点声，后楼这里不能喊"大少奶奶"这四个字的，上次那侍女喊了立马就被杀了……"

边上的人掩不住惊讶道："真的假的？"

"真的，我骗你做什么？"

"天哪……"

两人边走边小声嘀咕，不一会儿便上了阁楼。

莫南爵在草丛间站起身，葱郁的绿色衬出他阴沉的脸色。后楼？大少奶奶？

什么意思？

“出生的两个男孩里，一个是患有先天性肌肉萎缩的……”

“但是当时我爷爷去莫家检查，只发现二夫人的孩子有这个病……”

陈安说过的话在耳边响起，莫南爵剑眉深拧，按理来说检查不会有错，如果两个孩子都有病，那都会查出来，为什么只查出了林美洁的孩子？

而且，他并不是林美洁的孩子。

那又为什么会是他？

莫南爵闭上眼睛，沈心碧浑身是血躺在床上的那一幕在脑海中挥之不去，这是他一辈子都不能触及的噩梦，他伸手轻抚眉宇，只觉得头痛欲裂。

蓦地，外面又传来一阵脚步声。

莫南爵收回思绪，转身快步走到湖边，一眼探下去，发现水是流动的。

说明这不是条死湖，顺着潜出去，一定能到外面去。

忽然一颗子弹擦着他手边打入湖里！一个率先找到这儿来的侍卫冲上前来：“站住！”

莫南爵眸色一凛，迅速将颈间的口罩拉上来遮住俊脸，然后才直起身体，侍卫手里的枪已经抬起对准他：“把口罩摘下来，双手举起来！”

莫南爵转过身，口罩罩在鼻梁之上，只露出一双锐利的眼眸，侍卫被他看得腿软，觉得这人的眉眼似有点熟悉：“还，还不快点照做？！”

莫南爵冷笑一声，朝前走了一步，右腿伤口处的鲜血滴落在地上。

侍卫咽了下口水，被这强大的气场震慑住，竟然握着枪后退了一步。

莫南爵一手摸向腰间，指尖摸到匕首，抽出来时猝然蹲下身！

侍卫一惊，以为他要跑，忙将枪口向下移，就在这一瞬间，莫南爵飞速地将匕首掷出去，直接刺中侍卫的胸口。

“你……”侍卫腿一软，最后一个字哽在喉咙里，倒下去之前还是用尽全力扣动了扳机。

外面的人听到了枪声：“人在这边！”

莫南爵后退几步，一个纵身朝湖里跳去。

片刻后冲进来的侍卫看着湖面只能傻眼，胡乱朝湖里开了几枪。

冰冷的湖水之下，莫南爵扯下口罩，抬眸看了一眼，双手划开水波，蹬着长腿朝着湖底深处游去。

阁楼内，苏清甜已经醒来，外面嘈杂的枪声隐约传来，她伸手贴了下眼睛，只觉得头痛欲裂。

侍女将煎好的药放在檀木桌上，刚拿起勺子，莫北焱正好从外面进来，他挥了下手："你下去吧。"

"是，大少爷。"

莫北焱在床边坐下，苏清甜一看见他神色便警惕起来，下意识扯了下身上的被子："你……"

"我怎么？"莫北焱双手撑在她的头侧，嘴角邪肆地勾起，"我现在要是想对你动手，你觉得你还挣脱得开？"

苏清甜瞪大眼睛，却牵扯到伤口，麻药过后渐渐开始疼，她咬住下唇："别……"

莫北焱冷笑一声，端起桌边的药，拿起勺子一下又一下地搅动着："我听说，方才侍卫们抓了个人。"

苏清甜瞬间瞪大眼睛："是谁？"

莫北焱捕捉到她眼中闪过的惊慌，再加上陈安的出现，也隐约猜到了什么，神色不紧不慢道："一个你我都认识，并且都很熟悉的人。"

苏清甜浑身一震，伸手拽住他的手腕，动作之大，使得瓷碗里的药汁都洒了出来，些许溅在男人的手背上，她却顾不得是否烫红："是二少爷吗？他现在怎么样了？人在哪里？"

她心思单纯，完全不设防，几句便轻松套出话来。

莫北焱目光沉了沉，嘴角勾出冷笑："看来，昨晚莫南爵是真的来过了？"

苏清甜一怔，这才反应过来自己说了什么。

莫北焱放下碗，视线紧锁着她："我猜，他昨晚就在你的房间里，而我要对你做什么，他没有出来阻止，"他说着俯下身，炙热的气息喷洒在苏清甜的耳畔，"这也是你昨天撞头的一个原因吧？心灰意懒了？"

苏清甜惊得缩起肩，莫北焱单手握住不让她动："看来我没猜错吧？你撞柜子是为什么？按照莫南爵的行事作风，找不到行医阁的医生也是他动了手脚，他来找你，是希望你能引医生来，结果刚好我来了。你本来就厌恶我，干脆一举两得，一头撞上去，一边可以替他救陈安，一边还可以躲过我的魔爪，”他冷笑一声，“对吧？”

苏清甜盯着近在咫尺的俊颜，没想到自己的心思他竟然能全部猜中。莫北焱见她不说话，伸手就去扯她的衣领：“说！”

苏清甜含泪点头：“是，你说得都对……”

砰！莫北焱抬手就将瓷碗摔了出去。

她说，你说得都对。

其中包括他那两句，“你本来就厌恶我”和“躲过我的魔爪”吧？

莫北焱冷笑一声，忽然换了个话题：“你想不想脱离莫家？”

苏清甜一怔，没想到他会这么问：“不想……我也不能，我生是莫家的人，死是莫家的……”

“得了，快打住，”莫北焱伸手捋了下酒红色的碎发，换了个方式，“你想过没，要是以后莫南爵带了女人回来，他还有空理你？如果他没娶你，你就甘愿守一辈子活寡？”

苏清甜不禁想到莫南爵昨晚冷淡的态度，目光暗淡下去。

莫北焱捕捉到她的神色，又开口道：“要不，我帮你去找你的亲人？”

如果可以，莫北焱宁愿把她送走，他强要还宁死不屈的女人，凭什么莫南爵可以轻易拥有？

苏清甜喉间哽咽，摇了摇头：“找不到的……”

“你告诉我，我就能替你找到。”莫北焱仰起的下巴弧度精致嚣张，“前提是你肯告诉我，难道你希望和你的家人就这样一辈子不见面吗？”

苏清甜似乎被说动了，家人一直是她心里的一根刺，也是最大的遗憾，她又怎么会不想找？

关键是能去哪里找……

她闭上眼睛，眼泪滑过眼角，阳光从侧窗照射在她的脸上，莫北焱望着这一幕，只觉得心底某根心弦被拨了下。他从未有过这种感觉，像是电流蹿遍全身，令他心绪混乱不止。

莫北焱神色缓和了下，手伸出去想替苏清甜抹眼泪。

苏清甜突然睁开眼睛，莫北焱的手顿在半空中。

他并未察觉到不自然，修长的食指抹去了她眼角的泪，苏清甜脸色酡红，莫北焱直起身来："说吧，关于你的亲人，知道多少说多少。"

苏清甜哽咽道："其实我什么也不知道，小的时候，妈妈就不怎么让我出去见人，她说我见不得光，叫我好好听话……"

"你爸爸呢？"

"妈妈说，我不能叫他爸爸……"苏清甜垂下眼眸，"我一直一个人住在一个小房子里，妈妈偶尔会带吃的来看我。有一次妈妈来了，我从楼上朝下看，看到妈妈抱着个小女孩，和我差不多大，妈妈脸上的笑容却不一样……"

莫北焱皱起眉头："你妹妹？"

"我也不知道，我问过妈妈，她说我有亲妹妹，也有亲哥哥，"苏清甜双眸中涌现希冀，"她还说，哥哥很温柔，对妹妹很好，所以一定也会对我很好，以后不管我有什么事，都可以去找哥哥……"

"说过你哥哥的名字吗？"

"没有，但是给我看过照片，那还是很小的时候，"苏清甜嘴角不自觉地扬起笑容，"我看见哥哥长得很帅，他穿着件白衬衫，笑起来牙齿很白……这么多年来，我无时无刻不记着那张照片，我一直告诉自己，我有个哥哥。"

"照片在哪里？"

"我没拿到，妈妈不给我，但是我有一张和妈妈的合照，在我房间里。"

"下次拿给我。"

"好。"

莫北焱又问："那，你爸爸去看过你吗？"

"没有，他打过电话，只问了几句就挂了，叫我好好念书，要懂事。"

莫北焱点点头，眼睛眯起来，似乎在思索什么。

苏清甜盯着他英俊的侧脸，这些事她没和任何人说过，哪怕是莫南爵都没有："大少爷……谢谢你。"

莫北焱挑眉："口头谢有什么用？要不以身相许吧？"

"……"苏清甜敛眸，"其实，我真的很希望能有一个哥哥，也许是妈妈的话对我造成了影响，我曾经发过誓，这辈子无论如何都要找到我的哥哥，他既然对妹妹那么好，也一定会对我好……”

“交给我，”莫北焱神色郑重，他答应的事从来不打马虎眼，“我替你去找，保证还你一个完好无损的哥哥。”

“好。”

“我去叫她们再煎一服药。”

莫北焱起身朝外走去，心里打的却是另一番主意。苏清甜望着他的背影，突然开口：“大少爷，你刚才说抓的那个人……”

莫北焱顿住脚步，并没回头，只是抿了抿嘴角，回道：“什么人都没抓到，也亏今天谢阳华那只走狗不在，他要是在，你认为莫南爵还出得去？没被打个半死就不错了。”

苏清甜只觉一阵后怕，没再开口。

“好好躺着吧，”莫北焱临出去时，抬手在门上轻叩两下，“留着条命，等着见你日思夜想的哥哥。”

其实他也想见见，她所谓的哥哥，到底是什么样的？

拉斯维加斯农庄的地牢内，洛萧依旧被四肢大张地绑着。他垂着头，一直滴水未进，身体难受得厉害。

边上的两个手下对视一眼：“堂主怎么还不回来？”

“不知道，”杰西那天离开时，本来说第二天一早就回来，但到现在也没回来，另一个手下掏出根烟点燃：“估计是有什么急事吧。”

“也是，堂主向来行踪不定，”同伴踢他一下，“要不然我们先让他弄好配方吧，不然堂主回来我们又得挨打。”

“好吧。”两人过去命人将洛萧放下来。

双手双脚得到解放，洛萧双手撑住地面，嘴唇发白，声音有些颤抖：“去端杯水来。”

两人气不打一处来：“我们凭什么给你端？！”

“不是要我写配方吗？”洛萧伸手捂住腹部，神色有些痛苦，“不要水了，端杯热牛奶来，否则去阴间要配方吧。”

“你——”

“怎么，要杀我？”洛萧抬起头来，冷笑一声，“动手吧，我死了，下一个就是你。”

“……”两个手下无奈，抬脚踢他一下，转身命人去拿热牛奶。

半杯牛奶喝下去，洛萧这才感觉好多了，他站起身，视线扫了一圈，最后落在桌上的白纸和笔上：“这是？”

两个手下站在他身前：“就在这里写。”

“不可能，没有实验室我写不出，”洛萧摇头，“给我准备一间实验室，”他顿了下，眼中闪过一丝精光，却被极快地掩饰下去，“还有，那种毒蝎子，写着 DK 的，我要五百只。”

“五百只？！”手下看他一眼，“不可能，最多给你十只实验一下，五百只你要来做什么？”

“是你懂还是我懂？”洛萧面色冷淡，抬手将桌上的纸拂到地上，“我说五百只就是五百只，那些毒蝎子我都养在烈焰堂里，用的盒子材质特殊，是炸药炸不开的，里面少说几万只，你们既然有，肯定是都拿到了，五百只还拿不出来吗？”

“可是五百只也太多了……”

“那你来写，”洛萧摊手，“你自己写 Devils Kiss 的配方，这样一只都不用拿出来。”

“这……”手下犹豫，烈焰堂被炸毁之后，他们确实潜进去了，那些装毒蝎子的透明盒也都拿到了，但他们从来不敢接近，“好，就五百只，但是你不能全部放出来。”

洛萧就一句话：“要求那么多，那把我杀了，你自己写。”

“……”手下狠狠瞪他一眼，却也无可奈何。

农庄里正好建有实验室，就在离别墅不远的地方，那些毒蝎子也都放置在里面。

几人只得押着洛萧过去。

外面天色已黑，洛萧进入实验室时侧眸看了一眼，别墅内并未亮灯，黑漆漆一片，他皱起眉头，难道莫南爵和小染都已经离开了？

手下冲他的肩头用力一推：“看什么看，走！”

洛萧收回视线，抬脚跨进去。

实验室内装修豪华，瓷砖镶嵌在墙面上，折射出淡淡的光。洛萧走到实验台前，手指滑过一排整齐的试管，这里应有尽有，要做什么都可以。

手下去边上的储物室内取来三个大盒子，里面密密麻麻一片漆黑，全部是正在爬行的毒蝎子。

一旁的人看着都觉得恶心，忙将脸别开。

手下将盒子放在地上，洛萧走过去蹲下身，他一靠近，毒蝎子便全部涌到盒子边想要接触他。他看了一眼，盒子全是锁住的，看来这些人吓得不轻，还加了好几层锁。

“你还不开始？”手下提醒道。

洛萧站起身，走到实验台前，将橡胶手套戴上，又戴上一次性口罩。

几个手下靠在墙边说话，洛萧始终低着头，手上动作不曾停歇，神色极其认真，从试管里来回倒出液体的时候，连分毫都不差。

几个手下等得不耐烦了：“你好了没啊？！磨磨蹭蹭，都两个多小时了！”

洛萧并不说话，手边摆着五六支大试管，里面都装满了液体。

又过了一个多小时，洛萧才摘下手套。

他并未取下口罩，转过身道：“你们都过来，帮我拿一下。”

几个手下走过来：“终于好了？”

洛萧将三支试管分别递给他们，一人一支：“拿好了。”

几人伸手接过：“你自己不能拿啊？”

洛萧掩在口罩下的嘴角勾起，他转身走到边上，弯腰将手中的试管里的液体洒在盒子上。

“你做什么？！”几个手下惊呼一声，可是已经来不及了，盒子遇到液体便化开一个极大的口子，密闭的空间得到释放，几百只毒蝎子疯了般朝外面涌出来。

“这怎么回事？！”几个手下大惊失色，忙冲过来想要制止他，可才动一下，手里的试管被晃动，瞬间产生了化学反应！

砰！试管爆裂开来，有毒的白色气体瞬间逸满整个实验室，几个手下只觉得双目一刺，喉间有血喷出来，他们来不及开口，便倒了下去。

洛萧屏住呼吸，将手中的试管里的液体顺着地板一路洒到门口，毒蝎子们闻着气味，一路跟着爬了出来。

洛萧走出实验室，门口守着的人吓了一跳，忙伸手去抓他：“你怎么一个人出……啊！”

毒蝎子爬得极快，守卫话还没说完，便被毒蝎子刺中了咽喉，面部瞬间透露出深红色泽，身体一歪便倒了下去。

洛萧只顾朝前走，不停有守卫冲上来，却没人近得了他的身，毒蝎子跟在他周围，将洛萧围在中间，他走，它们也爬，他不动，它们也停下。

农庄内纵然守卫森严，却也没办法，五百多只蝎子密密麻麻几乎爬满农庄，像是占领了高地般，那些闻讯赶来的守卫来不及掏枪，便已被飞速爬来的蝎子蜇死，连惨叫的时间都没有。

一时之间，农庄内几乎遍地都是倒下去的守卫。

洛萧快步来到别墅楼下，大门紧锁着，他抬起头，望见五层的房间里亮着微弱的光。

他眯起眼睛，将试管里的液体倒在门把上，才不过几分钟，门把便被腐蚀，洛萧轻轻一推，便将门推开，抬脚走进去。

周管家正在厨房里准备晚餐，他看了一眼时间，莫南爵还没回来，估摸着童染也差不多该起来吃饭了，他没敢忘记莫南爵的交代，所以临上楼叫童染之前，榨了杯橙汁。

周管家将橙汁放在托盘上，朝楼上走去。

洛萧走进来后进入厨房，四处看了一眼，锅里还冒着热气，显然刚刚有人在这里做饭。

他在刀架上拿了把锋利的切肉尖刀，转身上了楼。

五楼的房间里，童染刚醒过来，她伸手揉了下眼睛，只当是天亮了，下意识地开口：“莫南爵，几点了？”

没有人回答。

童染手伸出去，边上一片冰凉，想来并没人睡过，她一个激灵，瞬间坐起身来：“莫南爵？”

房内只开着一盏小灯，昏暗的灯光让人看不清东西，童染有些害怕，揪着被子，视线朝四周扫去，希望能看见期望中的人：“莫南爵，你在吗？别吓我，我好怕。”

还是没声音。

童染在床沿坐了一会儿，手边也没电话和手机，可肚子饿得厉害，她鼓起勇气，双脚探下床，穿好拖鞋后朝房门口走去。

周管家端着托盘走得比较慢，只觉得身后有轻微的脚步声，似乎是跟着自己的步调走的。

周管家顿住脚步，这里只有侧灯，他竟然有些不敢回头。

身后的脚步声也跟着顿住。

周管家只觉得一阵寒气从背后蹿上来，他挺直了背：“少主，是您回来了吗？”

没有人回答。

周管家端着托盘的手止不住地颤抖，他睁大眼睛：“少……少主？”

身后脚步声渐渐靠近。

周管家屏住呼吸，连话都不敢说了。

他感觉到脚步声在背后停住，伴随着人的呼吸声，周管家心里骤然一松，下意识就以为是莫南爵：“少主，我都一大把年纪了，您还吓我……”

他转过身去。

洛萧扬起手里的尖刀，用力捅进了他的心脏。

周管家瞪大了眼睛，他看不清眼前的人的脸，只能看见一个蓝色的口罩和一双蓄满恨意的眼睛：“你……”

洛萧抬腿狠狠顶在他的膝窝处，握刀的手用力，俯身凑到周管家耳边：“为了我叔叔婶婶，我也一定要杀了你。”

周管家闭上眼睛，托盘从手中滑落，上面装着橙汁的玻璃杯掉落在楼梯上。

砰！玻璃碴四溅。

洛萧松开握刀的手，周管家身体晃了晃，顺着楼梯扶手倒了下去。

眼前骤然一空，洛萧直起身体，一抬头就望见了上方楼梯口站着的人。

童染还穿着睡裙，柔顺的黑发披散在肩上，她瞪大眼睛，难以置信地望着这一幕："你……"

洛萧一怔，没想到她会恰好出现，他忙伸手拉下口罩："小染……"

"啊——"童染望着蔓延的血迹，双手抱住头，尖叫出声，只觉得阵阵恶心泛出胸口，她扶着边上的扶梯，弯腰开始呕吐。

"小染！"洛萧丢开手里的试管，冲上去握住她的肩，"你怎么了？想吐吗？"

"你走开，不要过来……"童染目露惊恐，拼了命地朝后面退，"你走！不要靠近我！"

她脸色煞白，看到那样的场面，只觉得十分可怕，童染捂住嘴，后退时踩到长裙，脚下一绊，险些栽倒。

洛萧忙伸手搂住她的腰，童染止不住地摇头："不要，好恶心……"

她俯下身干呕不止，洛萧手足无措，也不知道该怎么办："要喝水吗？还是……"

砰！二楼最里面一间屋子的房门被人踹开，负责看着孟瑶的女用人走出来："你们干什么在这里大吵大闹……"

洛萧松开童染，几步走过去，抡起边上的花瓶就朝她头上砸去，女用人眼前一墨，软着身体倒了下去。

童染伸手扶住墙，身体控制不住地朝下滑，她捶着胸口，只觉得胃里翻江倒海般难受。

洛萧扔开花瓶朝她走过来。

童染抬起头，他的脸在灯光下依旧柔和温润，在她眼里却化成一张网，缠得她无法透气，她蹬着腿朝后退："你别过来……莫南爵，莫南爵！"

她不断喊着，站起身就要朝楼上跑，洛萧冲过来拽住她的胳膊："小染！你这么跑不怕摔倒吗？"

"你放开！"

童染用力甩开他的手，洛萧干脆圈住她的腰将她从楼梯上抱下来，童染惊得大叫："啊——莫南爵！"

"小染！"洛萧到底不敢用力，将她横抱起来就要朝楼下走去，"我带你离开这里。”

“你滚！”童染瞪大眼睛，伸手就朝他脸上抓去，洛萧下意识地别过头，右边侧脸上瞬间被抓出一道血痕，“放我下来！”

童染手上动作没停，手肘用力撞击他的胸口，洛萧疼得手劲松了下，童染从他臂弯间滚了下来，她及时扶住墙壁，站起身时，双手护在身前：“你别过来！”

洛萧捂住胸口，她用了极大的力道，他止不住咳嗽：“小染，现在这里不安全。”

童染背部紧贴着墙面，视线左右扫了扫，秀眉紧紧皱起：“莫南爵在哪里？”

“他不在，你没看见都没人影了吗？”洛萧上前一步，紧盯着她的小脸不放，“他跟着陈安离开了，都没跟你说一声，而且没把你带走，难道这不是最好的证明吗？”

童染闻言抬起头来：“你看见他和陈安一起走了吗？”

“对，”洛萧点点头，“我被押出来的时候看见了，小染，莫南爵肯定是知道了莫家人对叔叔做过的事，觉得你们不适合，所以……”

“所以什么？”

“所以你应该跟我走，我们找个地方，你好好养胎，把孩子……”

“你平时说谎打草稿吗？”童染打断他的话，只觉得好笑，洛萧并不知道陈安早上就失踪了，她别开脸，“你走吧，我要上楼睡一会儿。”

洛萧皱起眉头，还想再开口，却听见走廊另一端传来声音：“堂主？”

童染转过头，一眼就看见了穿着白色棉布衣的孟瑶。

她怔了下：“你怎么……”原来，那天晚上那些手下嘴里所说的“童染”，就是孟瑶？

孟瑶也是听见声音才敢走出来，不过几天而已，她双颊已经瘦了下去，看起来气色极差，她望向童染：“夫人。”

童染皱起眉头：“你们都是被抓来的？”

“是的，我们从南……”

“够了，”洛萧打断她的话，朝童染走过去，“我们快离开这里。”

童染并不理会他，只是看着孟瑶："你为什么要冒充我？"

孟瑶闻言神色一黯，视线扫过童染的脸，她确实长得很好看，大眼睛尖下巴，但孟瑶不明白，为什么她明明跟着另一个男人，却还能这样死死拴住洛萧的心。

为什么冒充她？

孟瑶张了张嘴巴，却开不了这个口。

难道要她说，她是为了能留在洛萧身边，为了能让他同她说话、能靠近她，所以才冒充的吗？

孟瑶低下头去。

童染望着她苍白的侧脸，还记得她第一次在南非见到孟瑶的时候，她是那么活泼开朗的一个人，这才多久，就……

孟瑶的视线移到童染的腹部，她想到自己失去的孩子，不禁触景生情，开口问道："夫人，你肚子里的孩子多大……"

"滚开！"洛萧闻言眉头一皱，挡在童染身前，伸手用力将孟瑶推开，"你要是敢动小染一根头发丝，我绝对不会放过你！"

孟瑶被推得朝后踉跄，脚下绊到架子，上面的花瓶砸下来，孟瑶跌坐在地上，伸手挡了下，手臂被砸出瘀青，她伸手抹向脸，发现眼泪竟然就这样流了出来。

童染蹙了下眉，想过去扶她："孟瑶，你……"

"别和她说话。"洛萧挡住童染的路，走上前，在孟瑶跟前站定。孟瑶抬起头，对上他吃人的眼神，以及冰冷的嗓音，"我警告过你无数次，不要打小染的主意，你今天能在我面前冒充她，明天就能害她性命，我不能留你。"

男人瘦削的身体被灯光打出一片阴影，孟瑶望着他的俊脸，分明是片荆棘，她却依然愿意去踩："堂主，她是你爱的人，我怎么可能害她……"

洛萧弯腰拽住她的衣领，抡起她就朝边上的墙上摔："那你凭什么冒充她？！"

"你别这样！"童染几步走过来，推开洛萧的手，"你要做什么？！"

"我要杀了她，"洛萧拧着眉，望着孟瑶时神色冷淡至极，"小染，这件事你别管。”

孟瑶咬着唇，眼泪止不住地溢出眼眶，童染扶住她，抬眸望向洛萧：“够了……洛萧，你到底要杀多少人才甘心？”

“小染，我这是为你好。”

“别说为我好，你的好我承受不起，”童染盯着他的脸，“收手好吗？不要烈焰堂，也不要什么 Devils Kiss，你把解药交出来，找个没人认识你的地方，开始新的生活不好吗？”

洛萧目光闪动：“你陪我吗？”

童染别开脸：“你有爱你的人陪你，难道还不好吗？”

“我只要你。”

“我不爱你。”

“我不在乎。”

“可是我在乎！”童染抬起头，“我不会和我不爱的人在一起。”

“我也一样，”洛萧始终固执，“小染，你要把我推给我不爱的人，你不觉得很残忍吗？”

“……”

孟瑶眼底一刺，原来，不爱不在乎，真的就轻视至此。

这辈子已经无法抽身，下辈子，她绝对不要再这样奋不顾身地去爱一个不爱自己的男人，这样真的一点都不值得。

童染松开孟瑶的手，只觉得身心俱疲，她转身朝楼梯口走去：“既然这样，你们自己的事自己处理吧，我管不着。”

洛萧一把将她拽回来：“小染，我一定要带你走，不管你答不答应。”

孟瑶见状忙开口，哪怕不能爱，她至少不希望连看着他的机会都没有：“堂主，你也带我一起走吧……夫人是个孕妇，你要是带上她的话，我跟着也好照顾她，毕竟女人方便些，很多事你也不懂。”

洛萧看她一眼，孟瑶赶忙保证：“我绝对不会伤害她！”

童染听着二人的话，冷笑一声：“你们真是好笑，我说过我要走了吗？放开我！”

“小染！”

砰——二楼边上的窗户突然传来巨响，三人皆是一惊，洛萧将童染护在身后，就见一架直升机横着扫进来，将巨大的玻璃窗整块撞碎。

直升机并未降下，机翼还在不停转着，机舱门被几名手下推开，升降梯放了下来。

毒蝎子并未爬进别墅，一直在别墅周围徘徊，杰西从升降梯上走下来，双手还戴着皮手套："洛堂主，你是要逃跑？"

洛萧皱起眉头："你……"

"还好我这别墅周围撒了药粉，要不然那些毒蝎子上来不得蜇死你这两个女人吗？"杰西视线扫向他背后，"护得那么紧，我猜猜看，这个是不是才是你老婆，童染？"

Chapter 8
进一步是深渊，退一步是悬崖

“她不是童染，”洛萧将童染从背后拉出来，随便一推，“我不认识她，只是看她漂亮而已。”

“别装了，这种事一查就知道。我只不过去机场接了两个人，转眼间的工夫，你居然就把我的农庄搞成这样，有本事。”杰西冷笑一声，“我那些手下也是该死，这么蠢，不死在你手上，迟早也要死在别人手上。”

洛萧双拳紧握：“你想怎么样？”

“这话说的，Devils Kiss 的解药配方我又没拿到，当然是继续找你，”杰西扬了下手，“把他们都给我抓起来！”

几个手下从直升机上下来，童染惊得朝后面退去，洛萧想要护住她，可是对方身强体壮，没两下就将他押住，手下对着洛萧的膝窝用力一踹：“给我老实点！”

另外一人冲过去抓住童染的肩膀，洛萧被踢得整个人朝下跪去，却还是抬起头来：“别动她！”

“这么痴情啊？”杰西笑着走过来，弯腰捏住洛萧的下巴，“看来我弄错人了，”他看向童染，“这个倒是更漂亮，不过我可不敢要你。”

童染皱起眉头，杰西直起身体走到她身边，不住地打量着她：“要我说这年头漂亮女人就是有手段，那天跟你一起的男人叫莫南爵对吧？成啊，这都被你勾上了，既然都到拉斯维加斯了就回莫家去啊，还住在我这儿？”

童染并未看他：“关你什么事？”

“当然关我的事，好歹当初你们救过我，我学不会知恩图报，至少不会伤害你，这你放心，不过……”杰西挑了下眉梢，话锋一转，“我也没想到你这么倒霉，偏巧你就是他老婆，他几乎杀了我全家，你说这个仇我报不报？”

童染止不住地惊讶，转过头看了洛萧一眼。

他到底杀了多少人……

洛萧仰起脸：“杰西，你有种就冲我来……”

“我没说我有种，”杰西从不说自己是什么君子，“反正你爱的女人就在这里，”他拍了下童染的脸，“配方你要是不写，我就弄死她，要是因为这个得罪了莫家的人，到时候你我都别想活。”

洛萧还未开口，杰西便下了令：“把他们都给我带走！”

“放开我！”童染怎么也挣脱不开，她也不敢用太大力气，洛萧被胶布贴住了嘴，几个手下押着他们就朝直升机走去。

二人都被升降梯拉上了直升机。

杰西看向孟瑶，嘴角挑起轻佻的笑：“这个也一起带走，实在没用的话就给你们解解馋！”

几个手下哄笑成一团：“谢谢堂主！”

“不……”孟瑶脸色煞白，抬头望向被拉上直升机的洛萧，眼底的神色很是复杂。

手下过来将她也押上了直升机。

杰西最后一个踏上直升机，手下拿着地形图走过来：“堂主，现在整个农庄内都是毒蝎子……我们的人完全无法下去。”

杰西看了看，倒也不是太在乎，毕竟这儿并不是他的主要基地：“弃了吧，留着也是给人抓把柄。”

“是。”

手下转身要去打电话，杰西一把拉住他：“哎，那么麻烦做什么？”他指了指后面，“去提来。”

手下将一桶汽油提过来，直升机绕着圈，一大桶汽油沿着农庄洒了个遍，杰西从口袋里掏出打火机点燃，而后朝下方用力一扔！

砰！打火机瞬间炸开，像是引线般将汽油点燃。

不过几分钟，农庄内便燃起熊熊大火，这里本就很多树木，烧起来更是容易，火势越来越大，浓烟阵阵升起，天空一片昏暗。

杰西啪的一声将舱门关上："我们走！"

洛萧和孟瑶双手被反绑在身后，童染并未被绑，而是被安排坐在边上的软椅上，她双手放在腿上，拳头攥得很紧。

杰西起身倒了杯加了冰的威士忌递给她："尝尝？"

童染看了一眼，并未开口。

"哦，我忘了，你怀孕了对吧？"杰西笑着看向洛萧，"我很好奇，你老婆怀着的孩子，是你的呢，还是莫南爵的？"

洛萧脸色铁青，转过头与童染对视一眼，二人都知道，此时若说孩子是洛萧的，肯定对现在的情况很不利，这不是给杰西增加威胁的筹码吗？

童染先一步开口："是莫南爵的。"

洛萧并未说话。

"哎呀，那就有好戏看了，"杰西抬脚踢一下洛萧，"你可真没种，老婆都被人搞大了肚子，你居然还护着她？"

洛萧看了童染一眼："跟你无关。"

"我是没空管你的家事，反正我要的是配方，"杰西摊手，"大概还有三小时落地，好好想想吧。"

洛萧的视线始终停留在童染身上，他并不觉得这样有什么不好，杰西不可能轻易杀他，因为他还有利用价值。

而现在童染也被一起带来，起码他能看着她，再怎么样也好过她和莫南爵待在一起。

童染感觉到他的目光，低下头去，将小脸埋入手掌中。

她思绪杂乱，外面夜黑得就像墨一样，她记得睡着的时候差不多下午五点多，莫南爵肯定是在她睡着后才离开的，也就是说他才走了不过几个小时而已。

莫南爵肯定是去找陈安了，他不会无缘无故丢下她离开的。她突然无比后悔，当初来拉斯维加斯是她的提议，早知道随便去个地方，哪里都好，那样的话就不会遇到洛萧，也不会有这么多麻烦的事……

她闭上眼睛，这一去也不知道是哪里，如果莫南爵回来看到一片火海，该怎么办……

莫南爵潜入湖中后便一直朝稍亮的地方游去，这湖显然是后来才打通的，他在莫家的时候并未见过。

此时天已大亮，陈安也没在莫家宅子边多徘徊，到底是不安全的，他转了一圈，发现宅子最后方有水流的痕迹。

陈安想过，要是莫南爵能出来，只有这一种方法了。

这附近并没有什么显眼的建筑，都是一望无际的森林，他沿着水流一直走，也不知道走了多久，尽头是一片清澈的湖水。

陈安简单清洗了下，找了个安全的地方靠树坐着等，才不过半小时，湖面就有了动静，他站起身，就望见一个人影跃上了岸。

他只觉骤然松了口气，莫南爵抬起头也望见了他，陈安大步走过来：“你吓死我了！”

“滚。”莫南爵浑身湿透，皮衣紧贴在身上，勾勒出健硕的胸肌，他动了下右腿，感觉疼得不行。

陈安望向他的腿，目光一沉：“你扎自己了？”

莫南爵伸手抹了下脸上的水：“不扎难道你替我跑？”

陈安蹲下身，将自己的衬衫下摆撕下来替他简单包扎了下，腰间的子弹并不深，也只是擦出了血痕：“爵，你自己的身体你也看见了，我们还是回去就……”

“别劝我住院，”莫南爵扶着他的肩膀站起身，兴奋剂的效果退去后，双臂更加无力，肌肉时不时跳动一下，他只当没看见，“走吧，这儿不安全。”

陈安叹口气，莫南爵向来脾气倔，他变着法子也劝不动。

这里毕竟还是莫家的管辖范围，二人顺着树林朝外面走去，莫南爵视线扫了一圈，说了和莫北焱一样的话：“看来谢阳华今天并不在，否则我们没这么容易出来。”

陈安跟在他身后：“他不过就是个管家，为什么能这么嚣张？”

“鬼知道。”莫南爵带着陈安来到先前自己停放车子的地方，拉开车门，跨进去的时候，双腿有些颤抖。

陈安望向他苍白的侧脸，起身将他拉到副驾驶座：“爵，我来开吧。”

莫南爵伸手将他推开：“不用，我比你熟悉路。”

男人抬起来的手完全没什么力气，陈安见他气色这么差，便推了他一下：“还是我……”

他并未用力，只是随意推了下，莫南爵却像是陡然被重重一击，双膝一软，顺着车门跪下去的时候，腿部神经就像是棉花般软弱，完全不受控制。

“爵！”陈安忙蹲下身，伸手探向他脖颈处的动脉，“怎么了？是不是毒性发作了？”

莫南爵单手撑地，低着头，滴落在地上的不知是未干的湖水还是汗水，方才的一系列动作，几乎耗尽了他所有的力气，此时他浑身绵软，如同被剥皮抽筋一般。

他喘了口气后摇头道：“没事。”

陈安抓紧莫南爵的胳膊，能感觉到正在微微跳动的肌肉，他一拳砸在车门上：“都这样了你还说没事？！”

“别吵，”莫南爵闭上眼睛，“让我歇会儿。”

陈安起身到车内拿了瓶矿泉水，回来时莫南爵没再跪着，他背部抵着车门，微仰起的俊脸迎着阳光，从这个角度望去当真是透明的，连皮肤下细微的血管都能看见。

陈安没有打扰他，而是握着水站在边上，突然觉得悲凉。学医有什么用？医药世家有什么用？连自己最好的哥们儿都不能治好，他如此痛苦，一步步走向死亡的边缘，自己却只能眼睁睁地看着，什么都做不了。

陈安捏紧手里的矿泉水瓶，猛然朝地上一砸！

砰的一声，砸得草地都跟着凹陷下去，莫南爵睁开眼睛，就见陈安站在那儿不动。

莫南爵撑着车门站起身，双腿还是有些哆嗦，但比方才要好多了，他走过去环住陈安的肩：“怎么了？”

陈安并不说话，别开了脸，莫南爵望见他泛红的眼眶，抬手在他肩头轻拍几下：“走，趁我还能动，你就让我开个够。”

莫南爵刚要坐进驾驶座，便被一把拽开，陈安将他拉进副驾驶座，又将他的安全带系好："你反正一推就倒，别逼我绑你去医院。"

莫南爵嘴角勾起一抹笑，也没反对。

这里离农庄很远，阳光渐渐炙热起来，陈安将车窗关起来，侧过头时才发现男人已经睡着了。

莫南爵单手搭在额头上，星眸紧闭，显然已累极，没有那两支兴奋剂他不可能支撑到现在。陈安将空调调低，稍稍放慢了车速。

车开到农庄前方的时候，陈安望见了升起的浓烟，边上围着很多人，还有救火车正在洒水。

莫南爵睡得很沉，一路上连姿势都没变一下，陈安不忍心叫醒他，却还是伸手推了他一下："爵？"

男人睁开眼睛，搭在额头上的手又酸又麻，适应了下才能动："到了？"

莫南爵说着坐起身，抬眸望出去，一眼就望见了上空还在不停冒着的浓烟。

他双目一刺。

陈安还未将车停稳，莫南爵已经推开车门冲了下去。

"爵！"陈安跟着追上去，莫南爵冲到农庄正门前，一个消防员正在指挥，他一把攥住对方的领子："这是怎么回事？！"

他说的是中文，消防员听不懂，只能用英文说道："这里失火了，昨晚就开始烧，到现在还没扑灭……"

莫南爵只觉得浑身力气在一瞬间被抽光，比无力还来得可怕，他猝然松开手，转身朝燃着大火的农庄内冲去！

消防员瞪大眼睛，想拉却拉不住他，陈安跟着冲进去："莫南爵，你给我站住！"

农庄内到处是烧焦的树枝枯叶，焦黑的残骸砸落在脚边。这里夏天本就干燥，火势丝毫没有弱下去的征兆，反倒越烧越旺。

莫南爵拼了命地朝里面冲，他伸手挡在身前，些许火星溅到皮衣上，男人却不管不顾，眉头紧紧皱着："童染！"

原本精致的别墅已经被烧得面目全非，架子从二楼倒下来，楼梯已经不能走动。莫南爵冲到别墅前，望着漫天大火，只觉得胸口一窒，所有的空气都跟着散去："童染，你给我出来！"

"喀喀……"陈安跟着冲进来拉住他，莫南爵甩开他的手就要从侧墙攀进别墅里，陈安挡在他身前，"里面就算有人也都烧死了，你冲进去也没用！"

"滚开！"

莫南爵完全失去理智，抬手就将陈安推开，陈安用力拦住他："你听我说！"

莫南爵俊脸上溢满汗珠，绷紧的神经随时都要爆发，陈安望了一眼地上密密麻麻被烧得焦黑的毒蝎子："这里肯定不只是着火这么简单，这些都是剧毒之物，既然会爬出来，说明肯定有人动了手脚！"

莫南爵动作停顿了下，侧过头，豆大的汗珠从额头上滚落："洛萧带走了她？"

"有这个可能，如果……"陈安抬起头，下半句话没说出来。

莫南爵喘着气，俊脸紧绷着，连带着全身都在颤抖："我不要这样的如果，她不可能出事，我不可能让她出事！"

火越来越大，浓烟几乎能将人呛死，消防车朝里面开来，陈安扳住莫南爵的肩："我们先出去，童染肯定没事，洛萧不会让她死，相信我！"

"滚！"莫南爵丝毫不听劝，满心满眼只看得见燃烧的火光，他觉得自责，觉得无力，觉得讽刺，为什么他连自己的女人都保护不了？

哪怕她这次没事，可他若是真的失去能力，以后又要怎么保证她的安全？

消防员的声音在外面响起："里面的人快出来！"

莫南爵站在燃烧的别墅前，浑身都被汗水浸湿，陈安用力拽了他一下："我们先出去！"

莫南爵一动不动，双脚犹如被定住般："我不应该带她来这种危险的地方。"

"莫南爵！"

别墅顶层的架子随时都可能倒下来，陈安怎么也扯不动他，最后只得抬手在他肩头用力一劈。莫南爵并没什么力气，铺天盖地的眩晕袭来时，他只觉得眼前一黑。

男人眯起眼睛，伸出手下意识地想要抓住什么："童染……"

陈安用尽全力背起莫南爵，就在他转身冲出去的时候，整栋别墅瞬间坍塌，焦黑的墙面彻底融入火光之中……

美国，旧金山。

直升机降落在一片参天大树间。

手下将舱门拉开，杰西率先下去，紧接着里面的人都被推了下来。

童染抬起头，才发现四周是片森林，看上去荒无人烟的感觉。

洛萧和孟瑶被手下押着："跟着走！"

杰西朝前走去，一段路之后，一栋豪华的别墅映入眼帘，门口守着几个人："堂主。"

杰西点了下头："把他们都带进去。"

三人被推着到了二楼正中央的房间里，手下将门锁交给了杰西。

"这里条件不错吧？"杰西站在房门口，望向洛萧，"也亏你老婆救过我一命，要不然我不会给你这么好的日子过，不过，"他顿了下又道，"配方我一定要，既然你这么倔，可以，我给你三天时间好好考虑，三天后我就带你去实验室。"

洛萧抬起头来："你就这么有把握？"

"当然，你难道不想要你老婆了吗？"杰西冷笑道。

童染并未多关心他们的谈话，径自站起身，走到窗台边。

"会有人给你们准备吃的，我说了，只要你交出配方，什么豪华待遇都可以。三天，不能再多。"

杰西说完便转身走出去，随后房门被从外面落锁。

房内开着中央空调，洛萧起身拿了床毛毯，走过去披在童染肩头："小染，会冷……"

童染甩开他的手，转身进了洗手间摔上门，发出砰的一声。

洛萧抓着毛毯站着没动，孟瑶望着他眼角溢出的落寞，和自己一模一样。

杰西从房内出来后并未离去，而是转身上了三楼。

最里面一间卧房内开着灯，杰西走进去时，里面的两个人正坐在桌边吃饭。

“齐叔、齐婶，”杰西恭敬地打声招呼，走过去拉开椅子坐下，“刚从加拿大回美国，您二位还习惯吗？”

“还挺好的，”齐洪涛点点头，用筷子的手还有些抖，“就是还有些不适应，毕竟在那边住了那么久，好多习惯都跟着改了。小西，这次我们又要麻烦你了……”

“齐叔，你跟我客气什么呢？”杰西起身帮他夹了些菜，又倒了杯温水放在他手边，他态度极好，如同对待家人，“当初我父亲救下您和齐婶，就嘱咐过我要照顾好你们，我杰西再怎么不好，父亲说过的话我一辈子也不会忘记。”

齐洪涛眼眶有些泛红，喉间哽咽了下，莫名觉得心酸：“这么多年了，我也没想到老杰居然比我还先走一步……”

杰西攥紧拳头，眼里透出蚀骨的恨意：“我一定会替父亲报仇。”

齐梅替杰西拿了副碗筷，也禁不住红了眼睛：“小西，找到杀害你父亲的凶手了吗？”

杰西接过碗筷，齐梅替他夹了点菜，杰西哑着声音点了点头：“找到了。”

齐洪涛手里的筷子一顿：“是什么人？已经抓到了吗？”

“嗯，抓到了，”杰西并不想他们过多接触这些事情，他一个人就能处理好，他们要做的就是养好身体，“齐叔、齐婶，你们放心吧，我会为父亲讨回公道的。”

齐洪涛知道他不愿意多说，也没再问下去：“唉，我们老了，现在都是你们年轻人的天下了。”

杰西扬起笑，拿起筷子：“齐叔，您的腿还好吗？”

“还行，一把老骨头了，当时摔得那么严重，断了我也认命了。”齐洪涛伸手拍拍右腿，“装的假肢我现在已经习惯了，在医院躺了那么久，没死就谢天谢地了，我都没奢望过还能站起来，所以走得慢点也无所谓。”

杰西起身朝他们敬了杯茶水：“齐叔、齐婶，以茶代酒，这次你们回美国先好好养身体，等我手头上的事情处理完了，就带你们回去。”

齐洪涛和齐梅对视一眼，止不住地点头：“好，好……你忙你的，我们老两口就先歇口气。”

杰西将茶一饮而尽，而后擦了下嘴："这几天楼下住着几个我抓来的人，不过我都派人看着他们了，您二老没事就小心些，这里是我在旧金山最隐蔽的地方，不会有人找来的。"

"好的，我们尽量不下楼，就待在这儿。"齐洪涛叹了口气，"本以为这次回来能和你父亲畅谈一番，却没想到……"

杰西又同他们说了些话，吃过饭后便出了别墅。

用人进来收拾了碗筷，齐梅扶着齐洪涛起身走到阳台边。这是在森林里，空气很好，齐梅将窗户推开，擦了下眼泪："我以为再也没机会和你一起吹风了。"

二人都坐在藤椅上，齐洪涛伸手搂住她，在她肩头轻轻拍着："能活着就是万幸了，这么些年我都躺在病床上，可依旧步步小心，连对老杰我都没说我们的真实姓名和信息，为的还不就是能再次回去？"

齐梅眼眶通红，原本漂亮的脸上已经有了皱纹，她叹了口气："十几年过去了……一切都已经变样了，我们为了躲避杀身之祸，在加拿大连容都整了，你还怕什么？"

"怎么不怕？当初就是因为我们太不小心，才惹上杀身之祸，亏的是运气好，被人给救了。一生能有几次运气好？"齐洪涛神色严肃，错就错在惹上了惹不起的家族，"我们若是不这样做，对方知道我们没死，就会牵连到女儿他们，所以我们不能贸然出现，也不能让任何人知道我们的身份。"

齐梅抬起头："都到了现在这步，连小西也要瞒着吗？"

"我已经不信任何人了，当初我们出事，肯定是事先有人知道我们会从那里过。"齐洪涛捏紧拳头，手臂上还有出事后残留下来的伤疤，"我们先想办法让小西安全送我们回去。"

"那之后呢？"

"之后的事情再做定夺，我们先回去，"齐洪涛动了动装着假肢的右腿，还能感觉到不舒服，"事情都过去十几年了，对方肯定以为我们已经死了，应该不会追究了。等到了国内，再想办法和女儿他们联系。"

齐梅点点头："好，我都听你的。"

"记住，千万不要跟任何人说我们叫什么，原来是哪里人，"齐洪涛侧过头，眉宇间还依稀可见当年的英气，“一切相关信息都不要说，从现在开始,你就是齐梅,我是齐洪涛,我们没有孩子,是从加拿大移民过来的。”

“是，我都记下了，”齐梅笑着伸手推他，“你真啰唆，以前小……女儿就老说你啰唆，你还不改！”

“改不了啊，几十年的习惯哪里能改？”齐洪涛跟着笑了下，而后又叹了口气，“这么多年过去了，也不知道女儿好不好。”

“是啊，我没尽到做母亲的责任，”齐梅神色黯然，“一晃就十几年了……恐怕再见到，我们都认不出来了，都说女大十八变，女儿肯定长得很漂亮，我真想抱抱她。”

齐洪涛想着小时候女儿穿着蓝色裙子的模样：“肯定漂亮，像你，就是不知道她恨不恨我们，我们哪怕活着也不敢去找她……”

齐梅捂住嘴，眼泪顺着脸颊流下来：“我就担心她吃得不好住得不好，怕她吃苦头，万一她被人欺负……”

“不会的，放心吧，她有哥哥护着她，”齐洪涛还是没说出名字，曾经经历过生死，在这些方面就尤其谨慎，“她哥哥会照顾好她的，那孩子我从小就喜欢，他会替我们照顾女儿的。”

齐梅眼底闪过一丝痛苦之色，她点点头：“但愿是这样……不知道女儿他们还在不在原来的城市。”

“到时候去找，靠海的地方，来回也方便，肯定能找到的。”

“真希望时间能快点过去，我等那一天等了好久好久……”

齐洪涛每天都要按时吃药，自从出事后，他心脏就变得不好，时常还会哮喘，齐梅起身去将药瓶拿来让他服下。

二人又说了些话，回到屋里的时候，齐洪涛突然开口：“你说，当年的事情，会不会和……有关系？”

他依旧没有说名字，齐梅却能够听懂是指谁，她神色一僵，而后忙避开他的视线：“我也不清楚，过去那么久了……也许没有吧，我看他不像是那么坏的人。”

齐洪涛眯起眼睛：“可是他老婆坏。”

“那我们也不能断定，毕竟都是一家人，再坏还能害我们不成？”齐梅将他扶到床边躺下，“我去洗个澡，你吃了药先睡一下。”

“好。”齐洪涛没再多说，毕竟很多事情只是猜测，这么多年过去，要证实简直是难于登天。

齐梅转身进了浴室，推门时她回头望了一眼大床，有些话哽在喉间，这么多年了她也没说出口。失去一个女儿已经如此痛苦，倘若……是两个呢？

那该有多痛？

二楼正中央的房间门一直是锁着的，直到晚餐的时候，才有用人端进来。

洛萧始终坐在床沿，双手手肘撑在腿上，垂着头不知道在想什么。

童染则抱了床毛毯蜷在阳台上。

晚餐放在桌上很久，二人谁也没动，最终还是孟瑶站起身，端着餐盘走到床边：“堂主。”

洛萧没动，维持一个姿势过久，浑身都跟着酸麻。

孟瑶将餐盘放在他身边，望着他日渐清瘦的侧脸：“堂主，多少吃点吧，要是身体先撑不住了，很多事就没办法了。”

洛萧抬起头，却没看她一眼，起身走到餐桌边。杰西到底还是念了点救命恩情，准备了一份孕妇专用餐。

洛萧端起餐盘来到阳台边，童染背靠着瓷砖，侧头望着外面，天色渐渐亮起来，她却只望见一片漆黑。

“小染，你吃点东西，”洛萧将餐盘放下，目光移向她的腹部，“你还怀着孕。”

童染收回视线，确实感觉到饿了，便拿起了餐盘中的勺子。

孟瑶那句话说得对，她不能饿着，要是身体先撑不住了，她怎么想办法逃出去？

因她这一个动作，洛萧双眸中瞬间蹿起光芒，他没有动，就这么盯着她。

孕妇专用餐很丰富，饭菜都是搭配好的，牛排，甚至水果牛奶一应俱全，童染吃得很慢，一口口喂入口中。

洛萧的视线随着她的动作来回移动，光是这么看着，他都觉得满足。

孟瑶被这一幕刺痛，她别开眼，却还是将餐盘端到阳台边放下：“堂主，你也和夫人一起吃点吧？”

洛萧这次没再反对，也坐下来，才刚拿起筷子，童染便顿住了动作，抬起头道：“跟你一起，我吃不下。”

“……”

孟瑶想开口劝，可洛萧已经放下筷子：“我不吃。”

童染收回视线，继续喝汤。

一顿饭足足吃了半个多小时，童染刚放下勺子，洛萧便拿了张湿纸巾递给她。

童染难得地伸手接过，擦了擦嘴，将湿纸巾放下时开了口：“你打算怎么办？”

洛萧抬眸同她对视：“小染，你想我怎么办？”

“很简单不是吗？”童染强自镇定，许久以来第一次心平气和地同他说话，“杰西要的是 Devils Kiss 的解药配方，你交出来，不就成了吗？”

“你以为交给他了，他就会放过我们？”

“我不确定交了后他是不是会放我们，但我确定的是，不交，他肯定不会放过我们。”

童染对上他的眼睛：“洛萧，难道那个配方比你的命还重要吗？”

“比我的命重要的人是你。”

“是吗？”童染别开脸笑了下，起身走到桌边，取了纸笔后走回来，推到洛萧面前，“那你写吧。”

“我写不来。”洛萧反握住她的手，“那东西我还没有研制过解药，我同你说过的，你没信我而已。”

童染甩开他的手，脚下止不住打滑，洛萧生怕她摔倒，忙扶住她的手臂。

童染猛地推开他，洛萧一怔，就见童染一个转身朝床边冲去，她闭上眼睛，撞上去的时候，小腹正好对着床头柜。

剧烈的撞击声使得洛萧心头一刺，他几步冲上前，扳住童染的肩膀将她抱起来：“小染，你怎么样？”

童染紧捂住腹部，左手生疼，方才撞过去的时候，她还是用手背挡了下。

洛萧将她放在床上，视线探下去并未看到有血迹流出来，他微松口气：“我去找人叫医生。”

童染伸手揪住他的衣领，拼命将他朝自己拉近："配方，你现在就写……"

洛萧眉宇轻蹙，转头看一眼孟瑶："去让他们叫医生。"

孟瑶点点头，转身来到门边。

洛萧在床沿坐下，童染平躺着，有手背挡着，小腹其实并不疼，她双眼望着天花板，止不住酸涩。

洛萧伸手抚上她的小腹，童染一把抓住他的手："就算是这样，你也不肯写吗？"

洛萧同她对视："我写不来。"

还是这四个字。

童染只觉得无比悲凉，她松开手，翻了个身将被子拉上来。

洛萧盯着她的背，而后站起身："你先睡会儿，等一下让医生来给你看看手背上的瘀青。"

童染闻言一怔，原来他早就看清了她的把戏！

洛萧才走出两步，童染的声音便在身后响起："哪怕我在你面前自尽，你也不肯写是吗？"

"我说了，我写不来。"

"因为什么？"

"我还没……"

"告诉我实话，"童染打断他道，"你骗了我这么久，还不够吗？"

洛萧顿住脚步，并未回头："进一步是深渊，退一步是悬崖，你要我怎么走？"

杰西并不在别墅里，手下以为出了事，忙喊来医生，洛萧走到门边道："没事，不用看了，让她好好睡一下。"

洛萧走出房间，医生还在客厅内等待，手下跟在后面："你出来做什么？"

洛萧望向医生："有让孕妇安胎的补品吗？"

"有的。"

"送些过来，怀孕初期时服用的。"

医生望向站着的手下，见他们没反对，这才点头："好的，我马上叫人去准备。"

此时，齐梅从楼上走了下来，她手里还拿着张纸，手下见她忙迎上去："您怎么下来了？"

"我听用人说有医生来了，想麻烦他上去给我们家老齐看看腿，"齐梅将纸递给医生，"这是在加拿大开的药，您看看。"

洛萧瞥她一眼，并不认识，手下见状朝着他用力一推："回房间去！"

洛萧刚转过身，大门便被人推开，走进来几个人，其中一个手里还拿着一个白色的盒子："谁是洛萧？"

齐梅浑身一震，惊得抬起头来，见站着的白衬衫男人点了下头："我是。"

"喏，这是堂主交代给你的，"手下将盒子递过来，"都是些基本的实验器材，你别耍手段，房间里监控随时可以打开，要是不想你老婆死，就乖乖照做。"

洛萧并未伸手去接，转身进了房间。

手下只得拿着东西跟进去。

齐梅惊怔地盯着洛萧的背影消失在房门口，一旁的手下推了她一下："齐姨，您怎么了？"

"没，没事，"齐梅摇摇头，声音止不住地颤抖，她转过身，发现自己喘得厉害，"刚才那个人……"

"哦，他啊，是我们堂主抓来的，是个大毒枭，听说挺懂毒品的，"手下随口八卦道，"就是脾气倔得很，老婆都抓来了，还不肯从。"

齐梅越听越觉得心跳加速，她故作好奇，扬起的笑容却极其不自然："看他年纪不大，就……结婚了吗？"

"老婆都怀孕了。"

"他老婆叫什么？"齐梅脱口而出，觉得不妥，忙又补充道，"他既然贩毒，老婆肯定也是个很厉害的人物吧？"

"叫什么……好像是童染吧？"手下摆摆手，"唉，这种人谁知道呢，齐姨您快点开药吧，他们就关在一楼，您要是碰到就绕开，可怕得很。"

童染……

齐梅只觉得头顶轰的一声炸开响雷，哪里还有心思开药，随便同医生说了几句，便逃也似的上了楼。

三楼，齐洪涛正在房里练习走路，齐梅进来后关上门，拽着他朝阳台走去。

“你急什么？”齐洪涛脚下止不住趔趄，“发生什么事情了？”

“你还记得小西昨天说的，楼下抓了几个人来吗？”

“记得，怎么了？”

齐梅四处张望一下，凑到他耳边：“我方才下去替你开药，听见手下喊他洛萧。”

“什么？！”齐洪涛一惊，双眼瞪大，压低声音道，“你确定没听错？”

齐梅神色激动，忙摇头：“肯定没有，而且我想办法问了，那人说他老婆叫童染，还怀孕了……”

“老婆？”

“对，那手下说他是个大毒枭……”

齐洪涛险些栽倒，忙扶住栏杆，眉头紧拧道：“不，不可能，要么是你听错了，要么就是个巧合，他怎么可能接触毒品？”

“可是……”

“别可是了，我们必须得先确定清楚，”齐洪涛转过身，用力捶了下栏杆，“最好是巧合，如果真是小西抓来的，他们还有活命的机会吗？”

齐梅止不住地点头，她环住齐洪涛的胳膊：“不可能的，他们怎么会到这种地方来？我不相信……”

她说着哭出声来，齐洪涛转过身搂紧她：“别哭。”

“怎么办？”齐梅抹着眼泪，“我们该怎么确认？万一是真的……”她受不住这种打击，“要是小西杀了他们怎么办？”

“别瞎说！”齐洪涛打断她的话，想了下，“要不这样……”

齐梅抬起头，齐洪涛俯身对着她的耳朵小声说了几句。

吃过晚饭后，童染洗了个澡，杰西给了三天时间，现在已经过去一天，只剩下两天。

洛萧回房间后就一直站在阳台边，童染也不同他说话，她换了套衣服后来到房门口，手下拦住她：“你做什么？”

童染回头望了一眼洛萧："我吃饱了，出去散步。"

"不行。"

"我是孕妇，饭后不散步不消化，"童染抬起头，胡扯道，"要是流产了你负责吗？"

两个手下对望一眼，其中一人点头道："那你只能在院子里走。"

"你们可以跟着我。"

童染走出房门，洛萧也没说什么，转身进了浴室。

庭院很大，这儿比较偏僻，空气更是新鲜，童染缓步走到草坪边，身后的手下一直跟着，她怎么也想不出该怎么联系莫南爵。

她微微弯下腰，伸手摘了朵鲜花。

"别乱动，"手下一把抢过她手里的花，"谁知道你是不是想耍什么把戏？"

童染冷笑一声，不同他争，直起身体朝前走去。

她走得极慢，当真是在散步，手下早就不耐烦，可又不得不跟着："你要散到什么时候？"

"什么时候消化了就散到什么时候。"

童染不紧不慢，视线打探出去，四周都是树木，要确定地形很难，她可以确定这里是有信号的，不然电视不可能打开。

那她是不是只要弄到一部手机，就能和外界取得联系？

可是该去哪里弄手机……

她烦躁地踢了踢脚边的花，丝毫理不出头绪。

齐梅今天晚上也吃得多了点，她从窗台望下去，看到院子里站着个穿长裙的女人，便也下了楼。

用人冲她点头："齐姨。"

"我下来散个步。"

齐梅来到院子，那名手下正亦步亦趋地跟着童染，脸上不耐烦的神色极其明显："你到底好了没？！"

童染手抚在小腹上："我还没消化。"

"你……"

手下气得半死，偏偏还不能对她动手，齐梅见状眼珠转了下，忙走过去："这位是？"

"齐姨，"手下看向她，愤愤道，"就是抓来的那人的老婆，麻烦得很，还非要散什么步，我看八成是想找机会逃跑！"

齐梅笑了下："我刚好也下来散步，要不你去吃饭吧，我顺便帮你看着她。"

手下确实不想在这里走下去了："可是……"

"她一个孕妇，难道还打得过我吗？再说了，你们人就在里面，我喊一声就能出来。"

"那，也成吧，"手下如释重负，朝着齐梅点点头，"那麻烦下齐姨，我去吃个饭，被这女人整饿死了。"

手下转身走回屋，童染并不关心是谁跟着她，她瞥了齐梅一眼，完全陌生的面孔，并不认识。

她别开眼，继续抬脚朝前面走。

齐梅跟在她身后，视线不住地打量着她。都说女大十八变，童染和小时候确实长得不太一样，但有些轮廓还是没变，齐梅越看越觉得像，差点就要直接问出口，却还是忍住了："姑娘。"

童染脚步顿了下："怎么了？"

她回过头来，齐梅望着她黑白分明的大眼睛，上眼角微微勾起，很是娇媚动人，这一眼她几乎要哭出来，像，真的太像了！

童染望着她激动的神色，皱起眉头："你是？"

齐梅忙开口："我是这里的客人。"

一听到"客人"二字，童染收起了表情，转过身，不再说话。

"那个，姑娘，你是哪里人啊？"齐梅跟上去，同她并肩走着，"是我们那里的人吗？"

童染嘴角勾勒出淡淡的笑意："你看我像外国人吗？"

"不像，哪有外国人中文说得这么好的？"齐梅笑起来，忽然伸手拉过她的手，"姑娘，我给你看看手相吧？"

童染觉得有些别扭，抽回手道："不用，谢谢。"

齐梅并不在乎她的冷淡，又说道："姑娘，你姓什么？"

"你问这个做什么？"

“我觉得你长得挺像我一个亲戚的女儿，”齐梅视线不曾离开过她的脸，“我就是问问。”

“那你那亲戚一定死了吧？”童染走到花栏边，伸手拨弄两下，“我没有父母，你看错人了。”

齐梅心里一紧，光是听她这么说就觉得难受，齐梅走过去在童染肩头轻拍两下：“我女儿也是，很小的时候就失踪了。”

童染闻言手里动作顿了下：“你一直没去找她吗？”

齐梅喉间哽咽，强忍住哭意：“找了……找不着。”

“是啊，找不着，”童染抬起头，嘴角勾笑，笑容却很苦涩，“我也想去天堂找我爸爸妈妈，可是我也找不着……”

她只觉得双眼酸涩，要是爸爸妈妈还在的话，她是不是可以不用受这么多苦？

是不是可以避免这一切……

童染闭上眼睛，齐梅见她流泪，便适时开口：“房间里的那个男人，是你丈夫吗？”

童染收回视线，抬手擦拭了下眼角：“不是。”

齐梅一惊，望向她的腹部：“可是我听他们说你怀孕了……”

童染手抚向腹部：“这是我的孩子，和他没关系。”

齐梅有些惊讶地望着她：“你们结婚了吗？”

“没有，”童染见她问得挺多，不禁抬起头来，“阿姨，你和杰西是什么关系？”

“哦，我，我是他一个亲戚的朋友，过来做客的，”齐梅拉住她的手，“看到你我就觉得很亲切，觉得你很像我的女儿。”

童染望着齐梅的眼睛，似乎有一种天生的东西在牵引着她，那种悸动是从心底发出来的，握着她的手很温暖，就像小时候妈妈的手。

齐梅抬起她的手，一眼就望到了上面的瘀青：“这是怎么回事？”

她语气称得上是激动的，童染忙将手抽回来：“没事，不小心磕的。”

“我那里有祛除瘀青的药，从加拿大带来的，很有效的，”齐梅小心地摩挲着她手背上的瘀青，眼眶不自觉地湿润了下，“小染，很疼吗？”

童染一怔。

齐梅也是一怔，方才完全是脱口而出，她是真的忍不住，自己的亲生女儿就在眼前，要她怎么忍？

童染一瞬间有些恍神，这声音……她皱起眉头：“你……”

齐梅忙扯出个笑容：“哦，我是之前下楼的时候，听到你男人在房间里喊你小染，我就跟着叫了，你不介意吧？”

“没事。”童染收回思绪，她还真是怀孕了思绪不稳定，“我先回房间了。”

童染抽回手，刚想要往回走，视线不经意地扫过，一眼便瞥到了齐梅上衣口袋里的手机。

她脚步一顿。

齐梅伸手拉住她：“小染，你怀孕多久了？看这肚子还没显怀，应该才两个月吧？”

“两个多月，”童染嘴角不自觉地浅笑了下，“我最近嗜睡，而且食量很大。”

齐梅止不住地高兴，拍拍她的手：“没关系，少吃多餐就可以，想当初我怀着你……你叔他女儿的时候，也是这样，也不吐的。”

童染点点头，视线扫过她的口袋，忽然开口：“阿姨，陪我去那里坐一下好吗？”她指向不远处的藤椅，“我站着有些累了。”

齐梅自然巴不得，伸手扶着她：“好，来，慢点。”

二人来到藤椅上，齐梅坐在童染身边，止不住地朝她身上打量：“小染，你老家是哪里的？”

童染笑了下，也没什么好隐瞒的：“锦海市。”

齐梅心跳漏了一拍，锦海……

还会错吗？

齐梅握着她的手紧了下：“家里还有什么人呢？”

童染双肩抖动了下，勾起抹自嘲的笑：“没有，都不在了。”

“除了父母……没有大伯大妈之类的亲人吗？”

童染抬起头来，并没有回答：“阿姨，您的手机可以借我玩一下吗？”

齐梅点点头，忙将手机拿出来：“我这手机……”

砰！

大门猛地被推开，手下吃好饭走出来："你干什么？！"

童染一惊，手下走过来抓住她的肩膀，几乎将她提了起来："你想偷偷打电话？！"

齐梅吓得忙去扯手下的手臂："别这样，她还怀着孕……"

童染冷笑一声："你有种就摔死我，看看杰西回来你怎么交代。"

"你——"

手下抡起巴掌就想扇她，齐梅急得将手机朝地上一摔："不是那样的！"

手下一怔，齐梅上前将童染拉下来，护在怀里轻拍几下："别怕，没事，别惊着了。"

童染手掌贴着腹部，瞪着那手下，齐梅忙开口解释道："是我跟她聊天，手机里的几个软件不会用，让她帮我看看，你们非要怪她吗？"

由于杰西交代过，手下对齐洪涛和齐梅极其尊重，这会儿也不敢多说："那你快回房间吧，不要出来了。"

齐梅在童染背后抚了抚："回去喝点水，躺一下，别吓着孩子了。"

"阿姨，谢谢您。"童染望着地上摔碎的手机，捏紧了拳头，转身回到房内。

洛萧才洗完澡，擦着头发走出来，望见童染时走过去想搂她："散好步了？"

童染避开他的手，径自走到床边躺下。

洛萧顿了下，垂下眸，转身走到阳台。孟瑶也没说话，三人虽然在一个房间里，却极少沟通。

童染将被子拉过头顶，强迫自己闭上眼睛，却怎么也睡不着。

晚上十一点多的时候，齐梅又下了楼，端着个托盘，来到童染的房门口时，两个手下都在打瞌睡："齐姨。"

"我给那姑娘端碗汤，刚煮的，"齐梅也端了几碗给他们，"都尝尝，我很少下厨的，你们齐叔都说好喝。"

手下巴不得休息一下，他们将门打开，在门口的椅子上坐下，齐梅端着盘子走了进去。

里面开着空调，温度很低，齐梅将灯打开，才发现阳台边站着个人。

洛萧转过头，神色冷淡地打量了她一下："你是什么人？"

齐梅紧盯着他温润的眉眼，他几乎都没怎么变，就是比小时候瘦了很多。

洛萧皱起眉头，已有警惕："说话！"

齐梅喉间哽咽了下，将"萧儿"两个字生生咽回去："我给你们煮了汤。"

童染听见声音坐起身来："阿姨。"

"哎，小染啊，快来，银耳竹笙汤，"齐梅拉着她的手坐下来，"孕妇喝最好了……"

童染鼻尖一酸，这汤还是热腾腾的，显然是刚煮的："谢谢……"

齐梅舀起一勺送到她嘴边："来，还是热的。"

洛萧见状双眼一眯，几步冲过来，啪的一下将齐梅手里的汤打落："你干什么？！"

汤汁洒在齐梅的手背上，烫出一片红。

洛萧一把将童染搂起护在身后："是杰西叫你来的？我警告你们，不要给我老婆喝什么东西，否则别怪我玉石俱焚！"

"你放开我！"童染用力推开洛萧，抽了两张纸给齐梅擦手："阿姨，烫着了吗？对不起……"

齐梅用力摇摇头："没事，"她望向洛萧，"他对你真好。"

童染神色僵了下，并未多说什么："您快去冲点凉水，我扶您。"

洛萧拽住童染的手腕："小染！"

"放手！"童染回过头冷冷看他一眼，"别以为人人都是坏的，难道你就安全吗？"

洛萧眼底一刺，手上劲道松了下。

齐梅并不懂为什么他们关系会这么僵，却也没说什么。童染扶着她到洗手间，打开凉水替她冲洗。

"小染，你说你们没结婚，为什么他们都说你是他老婆？"

"嘴长在别人身上，我能怎么样？"

童染勾了下嘴角，当初她和洛萧要结婚的事情传遍了整个南非，混黑道的人几乎都知道了，而且婚礼确实也如期举行了，只是新娘不是她而已。

但外面的人自然都以为他们是拜了堂的。

齐梅没有继续问，见红肿稍微好了点，童染取了毛巾替她擦手，齐梅忽然从口袋里掏出个手机递给她。

童染一怔，齐梅忙摆手示意她别开口。

这里隔音其实并不好，说不定还有窃听器，童染接过手机，齐梅将水龙头重新打开，继续冲水。

童染不敢打电话，万一被窃听到把他们转移走就糟了，童染翻出微博，莫南爵从不玩这些东西，她想了下，登录后编辑了一条，就简单的两个字：六天。

她使用微博定位后，再@了陈安在锦海市那家疗养院的官方微博。

最后她退出微博，清空了登录信息，再编辑了一条短信发到莫南爵的手机上。

童染并不确定他这次出去带没带手机，有可能放在别墅被烧掉了，反正微博和短信，总能收到一个。

她手速极快，一系列动作不过才几分钟，齐梅关上水龙头转过头来，童染将手机递给她："都没什么好玩的游戏。"

齐梅擦了擦手，什么也没问，将手机放回口袋："走吧，出去喝点汤。"

洛萧就站在洗手间门口，望见她们出来才松口气。他伸手将童染揽过来，望向齐梅时神色依旧警惕："小染，该睡了。"

"放手！"

洛萧索性弯腰将她横抱起，童染使劲蹬腿："你放开我！"

齐梅眼见着洛萧把童染放回床上，这才放下心，将汤端过去放在床头，拿起勺子自己喝了口："没有毒的，你睡前喝一点，对孩子有好处。"

童染被洛萧按住双手，齐梅没再多说："我先上楼了。"

"阿姨，谢谢您。"

"不用。"

齐梅出了房门，洛萧拿起汤就要倒掉，童染用力打开他的手："你疯了！"

她一把将碗抢回去："如果要下毒饭里就可以下毒了，又何必用汤？"

洛萧站起身："你宁愿相信不认识的人，都不愿意相信我？"

童染并不回答，小口地把汤喝掉，而后将碗放回床头柜，翻个身躺回床上。

洛萧在床边站了很久，直到听见她平稳的呼吸声，才转身走到阳台。

孟瑶望着他的背影，始终缩在角落里一句话都没说。

拉斯维加斯的私人医院里，陈安拿着报告单从办公室出来，遇见一个护士抱着一个箱子走出来，他瞥了一眼：“站住。”

护士回过头：“安少爷。”

“这是谁让你拿的？”陈安掀开盒子的盖子，里面居然是空的，“这么多兴奋剂，你给谁了？”

护士一副“我以为你知道”的表情：“是爵少吩咐要的，说你批了，我才敢给他送去。”

就知道！

莫南爵才醒没多久，冲个澡后换了件白衬衫，陈安进来的时候，他正将兴奋剂一支一支地用铝管装起来放入皮靴内。

陈安几步冲过去，一把抓住他的手：“你疯了？！”

“松手，”莫南爵瞥他一眼，“大惊小怪做什么？”

“你这是要去参加奥林匹克运动会吗？”陈安伸手拿起一支兴奋剂，“你知道这是什么吗？”

“知道。”

“你知道注射兴奋剂的危害吗？”陈安差点气死，扬起手里的试管，“一、出现严重的性格变化；二、产生药物依赖性；三、导致细胞和器官功能异常；四、产生过敏反应，损害免疫力；五、引起各种感染，如艾滋病……”

“我不想知道。”莫南爵直起身体，双侧皮靴内都插满了试剂，他敛下神色，转身就朝外面走去。

“你给我站住！”陈安拽住他，“你现在知道了，还要给自己用吗？！”

莫南爵抬起头，将他的手拉开：“我只知道它能让我站起来。”

“……”陈安一怔，捏紧了手里的报告，“爵，我和这边的医生开过会了，如果你肯住院，病情能稍微得到控制……”

莫南爵轻笑一声：“控制多久？”

“用药物，大概能将萎缩的时间向后延迟三个月……”

“三个月？”莫南爵眯起眼睛，语气讽刺，“我还能有几个三个月？”

“你想要的话，也许能有很多，”陈安尽量劝他，“我去帮你找童染，你安心在这里住下，是我朋友开的，他会给你配合全程治疗，很安全……”

莫南爵望他一眼：“能痊愈吗？”

“有这个可能。”

“百分之多少？”

陈安喉间哽了下，声音有些零碎：“百分之八十到九十……”

“多了个零吧？”

莫南爵拿起桌上的手枪，方才注射过兴奋剂，这会儿力气完全恢复，就如同没有生病一样，他捏紧拳头，能望见修长的手臂上青筋浮现，这种感觉令他觉得安全：“要是能治，莫文斌怎么会瘫痪？”

“你们情况不一样……”

“是，先瘫后瘫的问题。”莫南爵推开他朝外面走去。

陈安伸手拽住他的胳膊，还想要说些什么，莫南爵却推开他的手，清冽的眼中看不真切波动：“这个问题只有一条死路，你觉得还有意义吗？你是医生，我的情况你应该比我更清楚。不要再劝我，如果你觉得我还有最后一点尊严。”

“爵……”陈安喉间一紧，没再继续方才的话题，“你……去哪里？”

“找童染。”

“去哪里找？”

莫南爵眯起眼睛：“先从拉斯维加斯找起，那个杰西我查过了，是南非云耀堂的堂主，肯定和洛萧有仇，要么就是抓他要 Devils Kiss 的配方，要么就是要报仇。”

“所以把童染一起抓走了？”

“对，”莫南爵点头，抬脚走出病房，“按照洛萧的性格，会甘心被关着坐以待毙？他肯定是借着要写配方，然后弄出一堆毒蝎子把人都蜇死。我分析过了，农庄内守卫森严，火能烧起来，肯定是人为，并且是守卫都死光了的情况下放的。如果不是洛萧干的，就是杰西自己干的。”

陈安皱起眉头：“他的目的是什么？”

“毒蝎子太多，除不掉就成了废地，不如弃了。”

陈安点点头：“有道理。”

莫南爵走到大厅：“我先去一趟农庄，没留下什么线索的话，就飞南非云耀堂，”他掏出车钥匙，“杰西不可能一辈子不回去，那是他的老窝。”

“我跟你一起去。”

二人来到大厅，门口的护士忽然叫住陈安：“安少爷，有您的电话。”

陈安脚步未停：“说我不在。”

护士握着话筒：“是锦海市的，对方说是您疗养院的人。”

莫南爵倏然顿住脚步，同陈安对视一眼：“难道是洛庭松出了什么事？”

“我去问问。”

陈安快步走过去，接起电话后对方只说了几句话，他挂上电话，面部神情难测。

“怎么了？”莫南爵双手插兜，隐约有些不安，“是洛庭松？”

“不是，说是有人 @ 我们的官方微博，他们怕是什么重要的暗号，所以打电话通知我。”

陈安摇头，取出手机，登录微博后查看消息，“你看。”

“六天？”莫南爵瞥了一眼，“把定位信息提取出来。”

“是在美国旧金山附近，”陈安手指拖动了下，“好像是片森林，具体位置还需要用电脑确定。不过，这六天是什么意思？”

莫南爵眯起眼睛，食指在桌面上轻叩：“难道是童染？”

陈安皱起眉头：“她为什么要写六天？”

“难道是她被抓了，期限还剩六天？”莫南爵想了下，越发觉得这个可能性很大，他转身朝房内走去，“把你的笔记本拿来。”

陈安吩咐下去，护士很快便提着笔记本电脑走进来，陈安忙将网络连接上。

手机并不在身上，但那个号码是一直在用的，所有的信息都储存在他的个人网站里面，莫南爵成功登录后，便将手机的信息及通话记录都提取了出来。

他修长的手指点击两下，果然，昨天晚上发出来的一条短信跃入眼帘。

“我、洛萧、孟瑶。杰西。六天。”

短信上只写了这些。

莫南爵只扫了一眼便明白意思，提取了短信的发送地址，同微博上定位的位置差不多，因为那边是片森林，所以一时并不能精准定位。

陈安同他对视一眼，拿着手机率先出去找人确定位置。莫南爵脸色阴沉，啪的一声合上电脑，也转身出了房门。

林间别墅里，天渐渐亮起来。

童染起床洗漱，才不过短短两天时间，她却觉得度日如年，让她有种陷入地牢的恐慌，就如同那时候她替莫南爵坐牢，心如死灰，什么念头都没了。

她站起身，目光同坐在床沿的洛萧对上。

童染冷冷勾唇："看见了吗？已经是第二天了。"

"我不会让你死的。"

"是吗？可是我现在比死更痛苦。"

洛萧没再说话，低下头去。其实在这件事情上他始终处于上风，杰西要的是 Devils Kiss 的解药，所以一定不会杀他。

他伸出右手，盯着自己掌心的红痕怔怔出神。

不会有人知道，永远不会。

只要他活着，就不会让任何人知道；他死了，就算知道了也没意义。

洛萧收回手，眼神决绝，当初走这一步他就没想过退路，所以他把全部后路堵死了，已无路可退。

那些毒蝎子为什么对他那么忠诚？因为它们都是喝他的血长大的。

解药？

这种东西本来就只是个代名词，对于 Devils Kiss 来说是不存在的，要他用什么研制？

中午的时候，齐梅闲着无聊，便亲自下厨和用人们一起做午餐。

她手艺向来很好，就算在国外住了这么多年，也丝毫没有减少对家乡菜的熟练度，想来是经常做的。

用人们都做惯了西餐，齐梅提出做中餐，她们也不好多说，只得站在边上打下手。

一顿饭从早上做到中午，齐梅竟然出奇地认真，每道菜从下锅、调味、出锅到拼盘，都是精心准备的。

她给别墅内的每个人都端了一份，手下们吃惯了西餐，这会儿换了口味，一个个都多吃了好几碗。

房门定时被推开，齐梅并未进来，用人将午餐摆在桌上，推出其中一份，是齐梅特别为童染准备的："这是孕妇专用餐。"

童染什么也没说，径自拿起筷子便开始吃，她每顿都不落下，虽然受制于人，但没必要委屈自己。

房内依旧没人说话，气氛静谧得连碗筷碰撞的声音都异常清晰。孟瑶坐在角落里，拨了几下碗里的饭粒，虽然吃不下，可她还是强迫自己吃。

三楼的房间里，齐梅和齐洪涛眼睛一眨不眨地盯着时间看。

齐梅急得团团转，不住地在屋内走来走去，齐洪涛看她一眼："你烦不烦，先歇会儿，还没到时间。"

"这样能成吗？"齐梅眉头始终皱着，语气不免担心，"饭菜里我确实下了药……但是我们能把小染弄去哪里？她还怀着孕，这附近……"

齐洪涛握着茶杯，相较来说比较镇定："不然能怎么办？你也问过了，小西的目标是萧儿，所以我们暂时不能救他，但小染是他的软肋，我们先把小染救出去，也对萧儿有好处，至于其他的我们再做打算。不然一下子做得太明显，小西回来我们肯定脱不了干系，听我的。"

"那，这附近有船家吗？"齐梅捏紧手掌，这种时候，先保住女儿的命才是她最关心的，"我怕就算把小染送出去，她也不能平安……"

"不会的，昨天你不是说小染找你借手机吗？"齐洪涛稳住声音，"你虽然没问，但她肯定是在求救。"

"她把消息记录都删除了……"

"这都不重要，重要的是她肯定有能救她的人，"齐洪涛脸上露出一丝笑意，"只要小染能出去，肯定就能联系上要救她的人，我们只需把她送出去。"

"好，但愿没问题……小西今天会回来吗？"

"不会的，我问过了，他要三天后才会回来。"

二人在焦急中等待了半个多小时，确定时间足够迷药的药效发作后，齐梅这才扶着齐洪涛，推开门走出去。

两人才走到楼梯口，便看见昏倒在边上的手下，齐洪涛摆摆手：“你先下去，我慢慢走。”

“好。”齐梅小心翼翼地来到一楼，果然，所有的手下已经倒下，别墅内一片寂静。

齐洪涛脚不太方便，动作并不利索，齐梅四处查看了一下，确定已经没有人醒着：“都晕了。”

“药效只有几个小时，我们得快点，”齐洪涛谨慎地看向四周，压低声音，“小染在哪一间？”

“这边。”

齐梅走到房门前，两个吃了好几碗饭的手下已经晕得不省人事，她蹲下身从他们的口袋里摸出钥匙，将房门打开。

房内开着空调，传来一阵凉气，齐梅对着齐洪涛比了个噤声的手势，二人轻手轻脚地走进去，一眼就望见了趴在阳台上的童染。

她侧着头，显然之前是坐在这儿晒太阳。

洛萧和孟瑶分别躺在床上。

桌边还摆着午餐餐盘，其中一份并未动多少，似乎只是喝了点汤。

二人一心想着怎么将童染弄出去，显然没注意到这么多，齐梅走到阳台边，一手摸上童染的手，还好，不是太凉。

童染那份，她特别关照过，药放得极少，不会对她的身体有什么危害。齐梅望着她还没有巴掌大的小脸，手摸上去根本没有肉，心里越发觉得苦涩。

她的女儿……怎么就苦成了这个样子？

齐梅擦拭下眼角，又想起一些事情，眼泪越发止不住，齐洪涛见状走过来推了她一下：“你还在这里浪费什么时间？要是他们醒了就糟了，还不快点！”

“好，我马上抱她。”

齐梅来到柜子边取出一件大衣，将童染整个包裹起来，双手绕过她的膝弯和后背，才发现童染实在很轻，抱起她简直轻而易举。

齐洪涛走到床边，洛萧平躺着，一手还搭在额头上，眉心微蹙，神态似乎并不安稳。

齐洪涛感慨万千，以前，洛萧和童染都是他捧在手心里的孩子，他一早便知道他们没有血缘关系，还经常开玩笑说要撮合他们……

如果没有当年那件事，也许他们现在正幸福地生活在一起，而他们夫妻也不需要逃亡，一家人都能开开心心快快乐乐的。

要怪，就只能怪那家人，齐洪涛捏紧手心，这不共戴天之仇，他毕生难忘！

齐洪涛伸出手，在洛萧脸上轻抚两下，眸中溢出不忍之色，伸手将他的被子拉上来了点。

他们现在不能把洛萧一起带出去，第一，他们完全带不动两个人，目标太大；第二，洛萧是杰西真正的目标，如果他也一起消失，势必会很麻烦，说不定他们俩会被怀疑。

所以，只有先救出童染，再行打算。

“你好了没？”

齐梅喊了一声，齐洪涛收回手：“走吧，我知道怎么出去，来的时候看了下路。”

“好。”

齐梅点点头，抱着童染走出去，就在出房门的时候，她身体侧了下，裹着童染的大衣衣角不小心扫到了边上的桌子，餐盘整个掉了下去——砰！

洛萧猝然睁开眼睛，他中午并未吃东西，只是喝了点汤，这会儿被这么一声给惊醒，他眯起眼眸，只觉得头痛欲裂。

剧烈的声音在静谧的别墅内尤为刺耳，二人皆是一惊，齐洪涛伸手推了下齐梅：“你干什么？！”

“没事没事，我们快走。”

齐洪涛推着齐梅朝外面走。

后面传来脚步声，齐洪涛惊得转过身，感觉到身后压来一道阴影，他抬起头，就见洛萧阴沉着脸站在他面前。

这……齐洪涛这么也没想到洛萧居然会醒，吓得说不出话来，齐梅则抱着童染朝边上退了退。

洛萧神色阴恻得令人发寒，他捏紧双拳：“你们做什么？”

齐洪涛和齐梅对视一眼，这时候不好和他解释，他也未必会相信，而且也不安全：“不是，我们只是……”

“把她放下，”洛萧望向齐梅怀里的童染，双眸乍现阴寒，“把她还给我！”

齐梅哪里肯，双手下意识搂紧：“你别误会，我们想要救她出去……”

“还给我！”

洛萧上前一步就要抢人，齐洪涛忙去挡他：“我们把她送去安全的地方……”

“闭嘴！”

洛萧用力一推，齐洪涛整个人就朝边上倒去，齐梅惊得大喊：“老公！”

洛萧眯起眼睛，抡起边上的椅子，用力朝齐洪涛身上砸去：“我警告过你们，谁也别想动她，送汤下药不成，你们就干脆直接抢人？”

椅子砰的一声被砸开，齐洪涛脸上迅速浮现瘀青，他怎么也没想到有一天会被洛萧打，齐梅冲上去要挡：“你给我住手！”

“还我！”洛萧一把将她怀里的童染抢过来，俯身将童染放在地板上，忽然伸手将齐梅也推倒在地上。

齐洪涛疼得差点打滚，见状伸手抱住齐梅，二人一起抬起头来：“你……”

洛萧浑身笼罩着层层戾气，他视线扫出去，拿起了门边的铁棍。

他抡起铁棍就朝他们身上打，洛萧认定他们要害童染，一棍棍下来极其用力，闷响声不断响起，齐梅才抬起头，脸上便挨了一棍子。

她捂住脸，一口血吐了出来。

齐洪涛气得眼前一黑，撑着墙壁想要站起身：“真是反了你了，洛萧，你给我住手！”

“你有什么资格叫我的名字？”洛萧几步上前揪住他的领子，拎起他就朝墙上摔去，“敢动我的女人？你们给她下了什么药，说！”

“你给我松手！”

“闭嘴！”洛萧一巴掌甩过去，莫名气愤。他不明白，为什么总是有人要把童染从他身边抢走。一个莫南爵不够，在南非的时候莫北焱居然也横插一脚，他越想越气，抬腿就朝齐洪涛的腹部顶去，“说！杰西叫你把她弄到哪里去？”

“你——”

“不说是吧？好，你嘴硬。”洛萧抓起他就朝边上摔，齐洪涛整个人倒在楼梯上，安装的假肢从右腿上滑落，疼得他一阵痉挛。

洛萧握紧手里的铁棍，抬脚朝他走去。

就在此时，外面响起直升机的声音——

洛萧一惊，还以为是杰西，转身想要进屋，却见直升机直接降落在庭院里，机舱门打开，一身深蓝色皮衣的莫南爵拿着枪跨了下来。

陈安紧跟着下来，身后跟着几个彪形大汉，个个拿着枪。

洛萧瞳孔一缩，握着铁棍的手收紧，莫南爵怎么会找到这里来？！

他眯起眼睛，眼眸中的狠戾令齐洪涛不由得一惊：“是小西来了吗？”

“闭嘴！”

洛萧抡起铁棍朝他头上砸去，砰的一声鲜血迸射出来，齐洪涛疼得捂住头，气得想起身甩他两巴掌。

庭院内，莫南爵将手枪上膛，走在最前面，神色警惕：“你们从后面包抄，看见不认识的人就杀，一个都别留。”

“是，爵少。”

彪形大汉散开行动，陈安跟在莫南爵身后：“怎么都没人？”

莫南爵并不说话，走到门边，抬脚就猛地一踹！

砰！铁门瞬间被踹出裂缝，莫南爵抬手就是两枪，门锁被打落。

他抬脚走进去，发现里面的人倒了一地。

彪形大汉从两边回来汇报：“爵少，前后守着的人都昏倒了，不知道为什么。”

莫南爵眯起眼睛，陈安蹲下身，在其中一个手下的颈间探了下，而后翻了下他的眼皮：“他们都中了迷药。”

“在自己的地盘中迷药？”莫南爵瞥了一眼，敛下神色，“都给我进去搜！”

他说着直起身朝里面走，一眼就望见了倒在地上的齐洪涛，边上还有掉落的假肢。

对方眼里的震惊完全藏不住，莫南爵走过去，在齐洪涛身边蹲下来时，用手枪抵住了他的前额："你是谁？"

齐洪涛抬起头来，方才那一声爵少他听得真切，莫南爵长相精致出挑，纵然是长大了，他也一眼就能认出来。

齐洪涛止不住地惊讶和害怕，眼前的男人若真是莫南爵，他们还能有命活吗？

还是说，他就是得了消息，来抓他们的？

他始终不说话，莫南爵对他兴趣不大，站起身，视线锐利地扫了几圈，最后落在一楼靠里面那间紧闭的房门上。

莫南爵握紧手里的枪，跨过齐梅的身体走到门口，抬手轻碰了下门把，没锁。

陈安走了进来："在这里面吗？"

莫南爵看他一眼，将食指竖在唇边点了点，二人眼神对视一下，陈安瞬间明白意思，故意开口道："哦，那你进去吧，我去二楼看看。"

"好。"莫南爵点点头，转过身，随手就将躺在地上离自己最近的齐梅轻轻拎起来，一手握住门把，推开门时自己并未进去，而是先将齐梅推了进去。

砰！一声枪响猝然响起。

齐梅手臂右腿中枪，本来已经被打昏，这一下疼得她惨叫出声："啊——"

洛萧本以为是莫南爵，一看不是，惊得瞬间抬起头，可还未反应过来，齐梅的身体猛地被扔开，莫南爵几步跨进来，洛萧来不及再一次开枪，手腕便被男人一把擒住："你——"

莫南爵抬腿朝他腹部一顶，一手绕过去擒住他的后颈，用力地就将洛萧整个人朝墙上摔去！

洛萧根本不是莫南爵的对手，脑袋撞在墙上一阵眩晕，他刚要叫出声来，莫南爵一拳砸在他的嘴角处："童染在哪里？！"

"我不知道！"

"你找死！"莫南爵几拳毫不留情地砸下来，洛萧伸手想去挡，却被扣住手腕，"你是不是一天不害她就不舒服？"

洛萧冷笑一声，刚要开口又是一拳，他疼得倒抽一口凉气，咬牙道：

“莫南爵，你没资格说我！”

门外的齐洪涛闻言猝然睁大眼睛，震惊得无以复加，他果然就是莫南爵！

怎么会……他和小染是什么关系？！

“我没资格？”房内，莫南爵屈起膝盖，一个猛力朝洛萧双腿间用力一顶，“你说，要是我把你打废了，你还能和我比资格吗？”

洛萧疼得眉心一皱：“你滚开！”

“该滚的人是你！”

莫南爵反手将他掀翻在地，踩着洛萧的手朝房内走去，绕了一圈后在大床上看到了躺着的人。

他伸手掀开被子，就见童染脸色惨白地闭着眼睛，小脸轻皱着，显然并不舒服。

莫南爵目光一沉，伸出手轻拍她的脸：“童染？”

女子并无反应，莫南爵俯下身，双手轻柔地环住她的背部将她抱起来：“我来了。”

童染眼皮轻跳了下，莫南爵凑过去亲她的脸，后面突然传来砰的一声！

陈安拿着铁棍望着地上的人：“就你这样，还想搞偷袭？”

洛萧疼得握住肩，抬起头狠狠瞪他一眼。

门口守着的彪形大汉忙冲进来用绳子将洛萧绑住。

莫南爵用毛毯将童染裹起来，而后将她抱起来：“过来看看她怎么了。”

陈安望了一眼，转身走出去，不一会儿便回来，手里拿着几片仙草叶：“就是中了迷药，刺激一下就醒了。”

“这东西对孩子没危害吧？”

“没有。”

莫南爵将仙草叶放进嘴里嚼碎，对着童染的唇瓣将叶子的汁喂了进去。

洛萧望着这一幕气得脸色铁青。

莫南爵坐在床沿，童染靠在他怀里，他低头在她耳边轻唤：“童染。”

“哎呀你对她就不能狠点？”陈安走过来，伸手掐住童染的人中稍微用力，就见童染眉头皱了下：“疼……”

“你轻点！”莫南爵一脚踹过去，陈安闪身躲开，童染只觉得双眼涨得难受，她缓缓睁开眼睛："你……"

男人的脸在眼前渐渐清晰，童染睁大眼睛，有些难以置信，伸手想要揉眼睛，却被男人一把抓住："怎么，这么不想看见我？"

醇厚的声音传来，她这会儿才确定自己不是在做梦。

童染声音哽咽："你怎么来了……"

莫南爵作势要起身："那我走。"

"别，"童染勾住他的脖子，视线扫出去，看见陈安和洛萧，莫南爵目光一沉，童染却没说什么，将脸别回他胸前，"我们走吗？"

"好，走。"

莫南爵将她抱起来朝外面走去，经过洛萧身边时他特意顿了下脚步，童染却没说什么，一双手紧揪着他的领子。

陈安也跟着走出去，彪形大汉架起洛萧走在最后。

童染出房门时望见了地上的齐梅，她浑身是血，显然伤得不轻，童染一怔，挣扎着要下来："阿姨！"

莫南爵双臂搂紧她，不让她下地："你认识她？"

"不认识，但是她帮过我，还煮汤给我喝，我给你们发微博和短信就是她给我的手机，"童染蹙起眉，"谁把她打成这样的？"

莫南爵眉梢轻挑："洛萧打的。"

童染捏紧了手掌："把她也带走吧，她伤成这样，不治疗肯定会死的……"

莫南爵闻言拧起眉头，童染伸手环住他的脖子，小脸蹭着他的脖颈撒娇："好不好？"

男人神色缓和下来，抬眸望了一眼边上的彪形大汉："抬走。"

齐梅被抬起来的时候还有些知觉，她双手不停挥动，朝齐洪涛伸去："老公，别杀我老公……"

彪形大汉不敢贸然动手，只得抬起头，莫南爵见状也懒得多说："一起抬走。"

童染这才松口气，生怕他不肯。

外面停着的直升机很大，足够容纳这些人，莫南爵抱着童染跨了上去。

齐洪涛和齐梅被安排躺在后边的躺椅上，莫南爵瞥一眼陈安："去帮他们止血，别死在上面了。”

“这都是什么人啊？”陈安走过去，“还有个断腿的？电锯惊魂呢！”

“鬼知道。”

陈安瞥童染一眼：“就知道整些乱七八糟的，这该不会是那杰东的人吧？”

“杰西！”

“哦对……杰西，东西南北我分不太清楚。”陈安嘴里咬着绷带，俯下身开始给已经陷入昏迷的齐洪涛处理头上的伤口。

直升机飞了不到两个小时便降落。

莫南爵直接抱着童染跨下直升机，大步走进屋去。

彪形大汉将洛萧抬了下来，陈安上前一把拽住洛萧的衣领将他朝房间里拖，彪形大汉望了一眼：“安少爷……”

“去拿根皮鞭来！”陈安砰的一声将门摔上，声音自门后传来，“再拿点辣椒水。”

“是，安少爷。”两个彪形大汉对望一眼，不敢怠慢，很快便将东西取了过来。

“安少爷，那两个人……”

陈安伸手接过东西，又啪地掩上门：“直接送医院，我没心情缝！”

“是……”

洛萧被陈安丢在床上，双手双脚都被麻绳捆着，动弹不得。

他冷冷注视着陈安：“你想怎么样？”

“不想怎么样，就是跟你讨点东西，”陈安站直身体，拿起皮鞭，“我们做个交易吧，你把解药交出来，我就放你出去。”

“你以为我会相信你？”

陈安扬起皮鞭，啪的一下抽过去：“这鞭子没镶金，不痛吧？”

洛萧拧起眉，陈安捏住他的下巴：“别以为我会对你心慈手软，像你这种人下十八层地狱也不为过，你做过那么多伤天害理的事情，就不怕天打雷劈吗？”

洛萧冷笑一声：“雷劈死了我，莫南爵也别想活。”

“你再嘴硬！”陈安将皮鞭蘸上辣椒水，站在床前，“姓洛的，你信不信我让你皮肉开花？”

“你有种就抽。”

陈安毫不犹豫地抽了下去，要不是因为解药的问题，他绝对一枪毙了洛萧。

洛萧冷眼望着他的动作，嘲讽地闭上眼睛。

陈安揪住他的领子，抬手就是一顿暴打。他在莫家被谢阳华打，归根结底就是为了 Devils Kiss，要不是因为洛萧，他会被打成那样？！

他下手不分轻重，洛萧却始终一言不发，任他怎么打都不开口。

陈安气得松开手，抽出纸巾擦掉血迹，转身朝外面走去：“看好他，别给饭吃也别给水喝。”

“是，安少爷。”

洛萧睁开眼睛，视线盯着窗外落日的余晖。

是又要天黑了吧？

童染几天来终于睡了个舒服觉，醒来的时候天已经黑了。

她坐起身，房间里并没人，她换了套衣服走下楼，看见陈安和莫南爵正坐在沙发上，二人手里拿着份东西，正在说着什么。

童染走过去，陈安望见她后将成沓的 A4 纸翻过来用杯子压住。

童染在莫南爵身边坐下来：“怎么了？”

莫南爵伸手搂住她：“没事。”

童染想起陈安方才的动作，视线扫过那沓 A4 纸，总觉得有些奇怪：“你们刚刚在说什么？”

“男人之间的事。”

“我不能知道？”

童染望向陈安，陈安耸肩，莫南爵见状凑到她耳边：“关于怎么能更持久，你要听吗？”

“去！”童染红了脸，陈安也知道莫南爵肯定没说什么正经的，轻咳一声道：“对了，带回来的那两个人，情况不太好。”

“怎么了？”童染紧张地抬起头，“伤得很重吗？”

“嗯，男的头部受伤，缝了七针，女的右手红肿得厉害，都是铁棍打的，”陈安说着摇了下头，“洛萧真狠啊，对着两个长辈都下得去手。”

“那他们现在怎么样？”

“在二楼的房间里，用人在门外守着，你可以去看看。”陈安朝楼上指了下。

童染站起身，莫南爵侧头望了一眼：“让用人跟你一起进去。”

“放心吧。”

陈安抬头望着童染的背影消失在楼梯口，转过头将话题拉回来：“爵，你真的不打算告诉她吗？”

“你敢说我打断你的腿。”莫南爵伸手将那沓 A4 纸拿起来，“你说这玩意儿叫什么？”

“这是我和几个朋友共同发明的，名字还没想好，”陈安抽出其中一张，上面画着详细的图，他递过去，“可以叫……神经性助动器。”

莫南爵拧起眉头，图纸画得很复杂，他扫了几眼：“助动器？”

“对，简单来说，神经性肌肉萎缩是周围神经系统的一种紊乱，这种可遗传疾病会导致肩膀和胳膊剧烈疼痛，接着还会出现暂时性麻痹，”陈安手伸向他的左手和右手，“遗传性神经肌肉萎缩的特点是使胳膊及手出现周期性疼痛，进而部分区域出现麻痹状况，你就是这种情况。”

莫南爵抿着薄唇：“所以？”

陈安瞥他一眼：“而且，偏偏还有某些不要命的人，会给自己注射兴奋剂并且抗拒治疗，导致情况越来越严重，疼痛一旦加剧，神经就会跟着失去控制，别说抬手，到时候连头都低不了。”

莫南爵并不想听这个，翻了下 A4 纸：“这助动器怎么用？”

“我们还在研制中，简单来说，就是用几根细小并且有可控电流的细线，从你双手双脚的神经中贯穿进去，以特殊的方法缝合，一旦你出现麻痹状况，电流就能刺激你的神经，让你不至于不能动。”

“多长时间更换一次？”

“目前我还不知道，但是肯定不能太久，因为这东西放进你的双手双脚里，不可控的因素太多了，还需要进一步实验，”陈安视线扫过他手里的纸张，“你不肯住院，这是目前唯一能保证你不会因为突然无力而发生意外的最好办法。”

莫南爵放下手里的纸张：“这东西能用多少次？”

“难道你还想用一辈子？”陈安瞪他一眼，“最多用五六次，而且……”他顿了下，神色严肃，“爵，我必须告诉你，这很痛，剧痛。”

莫南爵眯起眼睛，灯光下看不清他眼底的波动：“有多痛？”

陈安将原理图推到他面前：“就等于割开皮肉将这东西放进去，然后保持通电，必要的时候你自己按按钮，它就能刺激神经，让你不至于毫无反抗之力。”

“要做手术才能放进去？”

陈安点头：“对，虽然是个小手术，但是不能打麻药，你现在要禁掉一切麻药类的药剂，否则会加速麻痹和萎缩，所以会非常非常痛……”

“旁人会看出异常吗？”

“除非你极其能忍，不然绝对会痛得走路都流汗。”

莫南爵眉头紧皱，陈安将他手里的东西抽回去：“但这个至少比你注射兴奋剂靠谱，兴奋剂你注射多了会上瘾，会刺激神经发生性格变化，你想变成神经病吗？”

莫南爵挥开他的手：“什么时候能弄出来？”

“再给我几天吧，我那群朋友在做成品，找了几个病人过来做个临床试验，不过一般人肯定受不了，”陈安没好气地看他一眼，“人家都肯住院，才不会像你一样！你以为我想让你用这种东西？可你……”

“你不说我能死？”莫南爵瞥他一眼，“弄出来告诉我一声。”

“你决定要用？”

“嗯，”莫南爵站起身，“这事儿麻烦你。”

“你住院就不会麻烦我。”

莫南爵并未再多说，径自上了楼，陈安也习惯了，伸手将A4纸收起来，转身出了别墅。

二楼的房间里，齐梅和齐洪涛躺在床上，二人伤势都挺严重的，起身都不行。

童染推门走进去，齐梅是醒着的，望了她一眼：“小染。”

“阿姨，您别起来，”童染忙过去扶住她，齐梅只是伤了手臂，童染拿了个靠枕给她垫在背后，“感觉好些了吗？”

齐梅握住她的手，一天不见，童染气色好了很多，显然被照顾得很好，齐梅松了口气：“我没事，就是有些疼。小染啊，我和你叔……”

“我知道，您在饭里下了药，是想送我走吗？”童染事后想了下，也只有这一种可能性，否则洛萧也不会打他们，她垂下眸，“对不起，是我害你们伤成这样……”

齐梅拍拍她的手：“说的什么话，我和你叔是看你跟我们有缘分，我们也没孩子，就想帮帮你……”

童染喉间哽咽，齐梅望向她的腹部，犹豫了下还是问道：“小染啊，来救你的那个男人……是你的……”

“他是……”

“在说我？”

蓦地，房门被推开，莫南爵大步走进来，童染站起身，自然地抱住他的胳膊：“是阿姨问我，你是我什么人。”

莫南爵瞥了齐梅一眼，眼神冷淡：“哦？”

“阿姨，我给您介绍一下，”童染将莫南爵拉到床边，嘴角勾起浅笑，“这是我老公。”

齐梅神色一僵，继而笑道：“哦，你好……”她伸出手去，“你叫什么名字？”

她明明知道，可偏偏想再度确认一下。她想，总不至于……真的这么巧吧？

莫南爵双手插兜，居高临下地冷睨着她：“无可奉告。”

齐梅：“……”

“哎，你别这么凶，”童染忙轻推他，“不好意思阿姨，他这几天心情不好……”

“不碍事，年轻人嘛。”

齐梅的视线在莫南爵脸上来回睃巡，想要找出点不同，可她当年也是见过的，时间再怎么变迁，这轮廓是会不变的。

她的女儿怎么会和莫家的孩子在一起？

小染要是知道当年他们出事和莫家有关系，她怎么受得了？

莫南爵呢？他的目的又是什么？为了报复童家人吗？

齐梅想不透，也不敢去想，只觉得四肢百骸都跟着颤抖。她伸手扶住额头，差点一口气提不上来。

“阿姨，您怎么了？”童染忙倒了杯水递过去，“又不舒服了吗？”

齐梅摇摇头，别开视线：“没事，我躺一会儿就好……”

“那好，您先睡会儿。”

“好……”

童染直起身体，将齐梅的被子拉上，莫南爵站在床边，方才齐梅眼中一闪而过的探究他看得真切，男人眯起眼睛，目露犹疑。

童染拉着他走出房门：“阿姨要睡觉了，我们出去吧。”

“已经这么亲切了？”莫南爵搂住她的腰朝楼上走，“你们认识多久？”

“没多久……”

“那你就这么相信她？”

“她要是真想害我，就不会给我手机让我联系你们了，”童染靠在他的臂弯里，“她在饭里下药是想把我送出去。”

“你想过吗，万一她给你手机是为了让你被救走时也捎上他们呢？或者，”莫南爵眯起眼睛，“就是为了让你信任她，从而更好地了解你的事情？”

“才不是，你别把人想得那么坏，”童染皱起眉头，“我总觉得阿姨身上有种很熟悉的感觉，像是……”

莫南爵一把将她抱到床上，跟着躺下去：“像是什么？”

童染搭起一条腿：“我也说不来，但我感觉他们不是坏人……更像是亲人，很熟悉。”

“反正天下到处是你的亲人。”

“你连个阿姨的醋都要吃！”

“我可没。”

“莫南爵……”

童染嗓音糯糯地靠过去，将头枕在他的肩头上：“我好累。”

莫南爵闭上眼睛，抬起手背搭住额头，兴奋剂的效果渐渐退去，呈现出的是更深刻的无力，他疲倦地轻合上眼帘，竟发现难以再睁开。

他的身体他比谁都清楚，莫文斌有多严重他是亲眼看到的，没有遗传给莫北焱，遗传给了自己，这就是命。

他以前常说从来不信命，可后来才发现，它会证明给你看。

兴奋剂和助动器都撑不了多久，次数多了也会被身体所免疫，莫南爵不怕死，他只怕到了后期，这世上再没有一种东西能支撑他站起来。

那时候……

童染见他不说话，撑起半边身体："你怎么了？"

"没事，"莫南爵伸手将她的脑袋往下按，"睡吧。"

"我睡不着。"

童染睁着眼睛，房内气氛静谧，他们其实彼此都能感觉，现在已经不同以往，每一次分开，再相聚有多难。

现在她还能同他斗嘴，同陈安开玩笑，还能强颜欢笑，可横在他们中间的东西，从来都不是他们自己。

童染闭上眼睛，床侧橙黄色的灯光笼着双肩，竟异常沉重，像是被压上了什么担子，怎么也甩不开。

许久，她才哽咽着开了口："周管家死了。"

莫南爵并未睁眼："我知道。"

"我看见了，是洛萧杀的。"

"他在为你父母报仇。"

童染没再说话，直到她均匀的呼吸声传入耳膜，莫南爵才睁开眼睛，轻声开口："童染，如果我杀了洛萧，你会恨我吗？"

边上没有传来回答。

莫南爵知道她睡着了，翻了个身，伸手将她颊边的碎发拨开，露出的脸只有巴掌那么大，男人眼底笼上阴霾，久久未散。

"睡吧。"

杰西回来后得知了林间别墅内发生的事情。手下醒了之后个个对此毫不知情，说是莫名其妙地就昏倒了。

最后查到是中午的饭菜有问题，一询问，用人便说中午的饭菜都是齐梅准备的。

杰西并不相信，对齐梅来说，帮助童染和洛萧能有什么好处？要么她是被胁迫的，要么就是里面藏着什么不可告人的秘密。

杰西并未在别墅多留，取了东西后便上了直升机。

GK 皇冠酒店里，杰西特意订了顶级的包厢，金边包裹的座椅被服务员拉开，他神色忐忑地坐下。

十几分钟后，走廊上传来脚步声，杰西望了一眼时间，忙起身走出去。

走廊的那一端，一身浅紫色西装的男人优雅地走过来，身后跟着一群精英团队，他走在正中央，酒红色的碎发下，噙着笑的脸庞看起来犹如王者般尊贵。

“莫总。”杰西忙走上前，右手已经恭敬地伸了出去，“您好，我是盛杰集团的。”

莫北焱双手插兜，看都没看他一眼，

边上的随从伸手挡住杰西的动作：“不好意思，请让一让。”

“莫总，请您就给我一分钟……”

“不好意思，莫总既定会议时间，不接受任何见面，请您去莫氏大厦预约。”

随从公式化的声音传来。

随后几人上前将杰西拉开，莫北焱抬脚就要走，杰西见状咬了咬牙，喊道：“莫总，您稍等，我这里有一份录像，是关于您弟弟的……”

莫北焱脚步一顿，杰西聪明地止住声音。

莫北焱果然回过头来，一双凤目狭长勾人：“你说，我弟弟？”

“对，”杰西忙点头，“我见过他，就在几天前。”

“是吗？”莫北焱勾起嘴角，摘下手套随手甩给边上的人，“会议推迟半小时，我要跟这位先生聊一聊。”

“是，莫总。”

杰西挣脱开束缚，过去狗腿地将门推开：“莫总，里面请。”

莫北焱进去后在桌边坐下，服务员要倒酒，他扬了下手，目光锐利地射向杰西：“不用，我们长话短说，你在哪里见过我弟弟？”

杰西并不回答，从边上的公文夹内取出一份合同，公司刚刚建起来，可要想在拉斯维加斯立足，首先得搞定的就是莫氏集团，这一点，是个人都知道。

“莫总，您看看，这是我们盛杰集团近期的规划。”

莫北焱伸手拿起边上的红酒杯，反过来后扣在合同书上，搭起一条腿道：“先回答我的话，否则你今天就走不出这里。”

他不喜欢目的这么明显的人。

杰西想了下，到底不敢得罪他，从包里拿出个U盘，插入电脑后移到莫北焱面前：“这是三天前我的别墅里的监控录像。”

莫北焱视线扫过去，画面正好是莫南爵抬脚踢开林间别墅的大门，莫北焱眯起眼睛，感觉有点不可思议。

录像并不长，也就二十分钟左右，莫北焱看完后别开眼：“这是在哪里？”

“是我的林间别墅，”杰西简单地解释了一下为什么要抓洛萧，“我回去之后，就发现他们被救走了。”

莫北焱嘴角勾起讳莫如深的笑容：“那你找我做什么？”

“是这样的，”杰西又拿出一个纸袋子，“我听道上的兄弟说，前段时间莫总将这张照片放到黑市，让人去找人。”杰西取出照片后推过来。

莫北焱瞥了一眼，确实是苏清甜给他的那张：“所以？”

杰西却不再说下去，搓着双手：“我这里正好有点线索，不知道莫总有没有兴趣？”

他目光如炬，莫北焱一眼便知，伸出手道：“笔拿来。”

杰西忙呈上，莫北焱看也没看，直接在合同书上签字，落笔极其潇洒：“说吧，什么线索？”

“是这样的，我也是了解莫总的信息的时候，偶然得到了这张照片，”杰西指着照片上的人，说得含蓄，莫北焱自然明白他所谓的了解不过就是打探，“没想到这么巧，这张照片上的人我倒是认识一个。”

莫北焱挑眉：“你认识这女人？”

“莫总果然是聪明人，”杰西点点头，将照片拿起来，上面一个女人蹲着，手里抱着个小女孩，“我当初在调查一个人的资料的时候，恰好也查到了这个女人，不过资料上显示，她已经死了。”

“死了？”莫北焱脸色一沉，抽回照片，“死了多久？怎么死的？”

“死了有十几年了，具体怎么死的我也不太清楚，档案上只说是车祸，并且还是宗悬案，一直没破，”杰西指指照片上的女人，“莫总，您猜她和谁有关系？”

“说。”

“您一定想不到，”杰西放下双手，“洛萧。”

“什么？”莫北焱猝然抬起头，眉宇间闪过难以置信的神色，“你最好明白，骗我的下场是什么。”

“是，我当然不敢。”杰西又转身从包里抽出个档案夹，要知道，他当初为了调查洛萧花了多少心血，人力物力损失惨重，最后终于将他的底给抖了出来。

杰西将东西推过去：“里面是洛萧的家人的信息，”他将一张张 A4 纸分别铺开，开始解释，“他父亲洛庭松、母亲宋芳，这两人分别在去年因为车祸和火灾死亡。他叔叔童明海、婶婶苏澜，也在十几年前的一场车祸中死亡，另外有一个堂妹名叫童染。但法律上显示洛庭松属于童氏收养的孩子，所以他们并无血缘关系。后来童氏被洛庭松接手改名洛氏。”

莫北焱眯起眼睛，他也曾调查过洛萧，但也只是点到为止，因为他并无兴趣：“继续说。”

杰西将洛萧的那张档案表拿起来：“洛萧在锦海市曾经担任傅氏集团总裁，后因资产问题，傅氏集团对外宣布破产，他结过一次婚，第一任妻子傅青霜，现已确认失踪超过 6 个月。目前他的合法妻子这一栏写的是童染，是在南非办理的结婚登记，不过并非本人办理，而是由代办人出面。”

莫北焱闻言不由得皱眉：“他和童染登记过？”

杰西点点头：“是的，但他们是在南非登记成为夫妻，因为隶属不同的关系，所以结婚证只在南非境内有效，在境内是无效的。”

莫北焱食指在桌面轻叩几下：“居然已经登记了……”

“洛萧应该是托关系办理的，”杰西稍微思索了下也明白其中的关系，“那个叫童染的女人显然……和您弟弟感情很好，想必她并不知情。”

“要是知情就有趣了，”想到童染小脸上愤慨的表情，莫北焱勾起嘴角笑了下，“他目前除了童染，没有旁的亲人了？”

“是的，而且我发现一个规律，莫总，您方才也听到了，凡是洛萧身边的人，亲人也好妻子也罢，都没有好下场。”

杰西将童染的资料推过去："想必您也明白，烈焰堂在南非树大招风，恨洛萧的人都数不过来，现在道上的人都知道，童染是烈焰堂第二任堂主，也是第一任堂主洛萧的妻子，所以今年的南非黑帮头号追杀名单上，洛萧退居第二，第一名是童染。"

莫北焱笑出声来："有意思，这出戏真是越来越有看头了，"他坐直身体，"你呢，也不必跟我绕圈子，烈焰堂我一直插手，只是我从不露面，就是不想揽这些麻烦事。洛萧这人我并不了解，但是我可以告诉你，他不是好对付的人，甚至他的某些手段远在你我之上。"

杰西有些诧异："是吗？我看他也没什么了不起的。"

"你错了，"莫北焱端起边上的酒杯，"洛萧只是对你不感兴趣，他要是感兴趣，分分钟就能玩死你，知道为什么吗？"

"这我还真不太清楚……"

"因为他够狠，我见过这么多人，当属洛萧最狠，又狠又毒。你要知道，重情的人都死得惨，只有狠心的人才站得稳，"莫北焱抬起头，"这个道理，想必不用我多说吧？"

"是，是……"杰西嘴上应着，其实并不这么认为，洛萧极不爱说话，这样安静的人能有什么狠的？无非就是研制些毒药罢了。

莫北焱将档案袋里的表格一一看过："如果我没猜错，这照片上的人和洛萧有关系？"

"对，这张照片上的女人就是童染的亲生母亲，洛萧的婶婶，苏澜。"

"什么？！"莫北焱猝然站起身，差点将酒杯打翻，他沉下眉道，"你说这个女人是童染的亲生母亲？"

"是，我调查过很多次，这女人就是苏澜，不会有错。"

莫北焱凤目微眯，这照片是苏清甜给他的，怎么会和童染扯上关系："苏澜以前结过婚吗？"

"没有，档案上记载她就结过一次婚，一直到发生车祸，配偶是童明海。"

莫北焱皱起眉，指向照片："那苏澜抱着的这个小女孩是谁？"

"这我不太清楚，"杰西摇摇头，"莫总，这么多年前的照片，这小女孩是真的查不到。"

“会不会是童染？”

“应该不是吧？”杰西抽出童染的档案，“如果照片上的女孩是童染，那洛萧的老婆又是谁？”

莫北焱没再开口，苏清甜既然把这照片给他，那上面的女孩肯定是她自己，可这女人居然是苏澜，那苏清甜和童染又是什么关系？

难道……

莫北焱难以置信，这怎么可能？苏清甜是小时候莫家抢来的，苏澜和童明海只有童染一个孩子，断不可能是从他们手里抢来的！

除非，苏澜还有别的孩子……

可如果是这样，童染和洛萧又怎么会不知情？

莫北焱从未听洛萧说过这方面的事情，他想，也许他们是知道的，只是丢失了太多年，所以一直没提？

那，苏清甜口中的哥哥……

莫北焱只觉得老天爷在开玩笑，他不敢断定，只是推测。

“莫总，我知道的只有这些了，都告诉您了，”杰西见状站起身，“另外，莫南爵本人应该还在美国境内。”

“你走吧。”

杰西拿了合同便离开，他不关心这些，他关心的只是怎么将公司上市，抓住了莫氏这根大绳，就不怕会摔死。

莫北焱拿着照片，坐了一会儿后才站起身，吩咐人将档案袋内的东西都整理好，一并带走。

“莫总，会议时间已经推迟了一个小时……”

“推掉，”莫北焱将照片收进口袋，转身朝 VIP 电梯走去，“这几天一切会议全部推掉，我有别的事情要处理。”

Chapter 9
你就是我的初心

第二天一早，陈安从研究所回来的时候，天刚亮不久。

童染睡到现在还未起床，莫南爵坐在沙发上看报纸，陈安走过去丢了样东西在他身边：“喏，有人特意找到我，说是叫我转交给你的。”

莫南爵瞥了一眼：“是什么？”

陈安脱掉外套，伸个懒腰倒在沙发上，搭起一条腿：“我怎么知道，八成是情书，你自己看吧。”

莫南爵伸手拿起来，信封纸质极好，他撕开后抽出里面的东西。

并不是长篇大论的信，而是一张字条和一张照片，短小的字条上写着一行字：17 号 UHN 大街，Darkness 咖啡馆，十点，我等你。

“谁啊这是？”陈安抽过那张字条，“居然明目张胆地约你，”他目光移向照片，“这女人是谁？”

莫南爵站起身，高大的身形在清晨的阳光下投下长长的阴影：“我出去一下，童染要是问，你就说我去处理杰西的事。”

陈安察觉到不对劲，跟着站起身：“爵，我陪你去吧？”

“不用，你休息吧。”

“你自己小心点。”

“嗯。”

咖啡馆内生意冷清，就算是高峰期也没几个人。

莫南爵推门走进去，服务员瞅一眼他的脸，这长相绝对是好认的主：“是爵少吗？”

莫南爵眯起眼睛，服务员心领神会：“请跟我来。”

二楼靠窗的包厢内，咖啡的香味飘来，这是极苦的咖啡，莫南爵和莫北焱这一点倒是出奇相似，喝咖啡必须苦，否则一口不碰。

服务员推开门。

“怎么才来？”莫北焱俊脸含笑，放下手上的咖啡杯，“爵，见你一面真不容易啊。”

莫南爵神色冷淡，坐下后搭起一条长腿，直接将信封摔在桌上：“这是哪里来的？”

照片从信封的开口处滑落出来。

“哦，你说这个啊，”莫北焱睨了一眼，并未直说，“有人给我的。”

“谁？”

“你见过这张照片？”

“对。”

莫北焱勾起嘴角：“在哪里见过？”

莫南爵黑眸望入他的眼底：“你从哪里拿的，我就在哪里见过。”

“你别想套我的话，”莫北焱抹了下嘴角，“我不吃你这套。”

“我知道你不吃这套，但他既然能把照片给你，想必极其信任你，”莫南爵顺着他的话说，“你还有什么不满意的？”

“我可没说不满意。”

“那你何必找我？”

“我只是想确认一些事情。”

“还说没不满意，”莫南爵微微眯起眼睛，“他明明什么都知道，却偏偏还要给你照片让你来找我确认，可笑吗？”

“你别胡说，”莫北焱闻言下意识脱口而出，“我只是答应了帮苏清甜……”

他猝然顿住声音。

莫南爵嘴角绽开一抹笑，他端起桌上的咖啡杯，修长的食指摩挲着杯沿：“还说你不吃这套？”

“……”

“你说，你是帮苏清甜？”莫南爵眼神冷下去，拿起照片，“是她给你的？”

说都说了，莫北焱也不再掩饰：“是。”

“开什么玩笑！”莫南爵啪的一下将照片摔在桌上，整张脸跟着阴鹜下去，这女人分明就是苏澜，如果……

苏澜、苏清甜，偏巧都姓苏……

莫南爵捏紧手掌，俊脸晦暗：“莫北焱，我不想和你开这样的玩笑。”

“我也不想，”莫北焱双手放在桌面上，指尖点向照片，“但这确实是苏清甜给我的，那晚在房里想必你也听见了，她一头撞在柜子上，事后我答应弥补她一件事，她就说要找亲人，给了我这张照片。”

“所以？”莫南爵抬起头，双目中迸射出烈火般的视线，“你找我，是为了什么？”

“你比我清楚，如果苏澜是童染的母亲，如果这张照片的一切属实，那……”莫北焱嘴角绽开一抹玩味的笑，话语一击即中，“苏清甜和童染该是什么关系？”

砰！

莫南爵猝然起身，手边的咖啡杯被打翻，深褐色的液体洒在男人雪白的衬衫上，他双手紧握成拳，胸膛剧烈起伏。

还能是什么关系？！

和莫南爵的激动相比，莫北焱神色淡然：“坐下，我还有话说。”

莫南爵拿起桌上的信封，转身朝包厢外走去：“我跟你没什么好说的。”

“等一下嘛，”莫北焱扯住他的手腕，二人差不多高，他倾身上前，薄唇正好凑到莫南爵的耳边，“爵，我跟你说，苏清甜说……她还有个日思夜想的哥哥，是她这辈子最想找到的人。”

莫南爵闻言眯起眼睛：“哥哥？苏澜难道还跟谁生过孩子？”

“谁知道呢，这不都是猜想嘛，”莫北焱松开手后斜倚在墙面上，凤目轻挑，冷不防冒出一句，“你说，会是洛萧不？”

莫南爵猝然转过头来：“谁告诉你的？”

“没人告诉我，其实你也知道，苏清甜的哥哥，也就是童染的哥哥，那肯定就是洛萧啊，除非还有个不为人知的孩子存在，但可能性很小，”莫北焱分析得头头是道，嘴角噙着笑，往情况糟糕的方向说，“你看，若她哥哥真是洛萧，那洛萧和童染是什么关系？”

莫南爵神色阴鸷，关于这一点其实他并不怀疑，童染和洛萧确实去鉴定过，也确实没有血缘关系，难道，还能有什么偏差吗？

莫北焱瞅着他阴晴不定的脸色，完全是一副幸灾乐祸的模样，叹了口气道：“哎，我说你们这出戏是越唱越精彩了。”他直起身体，“我答应了帮苏清甜找哥哥，所以，今天来是想告诉你……”

莫南爵冷冷抬起头。

莫北焱走到他跟前，替他整理了下衣领：“莫南爵，我知道洛萧现在在你手上，我送你一句话，如果苏清甜的哥哥真的是洛萧，那他的这条命我要了，我答应的事就必须做到，在我确认之前，你别动他。”

莫北焱说完抬起视线，莫南爵侧了下身，擦着他的肩膀就朝包厢外走去：“你给了杰西不少好处吧？我也送你一句话，任何事在没确定真假之前，你最好别轻易答应什么。”

莫北焱的手顿在半空中，他笑着收回来，弹了下衣领上的灰尘，也转身下了楼。

他关心的并不是事情真假，而是这件事能给他带来什么好处，不管苏澜和苏清甜是否有关系，只要对他有利，黑的也可以漂成白的。

莫南爵驱车回到别墅时，已是中午，刚跨入大门，便见童染裹着蓝色披肩坐在门口的楼梯上。

她右手托腮，看那样子应该是在打瞌睡。莫南爵目光变得柔和，他放轻脚步走了过去。

感觉到眼前笼罩过阴影，童染脑袋一歪差点磕到膝盖，她揉了下眼睛，便被一只大手一把拽了起来："你坐在这里干什么？"

"等你，"童染抬起脑袋，双眼都睡肿了，"陈安说你去处理杰西的事情了，怎么样，很棘手吗？"

莫南爵对上她的视线，只一秒便别开，松开手朝里面走去："还好。"

童染摸不着头脑，跟着走进去："你吃午饭了吗？"

"不饿。"

"一起吃点吧，你总不吃饭难道要减肥吗？"童染拽着他的胳膊将他拖到餐厅，莫南爵反搂住她："陪我上楼躺一会儿。"

童染脚下不肯动："先吃饭，我也饿了。"

莫南爵目光一冷："你还没吃？"

"我……我等你。"

"以后不许等我！"

用人将汤端上来，莫南爵还未坐下，便见齐梅扶着齐洪涛从楼上走下来。

童染见状抬起头："叔叔、阿姨，你们快来，今天好多菜呢。"

她起身要去拿碗筷，莫南爵搂住她的腰将她按在自己身边："别乱跑。"

齐梅和齐洪涛见到莫南爵也是一怔，他们以为他不在才下楼来的，童染见他们不动便起身过去搀扶："叔叔，您头上的伤好些了吗？"

齐洪涛难掩心头激动，却又不能表现，只能点点头："好，好多了。"

童染扶着二人落座，用人盛了饭，一桌四个人，除了童染外，另外三个都心结难解，齐洪涛和齐梅手里端着碗，夹了菜却一口都吃不下去。

莫南爵干脆连碗筷都没碰。

童染怀孕后食量不断增大，她埋头吃着，抬起头时就见男人视线灼灼地盯着自己，她咽下一口饭："你不吃吗？"

莫南爵拿起筷子替她夹了块糖醋里脊，伸手替她拨开颊边的碎发："我不饿。"

"老不吃饭，我看你最近都瘦了。"

童染又吃下一口，见齐梅和齐洪涛也盯着自己，她差点噎死："你们都怎么了？"

"啊？"齐梅手一抖筷子差点掉在桌上，"没，没事啊，就是才起床，脖子不舒服。"

"阿姨，那要躺一会儿吗？"

"不用。"

一餐饭吃得无比压抑，好不容易等童染吃完了，莫南爵这才搂着她站起身，抽出纸巾替她擦着嘴角："饱了？"

童染点点头，吃过饭后就不想动，靠在男人的臂弯里："吃完就困，怎么办，我要变成一头猪了。"

"你本来就是。"

莫南爵弯腰将她打横抱起，转身朝楼上走去，童染探出个脑袋来："叔叔阿姨，你们慢慢吃。"

"哎，好……"

脚步声渐渐远去，齐梅这才抬起头，同齐洪涛对视一眼，虽然什么都没说，但彼此都明白。

没想到，莫南爵居然对小染这么好。

齐洪涛握紧手里的碗筷，越是看到这样的景象心里越是忐忑无比，当年的事情犹如一根刺随时刺着他，一个没避开就会血流成河，他不得不防。

齐梅放下筷子，齐洪涛望她一眼："你看见萧儿了吗？"

"没有，我住进来后就没见过，应该是被关在一楼的房间里。"

齐洪涛拧起眉头，压低声音道："这样吧，待会儿小染就要午睡了，莫南爵肯定会陪她，你腿脚方便，找机会去一楼试探一下，最好是能和萧儿说上话。"

齐梅怔了怔："我去找萧儿说什么？"

"什么都说，把我们的身份告诉他，难道萧儿还会害我们吗？"齐洪涛放下碗筷，"我们得和萧儿商量好，才能想办法逃出去，一直住在这里肯定不是个办法，你没看萧儿都被打成什么样了？"

齐梅想了下，确实，莫南爵是个极其危险的人，他们每在这里待一天都是忐忑的："好，待会儿我就去。"

"你小心点，要是被看见了就说走错楼层，反正装不懂，用人不会拿咱们怎么样的。"

"好。"

童染每天都有睡午觉的习惯，怀孕之后更加严重，几乎是吃了就睡。

莫南爵替她洗漱下后将她抱到床上，男人放下双手后想要起身，童染一把拉住他："你不陪我睡一会儿吗？"

莫南爵手掌在席梦思上撑了下，起身后又坐回去："睡吧。"

童染挪了下，将脑袋枕在他的大腿上，轻合上眼睛："我最近总是想睡觉，真怕一觉睡过去就再也醒不了了。"

"不要胡说。"

莫南爵背靠着床头，屈起一条腿，视线别向窗外。

童染总觉得气氛不对，将他的手拉过来覆在自己的脸上："莫南爵，你怎么了？"

男人眼皮轻跳了下："没事，"他将被子拉上来，"睡。"

"你又开始惜字如金了吗？"童染盯着他精致的下巴，忽然撑起身体凑过去，"你早上见到杰西了吗？"

男人点了下头："见到了。"

"他为难你了吗？"

"没有。"

"他帮你扣扣子了吗？"童染伸手摸向他的衣领，抬眸对上他的眼睛，"我记得，你穿衬衫从来不扣第一粒扣子的。"

莫南爵低头望了一眼，确实，第一粒扣子被扣得整整齐齐的。

他一下子想起来，这是莫北焱帮他扣的。

莫南爵食指轻按眉宇，伸手过去握住她的小手："还不睡？"

童染抽回手，翻身躺下去："哼，反正你就瞒我。"

"我没瞒你，"莫南爵伸手拨开她额前的碎发，"我真的是办事去了。"

"我知道。"

“知道你还问？”莫南爵勾唇浅笑，有些话没想过就从喉间倾泻而出，“我都这样了，难道还能去找什么女人吗？”

童染仰起脑袋：“你哪样了？”

“这儿被你锁了，”莫南爵拉起她的手探向自己的胸口，“钥匙还被你碾碎了。”

“去，”童染笑着掐了下他的胸口，“不锁别人也不许进，那里我包下了。”

莫南爵脸上荡漾出笑容，将脑袋向后靠，躺下后慵散的疲惫和兴奋剂的残余在身体里弥漫开，让他有种飘飘然的错觉：“童染。”

她睁着眼睛：“嗯？”

莫南爵看向窗外炙热的阳光，却已经照不进他的生命：“以后，你想怎么过？”

“我跟你过，”童染抬起一条腿，“你怎么过，我就怎么过。”

莫南爵喉间哽咽：“如果我不在……你怎么过？”

“你不在，去哪儿？”

“我是说如果。”

“你不是最不喜欢说如果吗？”童染拉下他搭在膝盖上的手，“你以前还常常跟我说，不要说如果，没发生就是没发生……”

莫南爵微微眯起眼睛，果然，人对于抓不住的东西，都会不停地去设想。他以前从未想抓住什么，所以“如果”这个词在他的字典里不存在，可现在不一样。

“别说什么如果你不在，反正你肯定会一直在，”童染起身抱住他的脖子，“对不对？”

莫南爵低下头，炙热的吻落在她的眼角，童染听到他说：“对。”

她安心地轻蹭了下他的脖子，莫南爵将她的身体抱起后放平：“我出去找一下陈安，一会儿进来。”

童染闭上眼睛：“好，我等你。”

莫南爵起身朝外面走去，直到房门传来啪嗒一声，他全身紧绷的神经才骤然松懈下来。

莫南爵抬脚朝楼下走去，其实陈安并不在，他要去找的人，是洛萧。

此时正值午后，用人们都已经歇下了，莫南爵来到一楼房门口，并未直接进去，而是将口袋里的照片拿了出来。

蓦地，楼梯口传来脚步声，莫南爵眯起眼睛，后退几步，闪进了边上的房间，将门留下一道缝隙。

几分钟之后，齐梅鬼鬼祟祟地走了下来。

她四处张望着，明显是害怕被人发现，走得很慢，蹑手蹑脚地来到一楼这一排房门口。

她显然在寻找着什么。

莫南爵眼里骤然笼上阴霾。他早就觉得这一对中年夫妇不正常，没人会无缘无故地帮人，他们在林间别墅那样维护童染，这其中肯定有蹊跷。

难道他们是洛萧的人？

莫南爵站着没动，齐梅并不确定洛萧被关在哪一间，只得一间一间地找。

她来到一间房门口，发现门并未关严，便伸手去推。

吱呀一声，房门被推开。

齐梅探头进来，一眼就同正居高临下看着她的男人对上。

她一惊："你……"

齐梅转身就想走，莫南爵拉开门后走出来，高大的身形挡在她身前，嗓音冰冷得慑人："你在这里做什么？"

"我，我下来找东西，"齐梅一颗心差点跳出来，只得胡编，"我老公咳嗽，我，我来找药。"

"什么药？"莫南爵冷冷勾起唇，"治撒谎和欺骗的药吗？"

"你胡说什么！"齐梅忙低下头准备上楼，却被男人拦住，"我要回房间了。"

莫南爵俊脸冰冷，强大的气场令齐梅双腿发软："说，"他冷睨着她，"你们到底是什么人？童染善良，不代表我也单纯。"

"你，你到底在说什么？"齐梅声音哽咽，"我们只是普通的夫妇，你要是看不惯我们，我们明天就走……"

“哦？已经做好要走的打算了吗？”莫南爵冷笑一声，逼近一步，浑身散发出冷冽的气息，“准备带上谁？洛萧？”

齐梅猝然抬起头，脱口而出道：“你不要胡说，这件事和萧儿没关系！”

“什么？”莫南爵怔了下，随即笑出声来，“萧儿？这一声喊得这么亲热，你是他什么人？”

齐梅胸口起伏，她哪里是莫南爵的对手，几句话就被逼得哑口无言，索性伸手去推他：“你快让开，我要上楼了！”

莫南爵侧身一避，齐梅整个人朝前摔了下，脚步趔趄地跌倒在地，疼得直叫：“我的脚……”

莫南爵冷瞥一眼：“要开始上演断手断脚的戏码了？”

齐梅闻言皱起眉头，她本来就对莫南爵没什么好印象，这时候更是害怕，她抬起头，还未开口，便猛然惊怔住！

从她这个角度，正好能看见莫南爵手上拿着的那张照片。

齐梅只觉得一阵惊雷从头顶打下来，她睁大眼睛，再也移不开视线。

他……怎么会有这张照片？

齐梅张大了嘴，半天说不出话来。

莫南爵冷着俊脸，睨着她怪异的表情，上前一步：“你又想干什么？”

齐梅一脸震惊，双眼落在他的手上：“你……”

莫南爵视线跟着移下去，他望了一眼自己手里的照片，而后迅速翻过去：“你见过这张照片？”

齐梅眼底的惊讶和恐慌逃不过男人的眼睛，莫南爵眼中闪过寒光，上前后蹲下身：“你见过？”

他将照片竖在她眼前。

齐梅眼眶湿润，差点哭出声来，见过，怎么会没见过……

这世界上所有人都可以没见过这张照片，可唯独她不能！

她的神色越发怪异，莫南爵伸手想要将她拉起来，齐梅见状啊地尖叫一声，一把就将照片抢过去：“还给我！”

她动作极快，一下将照片撕成两半，莫南爵目光一寒：“你找死！”

他抬手就去抓她的肩膀，齐梅猛地朝后面退，随后扶着墙面站起身，恶狠狠地瞪着他，情急之下什么话都能脱口而出："这本来就是我的东西，我凭什么是找死！"

莫南爵眉心一皱："你的东西？"

"对，"齐梅脚步趔趄地走上前，忽然踮起脚去抓莫南爵的衣领，"你说，这照片你是哪里来的？这上面的人你见过吗？在哪里？你说啊！在哪里？"

"滚开！"

莫南爵抬手就将她甩开，齐梅撞在墙上后滑下去，却又强撑着起来："不敢说了是吧？真不要脸，你们莫家的人都不是人，个个残暴血腥，当年你妈妈是那样，你们家的管家是那样，你莫南爵也是那样！"

"你给我闭嘴！"莫南爵怒喝一声，上前揪住齐梅的衣领，几乎将她整个人拎起来，"你再说一次？！"

"我凭什么不能说？"齐梅瞪大眼睛，"莫南爵，我告诉你，你休想碰我们家的人，我的女儿我都会要回来，你别想骗她！"

"笑话，"莫南爵冷笑一声，"和洛萧一伙的人都这么喜欢说笑吗？你的女儿？你倒是给我说说看，你的女儿在哪里？！"

齐梅被勒得极其难受，莫南爵并不松手，俊脸上的阴鸷怒气叠加，他手腕用力："说！你们到底是什么人？"

齐梅咬紧了牙，话就在嘴边。

"你们……"蓦地，楼梯口那边传来一声惊呼，莫南爵回过头，就见童染一脸惊讶地站在那儿，"你们在做什么？"

莫南爵手上的力道松了下，并不想让童染接触这些，他眯起眼睛："你先上楼，我一会儿回房间。"

童染看向脸色涨得通红的齐梅，哪里敢走，忙下楼走过来："莫南爵，你别这样，阿姨不是……"

"小染！"齐梅突然喊出声来，神色严肃，"从今天开始，不许你再跟他说话！"

"你说什么？"莫南爵转过头，脸色骤沉，差点将齐梅甩出去，"你再说一遍？！"

童染也觉得奇怪，上前一步：“你先把阿姨放下来，”她伸手去拉男人的手臂，“你这样会勒死她的……”

莫南爵脸色缓和了下，仍旧没放手，冷盯着齐梅：“我警告你，你最好清楚自己的身份，要是再敢废话一句，我随时可以把你们丢出去！”

齐梅闻言眉头皱得更紧，看向童染：“小染，你听见了吗？他要丢我们出去，这样的男人，你居然还跟他睡在一张床上？”

莫南爵只觉胸口一把火噌地冒起来，他拎起齐梅就朝外面走去：“你有什么资格说这种话？现在就给我滚！”

童染吃了一惊，怕闹出什么事，忙去拉他：“莫南爵，你别……”

“我有什么资格？”齐梅抓住莫南爵的手，吼出声时仿佛连别墅都跟着震了一下，“就凭我是她母亲！”

轰——一个炸雷劈过来。

童染浑身仿佛被冰冻般戳在原地，她睁大眼睛，眼泪瞬间沁了出来。她动了动唇，却听不见自己的声音：“你……你说什么？”

莫南爵也怔了怔，看向齐梅，猛然想到她方才看到那张照片时那么激动……

他瞳孔剧烈收缩，手上劲道微松。

齐梅用力推开他的手，踉跄着朝后面退了几步，狠狠瞪着莫南爵：“小染，妈不会骗你，很多事情妈以后再跟你慢慢解释，但是你绝对不可以和他在一起！”

童染一动不动，难以置信，仿若遭到雷击：“你，你是……我……我妈妈？”

“对，”苏澜走上前抱住她的肩，“小染，我是妈妈，”她也跟着落泪，“妈妈爱你，小染乖，妈妈拍……”

童染突然抬起头，这句话确实是她小时候妈妈经常说的……

怎么会？

妈妈明明已经走了这么多年了，怎么会还在，可为什么都没来找她……

在林间别墅时的一幕幕浮现在脑海里，现在想起来，齐梅当时问的很多问题确实都有这个意思，可……

她不是在做梦吧?

童染思绪混乱，还是没办法相信，她秀眉紧拧在一起，连双肩都跟着僵硬。

苏澜搂住女儿，心里也是感慨万千，相见不能相认才是最痛苦的事情。

童染抬起头望向对面的男人，嘴角咧开，也不知道是笑还是哭：“莫南爵，太好了，我妈妈没死……”

“小染！”苏澜扳住她的肩，语气严肃，“妈的话你不听了？我说了，不许再跟他说话！”

童染瞪大眼睛，一时之间还有些无法适应：“不是，他是我……”

“不许再说他是你老公，”苏澜冷下脸，瞪着莫南爵，一口气怎么也咽不下去，要不是莫家人，他们家也不至于沦落至如此悲凉的境地，“方才我都亲口告诉他我是你妈妈，可他还是要杀我，小染，这样的男人你还要吗？他根本是没安好心！”

“是吗？”莫南爵闻言挑了下眉，真是觉得好笑，“睁着眼睛说瞎话的感觉很爽吗？”

童染一怔，抬头望向莫南爵，苏澜搂紧她的肩膀：“小染，你听见没，不是妈胡说，他都能这样对我，你还指望他能对你多好？”

童染理不清思绪，下意识缩了下肩膀。莫南爵知道她这动作是因为害怕，上前两步就要将她搂过来，苏澜见状伸手用力推开他：“你走开！别想再碰我女儿！”

莫南爵并不理睬她，强硬地伸手将童染拽到怀里，苏澜上前去抢：“把我女儿还我！”

童染进退两难，握住他的手：“莫南爵……”

苏澜拽住莫南爵的手，男人甩了下，这一下力气并不大，苏澜却整个人朝边上歪了下，擦着墙壁滑下去，旁边架子上的花瓶倒了下来，砰的一声——

“啊！”苏澜捂住肩膀，童染猛然睁大眼睛，松开莫南爵的手冲过去：“妈！”

这一声喊出来，童染自己都吓了一跳。

苏澜抬起头，眼睛里也都是泪光："小染，你肯喊妈了……"

童染蹲下身去扶她，竟有些语无伦次："您摔着了吗？哪里疼？"

"小染，"苏澜握住她的手，"他都已经这样了，难道你还看不清吗？"

童染垂下眸："不是的，您肯定是误会他了……"

"我误会？"苏澜艰难地撑起身体，手臂被砸得瘀青，她横过来，"我摔成这样也是误会吗？要不是他推我我能摔吗？小染，你到底是怎么了？我是你亲妈，他是你仇人的儿子！"

童染握着苏澜的手臂，上面的瘀青让她眼底一刺，她并未接话，而是将她扶起来："我带您去那边擦药。"

"我们走，"苏澜一把拽住童染，"小染，我们离开这儿，我们回国！"

童染喉间哽咽，还未开口，便被人一把拽住胳膊，莫南爵阴沉着俊脸："跟我上来。"

"你松手！"苏澜又要去推，童染见状忙侧身挡在中间，抬起头来："莫南爵，我先扶她去擦药，你在房间等我好吗？"

男人望进她的眼底，眼神是那么深邃，童染去抓他的手："我保证马上就上去……"

话还未说完，有什么东西擦着肩膀飞过来，莫南爵陡然侧了下身挡在童染跟前，花瓶砰的一声砸在他的肩头！

男人反手一挥，花瓶落地摔了个稀巴烂，莫南爵拧眉，伸手搂住童染："伤着没？"

童染摇头，抬起视线，就见童明海站在楼梯口。

他动作不大方便，右腿还是假肢，一步步走过来时有点跛。

童染视线跟着蒙眬，仿佛眼前的景象都模糊了，这……是她的爸爸吗？

童明海缓步走过来，望见了妻子手上的瘀青："这是怎么回事？"

苏澜将童染搂到自己怀里，指着莫南爵："他推的。"

童明海走上前，童染见他离自己越来越近，张了张嘴："爸……"

一个字还没出口，童明海忽然抬起手，一巴掌就朝莫南爵脸上扇去！

莫南爵敏锐地侧身，童明海并未扇到他，却没罢休，冲上去抓住他的衬衣就将他朝地上按："我杀了你！你这个丧尽天良的畜生！"

莫南爵眉宇间泛上恨意，对于童明海，他本来就是恨着的，伸手按住他的肩膀，还未用力，就听见童染喊了一声：“爸！”

莫南爵手上劲道松了下。

童明海死死揪着莫南爵的衬衣，他没有莫南爵那么高，便伸手朝莫南爵脸上打：“你离我家人远一点！当初你母亲害我们还不够吗？你还想怎么害我女儿？我告诉你莫南爵，你给我滚……”

“爸！”童染冲过来握住童明海的手将他拉开，随后张开双臂，整个人挡在莫南爵身前，“爸，您误会了，他不是那样的人！”

童明海和苏澜对望一眼，气得胸闷不已：“小染，你让开！”

“爸，您别这样，”童染并不动，回头望了一眼脸色铁青的男人，“他是我男人，我已经跟了他，我不知道您和妈还活着，莫家的那些事情我也知道，可是我爱的是他，和他的家族没关系……”

啪！童明海抬手就甩了她一巴掌！

童染被打得整个人朝边上栽去，莫南爵伸手扶住她的腰，将她拉开后几步上前，拎起童明海就要打：“你凭什么打她？死了这么多年就别回来，你们知道她小时候都是怎么过来的吗？你们有资格？！”

童明海剧烈地咳嗽几声，一股血压冲上来，心脏骤然缩了下，他捂住胸口：“啊……”

“明海！”苏澜尖叫一声冲过去，“你怎么了？”

“爸！”

童染大惊失色，苏澜抬起头来：“莫南爵，你想他死吗？他有心脏病！”

莫南爵站着没动，眉梢眼角尽是冷冽之色：“他打了我的女人。”

“你——”苏澜起身又要同他争执，场面乱成一团，童染拉住她：“妈，房间有药吗？我去拿来……”

“我这里有！”

苏澜忙将口袋里常备的药丸拿出来给童明海服下，童染跪在边上，一下一下地给童明海顺着胸口：“爸？”

童明海睁开眼睛，一眼就望见莫南爵：“让他滚！”

莫南爵冷笑一声。

童染忙拍着他的胸口："爸，您先别动怒，我去倒水给您喝。"

她站起身，连番刺激下，身体都有些摇晃，莫南爵见状伸手搂住她："我们上楼。"

"我得照顾爸，"童染握住他的手，"你先上去吧？"

莫南爵盯着她的小脸，竟觉得有些不可思议："我刚才……"

童染伸出双手，男人自然地搂住她的腰，她踮起脚凑到他耳边："对不起，我爸妈不知道情况，我现在心情也很复杂，莫南爵，你别生气，等一下我再……"

男人闻言黑眸亮了下，有种晶莹的东西闪动着。

莫南爵没想到她会这么说，他还以为和以前一样，她八成会……

童染见他不说话，环住他脖子的双手勒紧："好吗？"

莫南爵望着她亮晶晶的瞳仁，似乎有什么东西正在倾泻出来，男人看得痴迷，低下头就想吻她的唇，童染忙别开脸："你别……我先去给爸倒水。"

无论如何，她此时是开心的，甚至是惊讶和欣喜的，失而复得的感觉，总比无限失去要好得多。

莫南爵听得出来。

男人嘴角勾勒出一抹笑容，他发现自己现在竟然如此容易满足，一个信任的眼神甚至是一句安抚的话，他都觉得天地瞬移。

他松开手，童染从他怀里退出去，转身去倒水，莫南爵直起身体，视线落在躺在地上的童明海身上。

这是他从小就结下的仇人，也是他深爱着的女人的父亲。

他轻眯起眼睛，眼底的神色令人难以捉摸。

苏澜正蹲在边上给童明海顺气，童明海艰难地抬起视线："你……"

莫南爵双手插兜，并未再上前，只是这么看着："留口气吧，难道你想把自己呛死？"

苏澜猛然抬起头："你还是人吗？畜生！"

莫南爵始终冷着脸，未置一词。童染倒了水出来，俯身递给苏澜，童明海服了药后并无大碍，闭着眼睛躺在地上，呼吸也渐渐变得平稳。

童染松了口气，双腿发软差点就要坐在地上，莫南爵扣住她的腰将她拉起来，童染没有挣扎，靠在他怀里喘气。

连番惊雷炸开，这会儿气氛安静下来，谁都没再开口。

童染抓着莫南爵的手很用力，纤细的五指几乎要掐进他的肉里，她甚至浑身还在发抖，连眼睛也不敢闭一下。

童染生怕闭上了，再睁开，这一切就成了一场梦。

“小染！”苏澜扶着童明海站起身，童染松开手回过头：“妈，我扶爸上去躺一会儿吧……”

“我们走，”苏澜拽住她的胳膊将她拉到自己身边，“我们现在就收拾东西，买机票回国。”

童染扶住童明海的胳膊：“妈，爸身体不好，还是多休息几天吧。”

苏澜语气厌恶：“不行，我们现在就走！”

莫南爵双手插兜，冷睨她一眼：“没有护照没有钱没有合法身份证，你们准备走回去吗？”

苏澜闻言抬起头，伸手朝莫南爵推去：“我们就是饿死在路上，也不会在这里和你这种人住在一起！”

童染见状忙侧身挡了下，苏澜一巴掌推在她的肩头。

“妈，您别这样，别再刺激爸了，我们先回房间，我好好同你们说。”

“没什么好说的！”

苏澜气得两眼发晕，扶着童明海准备上楼：“小染，你跟着妈来。”

才一转身，苏澜却瞬间顿住脚步。

童染转过头去，一眼望见了站在房门口的男人。

洛萧还是穿着被抓来时的那件衣服，身上被陈安抽出的鞭痕此刻有些许已经红肿，他站在那儿，瘦削的身体被午后的阳光打出侧影。

苏澜鼻头有些发酸，童明海颤抖地开口：“萧儿……”

洛萧没有动，也没有回答，方才的叫喊和嘶吼也不知道他到底听没听到，他双手垂在身侧，眼中溢出的绝望令人心悸。

童染紧蹙起眉尖，同莫南爵对视一眼，她知道，爸妈没死，那么就意味着……

童染闭上眼睛，脸埋入男人胸前，难言的情绪涌上心头。

莫南爵瞥了洛萧一眼，嘴角勾起一丝冷笑。

见洛萧不说话，童明海以为他无法相信，朝前走了一步：“萧儿？”

洛萧却猛然踉跄着朝后面退去：“不！”

他极其激动，身体撞到后面的花架，花瓶掉落下来，发出一声巨响。

苏澜吓了一跳，忙开口道：“萧儿，你怎么了？我是婶婶，这是你叔叔，我们……”

我是婶婶，这是你叔叔……

洛萧脸色瞬间变得惨白，连嘴唇都失了血色，他皱起眉头，眉宇间笼上悲凉：“不……你们不是，不是……”

苏澜同童明海互看一眼，她走上前去：“萧儿，婶婶没骗你，小时候婶婶还带你和小染去过游乐场，小染要吃棉花糖，我不肯买，还是你去给她偷了一个来……”

洛萧目光闪动下，笑出声来，声音带着喘息：“不是你们……”

苏澜准备去拉他，还未伸出手，就见洛萧双膝一软，整个人顺着墙壁跪了下去。

地上全是碎瓷片，苏澜惊得去扶他：“小心！”

洛萧没有动，膝盖处流出的鲜血浸湿地板，他只觉得浑身的血液仿佛都在倒流，一直到了此时此刻，他才知道什么叫作笑话。

洛萧双手撑住地面，低下头去，笑得双肩都在抖动，笑声从唇边逸出来，像是有血腥的味道，他弓起身体，两侧的肩胛骨弯曲得几乎要断裂。

原来……一切都是一场笑话。

老天跟他开了一场玩笑，从开头就是笑话，他沉浸在痛苦中无法自拔，殊不知，就连痛苦都是骗他的。

耳边传来哽咽的声音：“萧儿……”

是谁在叫他？

还有谁能叫他……他还有谁？

没有人会关心他，洛萧曾不止一次地告诉自己，他为了爱情割舍了父母，童染恨不得他去死，也不可能关心他，洛萧想，他只有一个人，可以一直坚持下去。

一直坚持去爱她，用他的方式去爱她，洛萧不想知道这样是对是错，只知道自己还在爱，莫南爵能爱，他也能爱。

可是……

视线被温热的液体模糊，洛萧整个人伏下去，双手颤抖地抱住头：“啊——”

洛萧闭上眼睛，泪水肆意地滑过脸庞，他抬起手掌想要擦拭掉，眼泪却先一步滑进嘴里，苦得他连连作呕。

苏澜蹲在边上，怎么安慰也没用，洛萧始终蜷着身体，从最初的笑到现在的安静，他始终不发一语。

童染没有去看，心里堵得难受，她声音哽咽着对莫南爵道：“你抱我上楼……我走不动了。”

莫南爵没有开口，也没有看洛萧一眼，弯腰将她抱起后朝楼上走去。

童染并不是想睡觉，可就莫名地想要逃开那个氛围。

莫南爵将她抱进房间，踢上了门。童染以为他要抱自己到床上，便蹬了下双腿想要下来，可下一瞬身体便被人抵在了墙壁上。

童染睁大眼睛，男人双手撑在她的头侧，低下头来，鼻尖同她相抵，她听到他问：“为什么？”

童染听不懂：“什么？”

“为什么选择相信我，”莫南爵捏住她的下巴，“我以为，你又会打我。”

童染眼底泛出一抹晶亮，她勾起嘴角：“我……唔！”

莫南爵不给她说完的机会，猛地攫住她的唇，舌尖肆意霸道地抵进去，双手捧着她的脸，唇齿交缠间连呼吸都变得炙热，童染睁大眼睛，几乎要窒息：“疼……”

莫南爵并未放手，仅仅是一份信任而已，于他而言带来的激动情绪却是巨大的，甚至比兴奋剂更加有效，浑身的每个细胞仿佛都在叫嚣，沸腾得他剧烈颤抖。

原来，被信任的感觉是这么受用，比任何甜言蜜语都要来得舒畅。

莫南爵本不抱任何希望的，那是她的父母，于她来说比洛萧更加重要，如果说方才在楼下她误会了他，甚至，他想，他应该也习惯了。

可是她没有。

童染从房间里出来的时候，天已经黑了。

她醒来时莫南爵已经不在房里，她问了用人才知道，他起来后就出门了。

童染明白，莫南爵知道苏澜和童明海肯定有很多话要和她说，所以他把这个时间留给她，也省了不必要的麻烦。

这个男人，细心起来总是能叫人折服。

童染嘴角勾起浅笑，洗个澡后特意挑了件有领子的衣服穿，遮住脖子上的吻痕。

她下楼的时候，苏澜正和童明海坐在餐厅内。

童染擦了下眼睛后走过去，这样的场景她以前想都不敢想："爸，妈。"

苏澜起身要去拉她，童明海见状伸手在桌上一拍："你还有脸叫爸妈！"

童染站着没动，苏澜忙过去拉住她的手："小染啊，你还小，你糊涂，爸妈可不能跟着你一起糊涂。"

童染抬起头："爸妈，我有话跟你们……"

"等会儿再说，先吃饭。"

苏澜将她拉到桌边，童染正准备坐下，童明海又开口了："你去叫萧儿来吃饭。"

童染神色一僵，摇了下头："他吃不吃不关我的事。"

"说的什么话！"童明海气得朝桌上又是一拍，"他从小跟你一起长大，怎么照顾你的不用我说，难道你想让他饿死？！"

"爸，"童染抬起头来，"他已经不是原来的洛萧了，也不是我堂哥了。"

苏澜闻言皱起眉头："小染，你怎么能说这种话？你没看见萧儿刚才有多伤心吗？"

童染并未坐下，伸手抓住椅子边缘，喉间哽咽："妈，您知道他为什么伤心吗？"

苏澜并不明白："难道不是因为……"

"好了，"童明海却出声打断她的话，"小染，先去叫萧儿来吃饭。"

童染站着不动，固执地别过头：“我不去。”

“童染！”童明海噌的一下站起身来，因为假肢的关系，身形有些摇晃，“现在爸的话你也不听了是吗？就因为爸妈离开你这么多年，就喊不动你了？”

苏澜忙去给他顺气：“唉，你别这样，女儿也是……”

“没什么这样那样的！”童明海气得两眼发昏，一手撑在桌上，“莫南爵是什么样的人我想我不说你也知道，他是莫家的孩子，已经数不清杀过多少人，这样的男人你能爱吗？他今天对你好，明天就能对别人好，他的女人排队都数不过来，你若是因为他那张脸跟几句甜言蜜语就陷进去，那就是你傻！”

“他不是那样的人！”童染出口反驳，“爸、妈，我跟着莫南爵很久了，他是什么样的人我很清楚，他对我是真好还是假好我也很清楚，我爱他，他也爱我……”

“够了！”童明海推开椅子走上前，“那你告诉爸，你当初为什么会和他在一起？是你心甘情愿的吗？”

童染声音哽咽：“不是，爸，但当初不一样，那时候我们不了解对方……”

“那你现在了解了吗？”童明海冷着语气，“那你告诉我和你妈，莫南爵家住在哪里，他爸妈叫什么名字，见过你，同意你们的事了吗？”

“……”

“怎么说不出来了？”

童染咬住下唇：“爸，他还没带我回过家，可能过段时间……”

“没回过家，”童明海啪地一巴掌朝她扇过来，“没回过家你就和他住在一起了？要是他以后把你甩了，你一个黄花大闺女怎么出去见人？！”

童染脸上浮现掌印，她垂着头没有说话，童明海气得扶住椅子：“去，先把萧儿叫出来。”

“我不……”

“还要我说几遍才懂？！”童明海抬手又想扇她，苏澜忙拉住他，她看向童染：“小染，你想把你爸气死吗？他有心脏病，你别再气他了，快去叫萧儿。”

童染抬起头，童明海已经气得脸色涨红，苏澜扶着他坐下来，忙转身去倒水来给他喝。

童染垂下眸，双眼莫名酸涩，她不明白，亲人相认本该是很开心很快乐的事情，为什么会这样剑拔弩张？

童明海抬头瞪她一眼："还不快去？！你是真想气死我……咯咯……"

童染喉间哽咽，转身朝洛萧的房间走去。

房门并没锁，洛萧坐在床沿，双手撑在身侧，垂着头一动不动。

童染进去的时候并未放轻脚步，她走到床边，在他身前站定。

洛萧没有抬头，也没动。

童染望着他瘦削的下巴，并没什么神情波动："爸妈喊你出去吃饭。"

洛萧撑在身侧的双手握了下，他抬起头来："小染。"

童染看见他满面泪痕，别开眼，转身就朝外面走去："话我带到了，吃不吃是你的事。"

"等等！"洛萧起身扣住她的手腕，童染如被针刺般甩开："你别碰我！"

洛萧目光一刺，松开手："我跟你一起出去。"

童染没有看他一眼，快步走出房间。

二人走到餐厅，童明海见到洛萧后嘴角露出笑容："萧儿，快来坐。"

洛萧脸色苍白，显然没什么精神，他走过去后，童明海替他将椅子拉开："饿了吧？"

洛萧摇摇头："还好。"

童明海看向童染："去给萧儿装碗饭。"

童染拿筷子的手一顿："他断手断脚了吗？"

"你说什么？！"童明海瞪大眼睛，声音震得童染手一抖，洛萧见状忙站起身："叔叔，我自己来就好。"

"别，你坐，"童明海拍着胸口，"你去。"

苏澜点头后起身。

童染根本一口都吃不下，拿筷子拨着米粒，童明海吃了两口后放下筷子："小染。"

童染心里咯噔一下：“爸。”

“你肚子里的孩子多大了？”

童染照实回答：“两个多月。”

童明海看一眼苏澜：“是莫南爵的？”

童染抬起头，一个对字还没出口，洛萧便接口道：“是我的。”

童染一口饭差点呛出来，童明海倒是很诧异，看向洛萧：“是你的？”

“对，”洛萧点点头，“我和小染结过婚了。”

苏澜瞪大眼睛：“你，你说什么？”

童染啪的一声放下筷子：“洛萧，你能别胡说八道吗？和你结婚的人不是我！”

洛萧没有说话，童明海放下筷子：“怎么回事？”

“爸，”童染站起身，“妈，当初害你们的人是大伯和大妈，洛萧把他们杀了。”

苏澜手一抖，碗直接从桌边滚到了地上，砰的一声碎开，她张大嘴：“小，小染，话可不能乱说……”

“我没有乱说，”童染转头看向洛萧，“妈，您亲口问他。”

苏澜转过头：“萧儿……”

“是我杀的，”洛萧脸色惨白，并未否认，“当时，我以为他们害了你们，所以我不想让小染伤心，就给她报了仇……”

“你胡说！”童染瞪大眼睛，“你是为了不让我伤心吗？你分明就是为了嫁祸给莫南爵！”

“莫南爵需要我嫁祸？”洛萧抬起头，“小染，你现在爱莫南爵，所以口口声声都是为了他。是，我做的都是错的，可你敢保证莫南爵对你就是真心的吗？要是真心的，他为什么不娶你？！”

“洛萧！”童染气得朝他脸上扇去，洛萧没有躲，硬生生挨了这一下。

气氛刹那间点燃，童明海扶着桌沿站起身：“童染！难道你为了个男人就要跟家人翻脸吗？”

“爸！”童染难以置信，“你在说什么？他杀了大伯和大妈……”

“洛庭松本就不是什么好人，”童明海说这话的时候看了一眼苏澜，苏澜将头低下去，“宋芳也坏得很。”

洛萧抿着唇，并未开口。

童染完全不能理解，睁大眼睛：“爸……”

童明海冷着脸：“当初虽然是你大伯和大妈害了我们，这一点我跟你妈也猜到了，难道莫家的人就没参与吗？”

“有，”洛萧这才开口，该说什么不该说什么，他很清楚，“那盘录像带我看过了，是莫家的人找到我父母，给他们钱让他们这么做的。”

童明海眯起眼睛：“小染，你听见了吗？有个男人能为你报仇做到这一步，你还想怎么样？非得跟什么莫南爵，那种男人就是个恶魔！萧儿这么爱你你看不见吗？”

“爸！”童染手掌撑在桌面上，“你疯了吗？那是两条人命，他杀了人难道还值得原谅吗？！”

洛萧转过头：“小染，难道莫南爵没杀过人吗？”

“你……”童染冷着小脸，“爸、妈，我们去楼上，我把整件事情跟你们好好说清楚。”

“我不想听你说，”童明海挥手，“萧儿说得对，你口口声声都是向着莫南爵的，还不是处处维护他？”

“我不是那种人，”童染冷眼看一眼洛萧，“我一定会实话实说。”

“实话实说？很多事你都不知道，怎么实话实说？”洛萧抬起头，眼底划过一抹阴狠之色，“叔叔婶婶，当初我和小染本来感情很好，我打算买了房子带她去美国定居，可这时候有人拿了当年你们被害的录像带来威胁我，还带了合同来害得洛氏差点破产。我为了不让小染崩溃，就娶了那个人，”他顿了下，“那个女人叫傅青霜，后来我查过，是莫南爵派她来的。”

“你——”童染气得拿碗扔他，“你血口喷人！莫南爵根本不认识傅青霜！”

“他认不认识你知道？莫南爵接近你就是为了报复你，小染，你陷在里面不知道，可是我必须告诉叔叔婶婶真话，”洛萧并未躲，瓷碗砸在他的嘴角，“当初我娶傅青霜的时候莫南爵不是也带你来了吗？你怎么就确定傅青霜不是他指使的？你有证据吗？我当初为了保护你吃了那么多苦，如果不是我，你都不知道被莫南爵卖了多少次了！”

“洛萧！”童染踢开椅子冲过去，揪住他的衣领朝墙上摔，“你简直是胡说八道！莫南爵根本不是那样的人！你保护我？你给我注射毒药你怎么不说？你要打掉我的孩子你怎么不说？！”

“你怀了莫南爵的孩子难道不该打掉吗？难道你还要给害你的人生孩子？”洛萧任由她打，目露哀戚，怎么看怎么真挚，“我不保护你你肚子里的孩子能活下来吗？当初你拼命要打掉这个孩子，不是我保护的吗？”

童染气得双肩直抖，目光冰冷：“Devils Kiss 不是你给我注射的吗？当初你以为我怀了孩子，居然叫我流完了再去医院，给我注射疯癫病人的毒药让我捅莫南爵一刀，把我带到南非去不让我出门，强行逼我跟你结婚，还害了我最好的朋友，难道这一切不是你做的？我肚子里这个孩子是怎么来的，你不比我清楚吗？”

“我不清楚，”洛萧站直身体，“Devils Kiss 不是我研制的，叫你流完了再去医院的是莫南爵不是我，我带你去南非是为了保护你，要跟你结婚是因为你怀了我的孩子，莫南爵在千欢和韩青青的照片你可以去网上搜新闻，注射疯癫病人的药根本是子虚乌有的事。小染，莫南爵到底跟你说了什么？”

“你——”童染杏目圆睁，他居然能将事实硬生生地扯成这样，“Devils Kiss 不是你的东西？烈焰堂的堂主不是你？！”

“烈焰堂的堂主不是我，是你，而且烈焰堂是莫南爵他哥哥莫北焱的，不是我的，当初我被骗到南非去，就是莫北焱给我下的套。他们是兄弟，自然是一伙的，为的就是让我中招，把这个恶名扣到我头上，难道你在烈焰堂没见过莫北焱吗？”

童染两眼一黑，差点气死：“洛萧，你要脸吗？”

“我必须说实话，不能让你被不理智蒙蔽双眼，”洛萧转过身，双膝一软对着童明海跪下来，竖起三根手指，“叔叔、婶婶，我洛萧对天发誓，方才说的要是有半句谎话，就天打雷劈，不得好死。”

童染瞪大眼睛，完全不信这话会是从他嘴里说出来的：“洛萧，你怎么会变成这样？”

洛萧跪着没动：“我没有变，变心的是你，我可以不在乎你和莫南爵在一起过，我只想好好跟你过一辈子……”

苏澜拧起眉，童明海闻言伸手将洛萧扶起来：“你别再说了，叔叔怎么会不信你？”

“爸！”童染咬着牙，“难道我说的话您都听不见吗？从头到尾都是他在伤害我，不是莫南爵！”

“好了！一直争论这个有意思吗？”童明海打断她的话，“公道我自然分得清，吃了饭就上楼去，我要休息了。”

苏澜闻言过去扶着他上楼，童染追上去：“爸，你听我说清楚……”

“小染，”苏澜满脸无奈，拍拍童染的手，“你就别再说了，你爸虽性子固执，但不可能会害你的，你听妈的，先去吃点东西。”

“妈……”

苏澜冲她摇摇头，示意她别再开口，童染还要说什么，苏澜已经扶着童明海朝楼上走去。

童染微微弯下腰去，只觉得疲倦至极。

洛萧走到她身边。

童染听见脚步声，冷笑着回过头去：“你满意了吗？”

“我没什么满不满意的，”洛萧盯着她的脸，“我爱你。”

“滚！”童染抬手就甩他一巴掌，“你是爱我还是爱你自己？”

“我爱你。”

“你不配做人！”

“再不配，我也爱你。”

童染闭上眼睛，甚至打他都觉得脏手：“我不想看见你。”

洛萧什么话也没说，最后望了她一眼，转身朝房间走去。

童染靠在墙壁上，气得脸色煞白，她伸手按住胸口，差点一口气喘不上来。

陈安开门走进来，就望见她坐在客厅的地板上。

他皱起眉头，过去拽住她的胳膊：“你怎么坐这儿？”

童染闭着眼睛垂着头，下意识一缩肩膀：“不要！”

陈安忙将她拉起来，童染见是他，这才松口气：“吓死我了……”

“怎么了？”陈安抬手贴上她的额头，“你发烧了？”

“没有吧？”童染摸了下，确实有点烫，“我觉得有点晕。”

陈安瞥了一眼餐桌上未动过的饭菜和横七竖八的椅子：“气晕的吧？”

童染喉间哽咽，并未开口。陈安见状摇了下头，弯腰将她横抱起来：“我送你回房间，你必须躺着休息。”

童染没一点力气，眼前都是飘的：“莫南爵还没回来吗？”

陈安眼神闪烁了下，并没说他在医院检查：“他办点事，我等一下给他打个电话。”

“好。”

童染还怀着孕，陈安用药十分谨慎，端了杯温水放在床头：“你先睡会儿，我去接爵。”

童染点点头，房门被关上之后她很快入睡，只是睡得并不舒服，浮浮沉沉中似乎总有人在扯她的袖子，将她朝海底深处拉。

她这一觉睡了很久，久到几乎醒不来，蒙眬中感觉有人在轻轻拍着自己的脸，她想要推开，却被攫住了下巴。

“别……”童染吓得半死，伸出手奋力地想要挣开，对方却紧贴下来，将她搂进怀里。

童染唰的一下睁开眼睛：“是谁？”

男人放大的俊颜在眼前渐渐清晰，童染陡然松了口气：“是你。”

莫南爵将她抱起来放在腿上：“做噩梦了？”

童染窝在他怀里，嘴唇这会儿还泛白：“我梦到掉进海里了，怎么也爬不上来，还有人把我朝底下拽……”

“是因为太胖了吧？”

男人笑着低下头，童染仰起脸，熟悉而又温热的舌尖抵进来，霸道地侵占了她的双唇。

童染放松全身，任由他吻。

莫南爵却并未深吻，浅尝辄止，最后只是在她唇上轻啄几下便抽离，童染抬眸望着他精致的下巴：“你下午去哪里了？”

“办事。”

“你每天怎么那么多事要办？”童染挪了下脑袋，莫南爵抬手覆上她的额头，随后从床头柜上取来陈安留下的药丸：“吃药。”

童染皱皱鼻头：“我不要，太苦了。”

“听话。”

莫南爵捏住她的下巴，童染伸手拍开，蹬着双腿：“我说太苦了，我不吃！”

“又闹脾气？”男人力气大，童染不是他的对手，几下便被紧紧搂住，她别开脸，莫南爵低头凑到她耳边，“今天允许你闹，我不凶你。”

童染闻言身体僵了下，喉间轻哽：“我爸妈不喜欢你。”

“我要他们喜欢做什么？”莫南爵眉眼染笑，轻咬她的耳垂，“你喜欢我吗？”

“不喜欢！”

莫南爵当即冷下脸，童染将脸正对着他：“我爱你。”

这还差不多。

莫南爵攫住她的下巴，唇舌又覆了上来，童染闭上眼睛，男人才刚深吻，便用舌尖将一粒药丸推入她口中。

“唔！”童染睁大眼睛，却已经来不及，他薄唇还紧贴着她，她无法张开嘴，胸腔内空气被抽尽，最后只得将药丸咽下去。

莫南爵抬起头，伸手抹了下嘴角：“苦吗？”

“……”

“莫南爵。”

“嗯？”

“我爸妈……要是非要回国怎么办？”

“不让走，捆起来。”

“你别开玩笑，”童染皱起眉，“可是我爸很固执，而且这么多年了，我不知道他和我妈两个人在外过的是什么日子，但一定很苦……他对你有成见，我想是可以化解的，可能需要一点时间，如果你觉得忍受不了，要不……”

“要不什么？”莫南爵挑眉，捏住她的脸，“你总不会要我搬出去，然后让你跟洛萧还有你爸妈住在这里吧？”

“才不是！”

莫南爵手上力道加重：“那是什么？该不会是让我送你们回国吧？”

“他们确实想回国，但是就这样恐怕不行……我爸的伤也还没养好，”童染咬住下唇，忽然叹口气，“其实，我今天中午吃饭的时候跟他们谈过……”

“我知道，”莫南爵眼帘微垂，“发烧就是因为这个吧？”

童染瞪大眼睛：“你知道了？陈安和你说的？”

“还需要说吗？”莫南爵剑眉轻挑，嘴角勾出冷然的笑，“让我猜一下，你那……”他顿了下，还是省略了“该死”两个字，“你爸肯定让你去叫洛萧吃饭，但是肯定没人吃得下，洛萧除了胡说八道，还会干什么？”

“你能猜到他说了什么吗？”

“可以想象，比如我才是十恶不赦的那一个，”莫南爵搭起一条腿，“比如你是我强抢来的、我和你在一起目的不纯、我害了你身边所有的人、什么傅青霜韩青青全部是我的人，烈焰堂说不定也是我的，Devils Kiss 是我研制的……总之，说到底我就是最坏的那个，他才是正义的使者。”

“……”童染难以置信，“你怎么知道他会这么说？”

“他说完肯定还得发誓，”莫南爵舌尖轻抵嘴角，“类似于‘我要是有一个字骗人就天打雷劈不得好死’这种话。”

“你怎么……”

“洛萧不就是这样的人？”

童染伸手贴住额头：“那你昨晚为什么不留下来，我们一起和我爸说说，也许他能信……”

莫南爵冷笑一声：“有这个可能吗？”

童染只觉得异常疲倦，亲人相认的喜悦无疑是巨大的，可随之而来的罅隙让她无法捉摸，她身体向后仰，靠在男人胸前：“怎么办？”

“你在怕什么？”

“我怕我爸妈不接受你，然后……”

“他们恐怕不是不接受我，是恨我吧？”莫南爵轻眯起眼眸，“你要是肯听我的，就把洛萧杀了，把你爸妈都捆在房间里，等他们伤好了就送回老家。”

“不行，”童染摇摇头，“那我爸妈不得气死？他们肯定不会同意的。”

“捆起来还管同不同意？”

童染撇撇嘴，无视他的话：“莫南爵，今天我爸还说了一件事。”

“什么？”

“他说，你没娶我。”

莫南爵低下头凑到她耳边：“童染，你想我娶你吗？”

童染点了点头。想，怎么会不想？她爱他，当然希望能嫁给他，谁不希望嫁给自己最爱的男人？

她点头后便沉住呼吸，特别迫切地想听听他会怎么说。

莫南爵喉间哽了下，她的答案他知道，她想，他也想。

可很多事情不是想就可以，也不是想就能实现，莫南爵视线落在她白皙的脸上，她脸上的希冀他看得一清二楚。

他想起那张照片，想起莫北焱那天说过的话，想起苏澜，想起苏清甜，想起……

身后久久不曾传来声音，童染心里咯噔一声，她伸手拉了下他的手：“莫南爵？”

男人没有开口，只是伸手将她搂紧。

“你不用说了，我明白的，”童染强迫自己勾起抹笑，抓着他的手，同自己十指相扣，“你家里人肯定不会同意你娶我，你不带我回家也没关系，我不求名分，我可以在外面住，你经常出来看我就可以，但是……”

她回过头，视线猝不及防撞进男人的眸中，童染眉眼弯弯：“但是，允许我自私一次，你可以不娶我，但是也不能娶别人，好吗？”

莫南爵掩起眼底的那抹哀戚，扳住她的脸深深地吻了下去。

童染听见他的回答从彼此的唇齿间逸出来，他说：“好。”

第二天一早，童染揉着眼睛坐起身，用人适时进来替她拿好衣服，她洗漱完换好后下楼，并未见到任何人在客厅里。

“童小姐，”用人走过来，手里还端着杯牛奶，“早餐已经准备好了。”

童染抬起小脸环顾四周，用人见状又道：“爵少一大早就出门了，他说，上午十一点半来接您，让您乖乖等他。”

“好，我知道了。”童染端着牛奶来到桌前，烧已经退了，精神也恢复了点，可她并没什么胃口，看到满桌丰富的早餐甚至想吐，可还是强迫自己吃了几口。

她放下杯子，起身上到二楼。

房门口守着的用人不曾离开，望见她点了下头：“童小姐。”

“我爸妈还没起床吗？”

用人摇摇头：“还没有，我方才敲了门，二老没说话，我也不敢贸然进去。”

童染心里咯噔一下，伸手轻叩几下房门：“爸，妈？”

房内没有声音。

童染顿时心慌，伸手握住门把，拧了两下发现竟然反锁了，她大惊失色：“快去取备用钥匙来！”

用人也吓得不轻：“是。”

童染握起拳头用力捶着房门：“爸！妈！你们在里面吗？爸！”

里面始终无人回应，童染吓得一颗心悬起来，她无法想象，若是再一次失去他们会有多痛……

她浑身跟着无力，巨大的恐惧蔓延上心头，童染甚至有些站立不稳。她紧握着门把，骨节都跟着泛白。

用人取来钥匙后忙将门锁打开。

童染一个用力推开门，大步跨进去，有些害怕地道：“爸？妈？”

房内满是烟味，呛得她咳嗽了几下，随即一眼就望见坐在床沿的童明海和苏澜。

一颗心骤然落下来，她快步走过去：“爸，妈，你们没事吧？”

苏澜起身要去拉她的手，却被童明海一把拽住，他掐灭手里的烟头，冷着脸抬起头来：“你还关心我们是不是有事吗？”

童染闻言喉间哽了下，她纤瘦的身体站在床边："爸……"

"别喊我爸，"童明海别过头去，"你眼里还有我们吗？"

"不是的爸。"童染垂下头，并未说自己发烧的事。

童明海语气稍微缓和："小染，你别怪爸凶你，爸就你这么一个女儿，肯定是一心一意为你好的，莫南爵那种男人真的要不得，他和你不是一个世界的人。而且莫家是我们童家的仇人！你别忘了当初爸妈是怎么出事的，要不是莫家，我们一家三口不会沦落到这么凄惨的地步！"

童染始终垂着头，眼泪在眼眶里打转，童明海又点上一支烟："你倒是说说看，洛萧有哪里不好？我们对他知根知底，都是一家人，你到底哪里不满意？"

"爸！"童染抬起头来，齿间咬着恨意，"他根本不是人！"

"混账！"童明海闻言更是生气，"童染，你再给我说一句！"

"再说也是这样！"童染倔强地仰起小脸，"洛萧他根本就不是人，他该死，他就该天打雷劈不得好死！"

"你真是要气死我！"童明海跛着脚，左右环顾一圈，抡起床头的椅子就朝童染身上打，"我怎么会生出你这样亲者痛仇者快的女儿，我今天非打死你不可！"

"明海！"苏澜吓得睁大眼睛，冲过去抱住童染，整个椅子摔在她的背上，"啊——"

"妈！"童染忙蹲下身，苏澜捂住肩膀，拉着童染的手将她朝外面推："小染，你先出去，快，别惹你爸发火……"

童明海转身又要去找东西来打："你还帮她说话！"

"快啊！"苏澜见状忙搂住童染往房门走，"小染乖，听妈的话，快出去，我和你爸好好说，你暂时别进来了……"

"你敢走！"童明海气得将烟灰缸朝这边砸，苏澜将童染推出去，啪的一声拍上门："快回房间，别动胎气，听妈的话。"

砰！里面传来玻璃砸裂的声音，紧接着是清脆的巴掌声，童染睁大眼睛，用力拍着门板："妈！"

苏澜被打偏过头去，她后背死死抵住门板："明海，你冷静点，我就这一个女儿了，你打她我也痛，她还小不懂事，我们慢慢劝她……”

童明海伸手去抓她的肩膀，苏澜冲上去抱住他，贴在他的肩膀上，声音放得很低：“我已经失去一个女儿了，小染是我唯一的孩子了，你别这样，我不忍心看她这样……我们和她好好说，给她点时间……”

童明海闻言手抖了下，他闭上眼睛，最终还是没有再抬起手。

苏澜抱紧他的腰，将脸埋在他的胸前，咬住哭声，生怕外面的童染听见：“明海，对不起，对不起……”

童明海眼眶也跟着泛红，他叹了口气，伸手搂住苏澜。

门外，童染靠在门板上没有动，里面的哭声她隐约能听见，她知道，那是苏澜在为她求情。

童染仰起头闭上眼睛，任眼泪肆意地流下来。

过了好半天，里面才渐渐恢复安静，苏澜抹着眼睛过来打开门，童染险些栽进去。

“小染。”

童染忙站直：“妈，”她望向里面，“爸他……”

“好了，你别问了，你爸现在还在气头上，”苏澜伸手替她擦拭着眼泪，“你快去吃点东西躺一会儿，别吓着孩子了，以后别再跟你爸对着干，他和你一样也是倔脾气，要好好说，别冲动。听懂了吗？”

童染鼻尖又开始泛酸，她点点头：“妈，对不起……”

“母女说什么对不起，”苏澜笑着揉着她的脑袋，“傻孩子，妈最爱的就是你。”

“妈……”

苏澜亲了亲她的脸：“好了，快去吧，我会照顾你爸的。”

童染点了下头，苏澜一直望着她走下楼，这才放心地关上房门。

童染走到客厅后坐在沙发上，两只眼睛盯着墙上的挂钟。

时间一分一秒地过去，童染看得双眼酸涩无比，这才看见挂钟指向十一点半。

她焦急地站起身，刚抬起头，就听见大门被推开，男人高大的身影出现在视线中。

童染鼻尖一酸，眼泪顺着脸颊滑落下来。

莫南爵大步走进来，他穿了件深蓝色的毛衣，领口处性感的锁骨露了出来，纯白色的休闲裤耀眼无比。男人走到她跟前，眉头已经拧了起来："你一天到晚哭，是想瞎掉吗？"

童染站着没动，眼泪越发汹涌，心里太多委屈没处发泄，甚至堵得她想大吼出声。

莫南爵伸手抹去她脸颊上的眼泪，没问她为什么哭。其实她不说他也知道，男人大掌裹住她的小手："走。"

"去哪里？"

莫南爵并不回答，童染站着不肯动："我走不动。"

"那就爬。"

"你……"

莫南爵笑着弯腰将她打横抱起，童染搂住他的脖子。

轿车在外面等候，莫南爵将童染抱上车，他并未自己开车，而是找了个司机："开车。"

童染靠在他怀里，明晃晃的阳光照射在她的脸上，衬出透明一般的白皙肌肤："我们去哪里？"

"到了你就知道了。"

车子一路行驶过繁华的街道，最后来到一个绿树葱郁的地方。

司机将车停下来后过来开门，莫南爵跨下车，又转身将童染抱下来。

童染抬起头，今天阳光好得出奇，明媚得令人心情开朗，她环顾一圈，发现这儿是一片宽阔的草地。

莫南爵拉着她朝前走去，童染一边走一边问："我们来这里做什么？野餐吗？"

男人并不说话，走了一段路后停下脚步，童染顺着他的视线看过去，一眼就望见了草坪中央的教堂。

红白相间的瓦片下，教堂看起来无比神圣庄严，顶部中央的十字架被阳光分割成一块一块的，旋转出耀眼的光芒。

莫南爵拉着她走进教堂。

教堂内很安静，空荡荡的连说话都有回声，童染穿着平底鞋，望着里面的摆设："我们来这里做什么？"

莫南爵还是没说话，拉着她走到边上，门打开后两个妇人走了过来，男人在童染腰上轻拍一下："进去换衣服。"

童染望他一眼，也没多问，便由那两名妇人带着走进去。

她没想到，她们给她换上的，居然是婚纱。

童染走出来时，莫南爵正站在礼堂中央，他背光而立，修长的身形被拉出一道道清冽阴影，她抬起头，这个角度正好能望见他抬起的下巴。

因为她怀着孕，所以婚纱并不长，刚好到脚踝，纯白色的珍珠纱映衬着镂空的花纹，定制的婚纱勾勒出女子玲珑有致的身材。童染一步步走过来，每一步都很小心，仿佛快一步慢一步都走不到他身边。

她在莫南爵身边站定，男人转过身来。

他也换了身西装，纯黑的颜色同婚纱般配至极，莫南爵星眸浅眯，视线一眨不眨地落在她的身上。

童染抬起小脸，笑容璀璨："好看吗？"

莫南爵俊脸含笑："好看。"

童染双颊酡红，垂下头去望着雪白的婚纱，有种置身于梦境的感觉："我没想到，我能有穿着婚纱站在你身边的一天。"

莫南爵拉起她戴着白纱手套的右手，低下头，薄唇在她的手背上印下一个吻。

童染鼻尖一酸，想要抽回手："别给人看见了……"

"谁敢看，打断他的腿！"

"……"

童染又想哭又想笑，莫南爵又牵起她的左手，食指顺着她腕部的伤痕摩挲。

童染心口一紧，别过头去："这里有钢琴，要是我的手没废，就可以弹琴给你听了。"

她没听见回答，转回头来时，莫南爵已经单膝跪了下来。

童染一惊，莫南爵抬起头，俊脸被细碎的光线照射出朦胧的感觉，她亲耳听见他一个字一个字地说道："童染，嫁给我。"

童染震惊地瞪大眼睛，她没想到，她昨天才说过的话，他今天就……

莫南爵紧握住她的手，嗓音醇厚，悦耳至极："童染，嫁给我，做我的新娘。"

童染咬住下唇，巨大的喜悦冲上心头，她用力地点点头："好。"

莫南爵站起身，从口袋里掏出一个纯黑的小盒子，打开后取出一枚戒指。

男人修长的手将戒指套入自己的无名指，都说那里有条血管是连接着心脏的，他抬起头，每一个字都说得极其认真："童染，我莫南爵今生今世娶你为妻，不管贫穷还是富有，不管健康还是疾病，我都会爱你、尊重你、守护你、照顾你，对你不离不弃，永心相随，直到死亡将我们分离。"

童染喉间哽咽，眼泪流下来花了脸上的妆，她抬手擦拭了下，莫南爵又拿出另一枚戒指，执起她的手，将戒指放在她的无名指的指尖。

童染见状，刚要开口重复方才的誓言，唇瓣却被食指抵住，莫南爵摇头，浅吻了下她的嘴角："童染，我不要你的誓言，你只要说'我愿意'就好。"

童染皱起眉头："为什么……"

"没有为什么，"莫南爵抵住她的唇，"不要问为什么，听我的。"

童染想要开口，莫南爵却先一步将戒指套进她的无名指，她手指纤细，银白色的戒指十分好看："你不愿意也迟了。"

童染望着那枚戒指，嘴角勾勒出浅笑："我愿意。"

莫南爵同她十指紧扣，他倾身拥住她，而后低下头去吻她的唇，童染双手紧紧交握在他的背部，她多么希望，这个世界只属于他们两个人。

一吻疯狂而又炙热，童染靠在他的肩头，脸色酡红，笑起来的时候两个酒窝都洋溢着光彩："莫南爵，我是你的新娘了。"

莫南爵双手将她拥紧，几乎将她揉进身体里，这时候一个拥抱也许就能代替所有，他薄唇紧贴着她的耳际，童染甚至能感觉到他心脏急促跳动的声音。

她踮起脚："你开心吗？"

男人并不说话，童染双手卡紧他的脖子："莫南爵，我好开心。"

莫南爵抱着童染走出教堂，炫目的光照在童染身上，将雪白的珍珠纱打出一层迷离光亮，男人环紧她的腰，眼里的珍惜清晰可见。

来到车边，莫南爵拉开后车门，将童染放进去后，抬腿跨上车。

童染才要开口，一眼就看见自己无名指上的戒指竟然在发光。

她一怔，忙低头看去，银白色的戒指上，四个娟秀漂亮的小字在昏暗的车内正闪着银蓝色的夜光。

不忘初心。

童染怔怔地望着那四个字，将手伸到眼前细细看着，突然一只手横在眼前。

她望见那只手的无名指上的戒指写着，方得始终。

莫南爵坐到她身边，伸手将她搂在怀里，童染拉住他的手同自己的并排放在一起，银蓝色的光芒迷炫至极："不忘初心，方得始终……"

"你就是我的初心，"莫南爵扳过她的脸，精准地找到她的唇覆上去，"我一辈子都忘不了你。"

童染闭着眼睛，十指同他相扣，两个戒指碰在一起，八个字相互辉映。

莫南爵翻身将她压住，抬手抚着她的脸颊，童染握住他的手："莫南爵，我们能有始有终吗？"

男人睁开黑亮的眼眸："你想吗？"

"想，"童染点点头，"可以吗？"

莫南爵并未回答，低头埋入她的脖颈内："我连开始都给不了你，怎么给你终点？"

"你已经给我了，"童染握紧他的手，感受着戒指在掌心内的存在，"你已经把最好的给我了，别的我什么都不要了……"

"这样你就满足了吗？"莫南爵嘴角勾勒出笑容，笑意却不达心底，他咬住她的耳垂，"我记得你不是一个容易满足的女人。"

"我已经嫁给你了……"

"我给不起你像样的婚礼，如果，"莫南爵没有抬头，童染看不见他紧抿的薄唇，他嗓音暗哑，带着浓烈的感情，"如果以后有机会，我一定会补给你。”

童染笑出声来：“怎么会没机会？”

“有，”莫南爵点点头，闭上眼睛，双臂用力将她嵌入怀中，“一定会有，以后就会有的。”

“你怎么了？”童染小巧的下巴轻搁在他的肩头上，她轻眯起眼睛，“其实补不补无所谓，我觉得现在这样就够了。”

车子开到附近的小镇时正好是吃晚饭的时间，莫南爵将童染抱下来时，童染奇怪地问道：“我们今天不回去吗？”

“不，”莫南爵微低下头，“我和用人打过招呼了，不用担心你爸妈。”

“好。”

这小镇上很安静，面包和咖啡的香味飘了出来，人们平凡的忙碌感觉令人安心，二人双手紧牵着朝前走着，影子铺在地上，分外温暖。

这边当地的食物无非牛肉和面包，晚饭童染并没吃多少就饱了，她放下刀叉：“你不吃吗？”

莫南爵推开手边的碗，毫无食欲：“我不饿。”

童染端详着他棱角分明的俊脸：“我觉得你最近瘦了。”

“累瘦的，”莫南爵嘴角扯开笑容，“每天抱着你走来走去，神仙也瘦了。”

“以后不要你抱！”

男人牵起她的手：“我乐意。”

二人饭后在小镇上散着步，天渐渐暗下来，夕阳的余晖洒在肩头上，童染握着他的手：“莫南爵。”

“嗯？”

“我们要能这样走一辈子就好了，”童染仰起小脸，睫毛间落下片片希冀，“朝朝暮暮，从此并肩看彩霞。”

莫南爵睨她一眼：“你那么矮，我们怎么并肩？”

“你……”童染发现同他完全无法浪漫，气得别开脸，视线落在一旁的小河上。

河边有孩子正在玩耍，一大片用牛皮纸叠的纸船漂在波光粼粼的河面上，上面也不知道用什么点缀了，被风吹动的时候隐约能看见些许光亮。

童染看得入迷，莫南爵转过头来：“看什么？”

“那小船，折得好漂亮。”

男人眯起眼睛：“你喜欢吗？”

“喜欢，可惜我不会折，小时候也老学，可就是学不会。”童染眼底露出盼望神色，“没想到能在这里看到，真美。”

莫南爵转过身：“最喜欢哪个？”

“那个，”童染伸手朝河中央指，“最中间那个蓝色的，顶端看起来好像一颗心。”

“好，我去给你拿。”

童染只当他说笑，弯起唇道：“我就不信你会折这种东西……”

话音还未落，莫南爵松开她的手，上前两步，忽然纵身跃入河中！

扑通一声，溅起的水花甚至洒在了童染脸上，她瞪大眼睛，忙抬手擦拭：“莫南爵！”

她冲到桥边，边上的孩子起哄般喊道：“有人跳河啦！”

童染怔怔地望着河面，莫南爵托起那纸船后浮出水面。河水并不深，男人游了几下便能站起身，他一步步走上岸，将手里的东西递到她眼前。

童染这才回过神来，望着男人掌心半湿的纸船：“你……”

莫南爵浑身湿透，冰冷的河水顺着精致的侧脸滑入领口，他拉起她的手：“你不是喜欢吗？又不想要了？”

童染鼻尖酸涩，一时没说出话来，莫南爵见状将纸船朝边上扔：“不想要我们就去那边走走。”

“别！”童染忙扯住他的手，拿起那纸船，托在掌心竟还有些沉，她凑近细看，这才发现顶端会亮的东西是涂抹了荧光粉的碎石子。

小孩子就是有心，童染手掌不由得落向小腹，嘴角扬起，不知道她的孩子出生后，是不是也能这样？

莫南爵见她扬起笑脸：“喜欢吗？”

“喜欢，”童染点点头，伸手抚向他的脸，“你身上都湿了，会感冒……”

“没事。”

边上的男孩子不乐意地跑来，伸手拽住莫南爵的袖子，一口英文流利标准：“哥哥，那纸船是我的。”

“我买了。”

小男孩很倔：“不要，我就不卖！”

莫南爵瞅了一眼，本想直接拎起来丢到边上去，碍于童染在这儿，便蹲下身：“你过来。”

他勾着唇，神色魅惑，小男孩将信将疑地靠过来，莫南爵低声在他耳边说了几句，小男孩抬起头时已经没了先前的疑惑，他望了望童染，口气有几分雀跃：“真的吗？”

“真的，去吧。”

“谢谢哥哥！”

小男孩转身就朝远处飞奔而去，童染见状诧异地开口：“你同他说了什么？”

“没什么，”莫南爵搂住她朝前方走，“我就告诉他，拿这纸船换个漂亮女孩给他，让他去树边上等。”

童染不由得失笑：“他信了？”

“我说我就是这样骗到你的，他就信了。”

“他才多大！”

“小才好骗。”

童染勾起嘴角，小心翼翼地捧着手里的纸船：“莫南爵，要是以后我们有了孩子，你会对他好吗？”

“会，”男人点点头，侧过脸，视线似乎飘在很远的地方，“我会倾尽一切，把我最好的东西都给他。”

“你最好的东西是什么？”童染想，那一定不是物质上的。

莫南爵视线落在她的脸上，别开后并未回答：“累了吗？”

“有点。”

“回去休息。”

这儿并没有什么高级的酒店，就住在当地人家里，莫南爵挑了个二楼靠河边的房间，连浴室都是简陋无比的。到了这里他也没挑剔，起身进了浴室。

童染走过去将窗户推开，双手托腮，在这样宁静的地方，连黑夜都透露着安详的气氛。

身后传来脚步声，童染并未转身，她仰着脸开口："莫南爵，要不我们在这里买个房子吧，不用多大，够我们生活就好，以后我们就在这儿定居，可以开一家咖啡店，我卖咖啡，你就站门口揽客。"

腰间被一双大手环住，男人带着冰凉的身体紧贴上来，童染身体忽然紧绷，莫南爵凑近她的耳畔："为什么我要在门口揽客？"

"你那张脸好看。"

莫南爵闻言扳住她的下巴："怎么没见你仔细看过？"

童染拍开他的手："你要拧断我的脖子吗？"她转过头，"你说我方才的提议好吗？"

"好。"

"那我们定居下来吧？"

莫南爵将俊脸埋入她的颈窝，他的头发并未擦干，水滴流进童染的领口内痒痒的，他依旧应了声："好。"

童染肆意地笑出声来，其实他们都知道那是不可能实现的，梦境和现实差了太多，可这并不代表不能做梦，有时候哪怕是不能兑现的承诺，说出来也能让人开心。

二人谁也没有再开口，莫名的悲伤似乎溢满了整个房间，有些话当真是不能说，越说越想，想了却得不到，那种感觉简直是撕心裂肺。

天越来越黑，冷风呼啸地刮进来，童染冷得缩了下肩膀。莫南爵见状关上窗户，俯身将她抱起来，转身朝床边走去。

第二天，童染醒得很早。

也许是因为这里安静，睡起来分外安心，她坐起身，身边的位置一片冰冷。

她吓了一跳，忙掀开被子，连鞋都没穿，起身就朝楼下走去。

路过阳台时，童染瞥了一眼，悬着的心骤然落下。

不知道为什么，童染总觉得最近自己越来越患得患失，她以前总觉得莫南爵是不会离开自己的，她想，他是爱她的，怎么会离开？

可是她渐渐意识到，原来真的不是有爱就可以，爱情在现实面前，会被粉碎得连渣也不剩。

就像两条原本平行的线，再怎么遥遥相望，也不知道何时能等来相交的那一天。

童染喉间哽咽，放轻脚步走过去。

阳台上，莫南爵双手手肘撑着栏杆，微垂着头，弯起的背部曲线优美刚毅。

童染推开推拉门便闻到很浓郁的烟味，她视线扫过去，望见满满一烟灰缸的烟蒂。

莫南爵听见脚步声后直起身体，按灭手里的烟："睡醒了？"

童染皱着眉走过去："你一晚上没睡吗？"

"想点事。"

"什么事？"

"女人问这么多做什么？"莫南爵伸手搂住她的肩，视线落下去，脸色陡然一沉，"谁叫你不穿鞋的？！"

童染吓了一跳："我以为你先走了……"

"蠢货！"莫南爵冷着脸，俯身将她抱起后大步走回屋里。

二人并未在小镇上多逗留，吃过早饭后便开车朝市区走。

苏澜昨天一晚上没睡，她偷偷问过，用人说童染今天不会回来，想来，定是莫南爵带她出去了。

苏澜没敢告诉童明海，刚好他腿脚不便，没有出房门，气得晚饭没吃，也就没发现。

一大早苏澜就下楼去做早餐，这儿的用人做的都是带着这边口味的东西，童明海吃不惯。

洛萧躺在床上合上眼睛却怎么也无法入睡，听见外面的动静，他想肯定是苏澜进厨房了。

洛萧站起身来到房门口，守着的用人拦住他："你要去哪里？"

洛萧面色清淡：“我去二楼看一下我叔叔。”

“不行。”

“你们可以上去问问他，是不是嘱咐过我今天要上去。”

两个用人对视一眼：“那好，你先回去。”

洛萧点点头，转身走回房间。

不到五分钟，用人便下楼来，伸手推开房门：“出来。”

童明海和苏澜是童染的父母，所以用人对他们都敬如上宾，只得将洛萧带上楼。

洛萧推门走进去，童明海正坐在床边抽烟：“叔叔。”

“坐。”

洛萧拉开凳子坐下来，童明海狠狠吸口烟：“昨晚小染回来了吗？”

洛萧拧起眉头，他听了一晚上，也没听见玄关有人进来的声音：“没有。”

童明海沉默不语，脸色很是难看，洛萧见状眯起眼睛，知道他肯定是在挣扎。

洛萧没有开口，童明海抽完一支烟，抬起头望着他的脸。其实洛萧说的话他并不能完全肯定就是真的，但再怎么样，洛萧到底是他的侄子，再怎么不可靠，也比莫南爵要好得多。

童明海想起当年莫家人的狠戾以及残忍，浑身就不由得打战，那无疑是可怕至极的，他怎么可能允许自己的女儿陷入那样的家族中？那肯定会被啃得连骨头都不剩。

童明海握紧拳头，洛萧见状这才开口：“叔叔，您打算怎么办？”

“我自然是不同意他们在一起，可小染不听我的，”童明海一脸疲倦，“难道我还能绑着她吗？再说了，这里是莫南爵的地盘，我身体这样子，什么都做不了。”

洛萧挑起眉尖，思索下后弯下腰来：“叔叔，您不觉得小染不正常吗？”

童明海闻言眉头一皱：“哪里不正常？”

洛萧步步引诱：“她这么维护莫南爵，显然就是不正常，你们是她的父母，她却将你们放在第二位，难道这不足以说明问题？”

“你说的问题是……”

“我怀疑，莫南爵可能给小染吃了什么东西，或者找人催眠过她，所以她才会这么死心塌地地信任他跟着他，”洛萧压低声音，“要不然，小染这么乖顺的性子，怎么会不听你们的话？”

童明海细想了下，似乎真的有这种可能，虽然多年不见，但童染绝不是那种会和父母抵死相拼的人，她应该很重视亲情才对：“那……”

“叔叔，这件事我也不好多参与，该说的我都说了，虽然小染肚子里有我的孩子，可她的幸福是她选择的，我无权干涉，”洛萧满面无奈，“我先回房间了。”

他站起身朝房门口走去，才走了两步，童明海便出声喊住他：“等等。”

洛萧嘴角勾起一抹笑，隐去后才转过身：“叔叔？”

童明海扶着床沿站起来，心里的担心被洛萧方才的一番话无限放大，这会儿已经急得不行：“萧儿，你劝得动小染吗？”

洛萧苦笑一声：“她对我的态度您也看见了。”

童明海抬手贴住额头：“那……”

洛萧试探性地问了最后一次：“叔叔，您是真的接受不了莫南爵吗？”

“我怎么可能接受他？”童明海冷下语气，“我不会把小染交给这种男人，那是在拿她的一辈子开玩笑。”

洛萧抿着唇没有开口，童明海抬起头来看着他：“萧儿，你难道就没任何想法吗？”

等的就是这一句。

洛萧上前两步将声音压低：“叔叔，办法我倒是有一个，只是……我怕您不肯。”

“能有用吗？小染那么固执……”

“我保证，不会伤害到小染，您大可以放心，”洛萧走到他身边，“我保证。”

童明海不太相信：“真的？”

“但这件事情，最好不要让婶婶知道。”

“好，你说吧。”

洛萧点点头，俯下身凑到童明海的耳边低声说着什么。

司机将车开到别墅门口，莫南爵下车时接了个电话，他站在花园内，童染担心苏澜，便先行进了门。

她回房间换了套衣服，来到二楼时苏澜正好出来，她走上前：“妈。”

“小染，你昨晚……”

“我和莫南爵出去了，”童染并不隐瞒，握紧手掌，戒指硌在掌心内很是冰凉，“爸还好吗？”

苏澜爱怜地拍拍她的脑袋：“他睡下了，中午吃得还不错，你放心吧。”

“那就好，”童染垂下视线，“我下午要出去做个检查……关于孩子的。”

苏澜点点头：“好，去吧，注意安全。”

“谢谢妈。”

童染也没多待，下意识还是有些怕童明海，她径自下楼，莫南爵正好挂了电话走进来，没想到她这么快下来：“好了？”

“嗯，”童染点点头，“我们走吧。”

莫南爵朝楼上看了一眼，也没多问，拉着她的手朝外面走去。

二人来到陈安朋友安排的私人医院，这儿极其整洁，妇产科内也没有吵闹的声音，倒是有不少孕妇在门口排队，大多是亚洲人，旁边都有老公和家人陪着。

童染坐在长椅上，放眼望去，排队的孕妇好多是大了肚子的，怎么说也有五个月以上，走路时扶着腰都有些摇晃，童染看着有些害怕：“要是我那么大肚子，还能走路吗？”

莫南爵搭起一条腿，瞄了一眼：“不能走我抱你。”

“那么大肚子你抱得动吗？”童染双眸中溢出紧张之色，她捏紧男人的手，“怎么办，我突然好害怕，我要生的时候，你要是不在怎么办？”

莫南爵双目一刺，放在腿上的手握了下拳，童染口气隐约透着担心：“我那天上网查，说会先阵痛，如果我阵痛时你刚好不在家，那怎么办？”

莫南爵神色黯淡下去，童染转过头看着他：“我不管，等我快要生的时候，你不许出去，每天都得在家陪我。我估计那么大的肚子，我到时候连路都不敢走了。”

莫南爵盯着她的小脸，目光浮动："好。"

陈安从研究所出来，手里还拿着神经性助动器的具体改良方案，他驱车回到别墅，用人开门将他迎进来："安少爷。"

陈安换鞋后走进客厅，环视一圈："他们人呢？"

"爵少带着童小姐去医院了，其他人在房间。"

陈安点头，他怎么给忘了，今天是童染检查的日子。

"安少爷，您吃饭了吗？"用人抬起头，"要不我去给您做点吧？"

"我不饿，晚点再说吧。"

陈安上到三楼房间，将手边A4纸里的资料全部输入电脑。

二楼房间里，童明海吃过饭后躺在床上，伸手捂着胸口，突然开口："我……我有点喘不过气来。"

苏澜正在边上看书，闻言忙起身过来："明海，怎么了？"

童明海瞪大眼睛："我感觉呼吸好困难。"

"你别急，慢慢呼吸，我马上去找人！"苏澜吓得半死，忙起身冲出去，用人打开门："怎么了？"

"快去叫医生来，他好像心脏病犯了！"

用人大惊，转身要朝楼下冲去，另一个用人拉住她："安少爷在家！"

用人忙上楼去喊，陈安闻言将手边的电脑合起来，起身朝二楼走去："怎么会这样？"

"不知道，"用人描述着，"好像是突然发作的……"

陈安神色冷峻，要是童明海在别墅出了事，童染不得怪死莫南爵？思及此，他加快步伐："我去看看，你到门口去等着，要是有事马上喊司机备车。"

"是，安少爷。"

陈安快步来到房门口，苏澜焦急地等着："他说呼吸不过来……"

陈安皱眉走进去，童明海躺在床上，一手捂着胸口，看起来很是痛苦："水……"

陈安瞥了一眼："去烧点温水来。"

苏澜点点头，出房门时脚步虚浮，用人生怕她摔着，只得扶着她走下楼。

房门被轻声关上，陈安走到床边，俯身探了下童明海的颈间动脉："感觉怎么样？"

童明海脸色通红，呼吸很不顺畅："就觉得堵得难受，心口一抽一抽的。"

陈安将他捂在胸口的手拉开，手掌抚上去，并未察觉到很快的心跳："还有别的感觉吗？"

童明海艰难地点点头："呼吸困难。"

陈安眉头紧锁，直起身体走到抽屉里拿出房内的医药箱，折回来时童明海双眼紧闭着，覆在胸前的手也垂了下去。

陈安一怔，翻开他的眼皮看了看："醒醒！"

童明海并无反应，陈安俯身将耳朵贴在他的心口处，刚弯下腰，童明海藏在被子下的手陡然扬起！

"嗯——"陈安闷哼一声，猝然睁大眼睛，眼神满是难以置信，他艰难地转过头，"你……"

童明海伸手按住他的肩膀，陈安想要抬手将他推开，可腹部被捅入的水果刀锋利无比，他眉宇间溢出痛苦之色，整张俊脸跟着煞白。

童明海坐起身，并无任何犯心脏病的迹象，他双脚下地，想要将陈安抱起来，陈安手指抓住床沿："你简直……"

童明海生怕他喊出声，俯身将水果刀拔出来，而后又捅了进去！

陈安痛苦地皱起眉，童明海抱不动他，便拽着他的肩膀朝窗边走去，鲜红的血渍蔓延了一地，陈安伸手捂住腹部，疼得俊脸扭曲。

童明海将他拖到窗前，抬手架住他的胳膊将他整个人拉起来，在推下去的时候，还是有了一丝犹豫。

下午的时候，洛萧对他说："小染那么信任莫南爵，想要让他们之间产生隔阂，一般的办法肯定是没用的。"

这也正是童明海担心的问题："那怎么办？"

洛萧又说："有的时候信任在事实面前是没用的，莫南爵有个最好的哥们儿，叫陈安。你想想看，你是小染的父亲，小染不可能让你受到任何伤害，但若是你杀了莫南爵最好的哥们儿，莫南爵肯定不会放过你，这样的话……”

洛萧没有继续说下去，但童明海已经明白了他的意思：“那万一莫南爵非得杀我怎么办？”

洛萧摇摇头：“放心吧，莫南爵要杀你替陈安报仇，小染肯定会拦着，莫南爵不会舍得让她出事。不过你想想，在这样的情况下，他们之间再信任有什么用？”

下午那番话在耳边响起，童明海咬了咬牙，不再犹豫，用尽全力将陈安从二楼的窗户推了下去。

窗户是推拉式的，陈安被推下去的时候右手抓了下窗沿，可腹部的剧痛让他无法抓住，他五指在墙面上划出一道血痕，身体晃了下便滚了下去。

苏澜正好带着用人进来：“温水来了……”

苏澜顿住，望见了一地蔓延的血迹。

用人啊的一声尖叫出来，苏澜吓得双腿一软，忙冲过去，“明海！你怎么了？”

童明海站在窗边没动，苏澜这才发现那些血不是他的，她探头看下去，一眼就望见了下方草坪上躺着的人：“明海，你……”

苏澜转身就要冲下去救人，童明海一把拉住她：“你想干什么？！”

“这句话该是我问你！”苏澜推开他的手，“你疯了吗？你头上的伤就是他缝的针，你的腿也是他帮你看的，我身上的伤也是他治的，明海，你疯了吗？”

童明海死死拉住她的手，任凭苏澜怎么挣扎都不肯松开，苏澜瞪大眼睛，眼泪流了一脸：“你疯了，你要小染怎么办……你要我们的女儿怎么办！”

医院内，莫南爵正陪着童染在B超室检查，口袋里的手机忽然响了起来，他拿出来想要按掉，一看，是别墅内的电话。

莫名的不安涌上心头，男人按下接听键，转过身，手机才移到耳边，里面便传来尖锐的叫声：“爵少，不好了，您快回来，安少爷出事了！”

莫南爵瞳仁猛然收缩，童染望见他垂在身侧的手瞬间紧握起来，皱起眉头：“怎么了？”

话才问出口，莫南爵已经转身朝外面走去，他脚步很急很快，一晃眼人已经出了B超室。

童染忙抽了两张纸巾擦掉腹部的液体，起身穿好裤子：“对不起，我们改天再来。”

童染冲到电梯口，视线扫出去，并未看见莫南爵的身影，她神色焦急，忙转身朝楼梯口跑去。

童染脚步虚浮，一股极其不祥的预感从心底生出，她握紧了手掌，浑身都在发抖。

走到医院大门时，小腹一阵收缩，她伸手抚上去，努力平复着自己的呼吸。

边上，司机正四处看着，见到她后忙冲过来：“童小姐，您没事吧？”

童染摇摇头：“莫南爵他……”

“爵少先开车走了，吩咐我在这里等您下来，”司机恭敬地道，“童小姐，我们打个车走吧。”

“他……”童染站直身体，司机见状忙扶住她的手臂，“他去哪里了？”

Chapter 10
舍不舍得，都断了吧

“回别墅了，好像是出了什么急事，”司机带着她朝外面走，“童小姐，爵少是怕他开车太快您坐着不安全，所以才让我等您，您别多想。”

“我知道。”

童染点头，手掌却握得更紧，司机拦了辆出租车，报了别墅的地址。

童染坐在后座上，方才激烈运动过，这会儿不得不深呼吸来缓和腹部的不适，她双眼别向窗外，感觉灭顶的黑暗欺压而来。

从医院到别墅三十分钟的车程，硬生生被莫南爵缩短到十五分钟，他薄唇紧抿，已经不记得自己是怎么踩刹车的，停下来的时候，轿车车头差点撞入别墅的大门。

用人忙过来将门打开：“爵少……”

莫南爵推开车门冲下去，用人瞧见他俊脸上一片阴鸷，吓得说话都打结：“爵少，在这边……”

莫南爵大步跨过去，此时天色已暗，四周都亮起了橙黄色的灯，男人才走到花园边，便望见草坪上躺着一个人。

鲜红的血迹蔓延一地，几乎将绿草都染红，边上站着一群用人，却都只是看着，竟没一个人敢靠近。

莫南爵双目一刺，眼底细碎的光芒在这一刻被砰然击碎，连零星都不剩。他几步冲上前，额头青筋暴起，怒吼出声：“你们都断手断脚了？！”

用人们都低着头，其中一人开了口：“爵少，我们喊了救护车，但是到现在也还没来……”

莫南爵俯下身将陈安横抱起来，手掌触及之处全是温热的液体，还在源源不断地往外涌，陈安早已彻底失去知觉，身上的鲜血瞬间将男人的西装染得血红。

莫南爵将陈安放在车后座，砰的一声拍上车门，双目嗜血般猩红：“不准任何人出别墅一步，说要走就给我拿刀砍！”

童染坐着出租车回到别墅，才推门下车，就见黑色轿车飞驰而去。

她怔怔地望着一地的鲜血：“这是……怎么回事？”

“是安少爷出了事，腹部中刀……从二楼被推下来，爵少已经送他去医院了。”

童染惊得瞪大眼睛，心里的恐慌被无限放大：“二楼是……”

用人垂下头去：“是您父母的房间。”

童染攥紧双手，喉间有种腥甜往外涌：“那他们现在……”

用人照实回答：“他们都没事，在房间里，爵少刚才吩咐任何人不得出别墅。”

司机付了钱走过来，童染却又转身拦住那辆出租车，强忍着情绪道：“送我去医院。”

用人害怕她出事，想要跟着一起去，可童染已经拉上了车门。

急救室外，莫南爵坐在等候椅上，双手手肘撑着膝盖，俊脸埋入掌心。

血腥味悉数钻入鼻腔，由温热转为冰冷，男人闭上眼睛，整个人仿佛被按进冰冷的河水中，疲惫得再也抽不出一丝力气。

童染来的时候已经接近十一点，她几乎找遍了市内所有医院，最终才在这里找到他。

她一步步走过来，莫南爵依旧维持着那个姿势坐在椅子上，几个小时都没动一下。

听见脚步声，莫南爵眼皮轻跳了下，没有睁开眼睛，只是将手放了下去。

童染走到他身边坐下，伸出手，几番犹豫之后还是落在他的手背上，童染张了张嘴，喉间苦涩难言："莫南爵……"

莫南爵噌的一下站起身，高大的身形被刺眼的灯光拉出一道落寞的影子，童染跟着站起来："陈安不会有事的，你别担心……"

莫南爵没有说话，也没有看她，一步步走到急救室的门外站定。

童染就站在他身后，却不敢靠近，他浑身散发着冷冽的气息，犹如一道冰山，阻隔在他们之间。

几个小时过去了，童染站得双腿发麻，转身走到椅子边，还没坐下，手术室的大门便被人推开。

莫南爵猛然抬起头，冲过去揪住护士的胳膊："怎么样？！"

"病人失血过多，现在生命垂危，我们还在抢救，"护士望了他一眼，将手里的单子递过去，"你是病人家属吗？签一下病危通知书吧。"

莫南爵双目一刺，拿起笔签了字。

童染手在椅子上撑了下，最终还是没能坐下去。

护士又转身走进去，手术室内，医生已经换了好几拨，其中一名比较有名望的戴着手套走过来："伤得这么重？"

"是啊，您快看看……"

其余二人退开身，那名老医生走过来，凑近一看："这……"她顿时睁大眼睛，语气带着掩饰不住的惊讶，"这不是安少爷吗？"

那老医生态度瞬间变得同方才截然不同："还愣着做什么，快派人去通知陈家，术后转入顶级病房！"

护士忙转身去打电话。

一直到后半夜，手术室的灯才灭下去。

医生和护士相继走出来，后头跟着的几人推着推床出来。

莫南爵几步走上前，陈安面部戴着氧气罩，血色褪尽，身体两侧都插着管子，头上缠着纱布。

其中一名医生开了口："他腹部中了两刀，虽然已经抢救过来，但是因为失血过多，而且还因为坠楼使得刀伤加深，所以导致部分部位的脑死亡，现在已经陷入重度昏迷。"

莫南爵只觉得浑身被狠狠一击，几乎就要站不稳，声音破碎得连自己都听不清：“什么时候能醒来？”

“这个我们也说不准，可能一天，可能一个月，可能十年，也可能……”

后半句话医生没有继续说下去，她摘下口罩：“你们办理一下手续，做好长期住院的打算。”而后便转身离开。

莫南爵俯下身，双手撑着推床，静静地盯着陈安的脸。

若说在这个世界上有什么是他最在乎的，莫南爵想，除了童染，他就只有陈安。

陈安于他来说不仅仅是哥们儿，更是亲人，唯一的一个亲人，他的命是陈安救下的，没有陈安，他也活不到现在。他十七岁从美洲来到亚洲，到如今整整七年，一直陪在他身边的人就是陈安。

陈安不顾家里反对跟着他一起来到锦海市，那种默契和感情是时间给的，也是彼此给对方的，是比亲人更深的感情。

莫南爵喉间哽咽，轻合上双眼，童染站在边上，从这个角度恰好能看见他眼底隐藏起来的水光。

她伸手捂住嘴，眼泪顺着脸颊滑落下来。

护士见状也有些不忍，伸手在男人肩头轻推了下：“麻烦您让一让，我们要把病人送去病房。”

莫南爵直起身体收回手，每一个动作都无比沉重，两个护士握着推车边缘，将陈安推入 VIP 通道。

砰！大门合起，发出的声音在静谧的夜晚尤为刺耳。

童染抬起头来，莫南爵已经转身走向电梯，自始至终没有看她一眼。

她小跑着跟出去，见电梯门就要合上，童染情急之下喊出声来：“莫南爵！”

男人没有动，神色冷寂，眼睁睁看着电梯门合上。

童染乘电梯来到楼下时，黑色轿车已经不在，她擦了下眼泪，想起莫南爵离开时的决绝表情，赶忙拦了辆出租车。

莫南爵开车回到别墅，用人全部在门口守着，谁也不敢离开：“爵少。”

莫南爵推门下车，什么也没说，抬脚便走进去。

别墅内一片死寂，血腥的味道久久不散，莫南爵每一步都走得极其沉重，刚走到楼梯口，就听见身后传来脚步声。

莫南爵顿住脚步，转过身来，对上洛萧含笑的双眼。

男人攥紧双拳，指节咔咔作响，眼里笼上大团阴霾。洛萧双手负后站着，同样望着他的脸：“想打我吗？”

莫南爵冷冷一笑，一步步走下来，洛萧只觉得眼前覆上阴影，他笑出声来：“你今天就是把我打死了，陈安也活不了了。”

莫南爵在他身前站定，脸色阴沉至极。

洛萧听着他浓重的呼吸声，忽然抬手落在他的肩头上：“别生气，不过就是一无所有，因为我没有了，所以你现在也没有。没什么不公平的。”

莫南爵抬腿就朝他的腹部顶去，洛萧并不还手，嘴角含笑，眼底的恨意刺眼至极：“打吧，我死了，你也别想活！”

莫南爵握住他的腰将他掀翻在地，边上摆着花瓶，莫南爵抡起来就朝他头上砸去，洛萧并不抬手去挡，他算算，童明海和苏澜听见声音也该下来了。

砰——花瓶砸在脑袋上，洛萧眯起眼睛，鲜血顺着侧脸滑落。

楼梯口传来脚步声，莫南爵俯身揪住洛萧的领子将他拎起来就朝墙上摔，童明海一下来就看见这一幕，忙大喊出声：“住手！”

莫南爵动作未顿，洛萧整个人摔在墙上，面露痛苦之色。

童明海在苏澜的搀扶下走过来：“你敢打他？！”

莫南爵猝然回过头，眼里的阴鸷令童明海怔了下，他伸手抓住男人的手臂：“你凭什么打他？我警告你，洛萧才是我们童家的女婿，你莫南爵一辈子别想娶我的女儿！”

“滚！”莫南爵抬手一掀，童明海整个人被掀翻在地，摔下去的时候右腿的假肢都断裂开来。

“明海！”苏澜忙蹲下身去扶他，童明海撑起身体。莫南爵站在原地，修长的身形落寞萧瑟，他微眯起眼睛，甚至觉得全世界都在与他为敌。

童明海一手扶着腿，嘴里咬着恨意：“你这畜生！”

莫南爵浑身散发着戾气，一步步走过来，双手握拳发出咔咔声响，童明海抬头看着他，眼底尽是鄙视：“当初如果不是你们莫家抢人，我又怎么可能会动你？莫南爵，归根结底是你们莫家人不对，你又凭什么把这一切怪在我头上？”

莫南爵俊脸阴沉，冷笑一声：“我怪你了吗？”

“没怪我你为什么要接近我女儿？你的目的不就是报复吗？”童明海死死瞪着他，“我告诉你莫南爵，你那医生朋友是我杀的没错，但也是因为他要害我，我这属于自卫，你要黑白不分杀了我，我也无话可说。”

洛萧闻言站起身，眼底滋生出笑意，语气却是冷冽的：“你要杀杀我，别动我叔叔！”

苏澜忙扯住洛萧的手臂：“你少说两句……”

“别急，”莫南爵冷冷眯起眼睛，“一个个来，今天都给我去死！”

他转身走进边上的房间，出来时手里拿着把枪，莫南爵将枪上膛后走过来，枪口对着童明海：“你再说一遍，陈安要害你？”

童明海承认：“对，是他要害我，我看，就是你指使的吧？”

“是，”莫南爵冷笑一声，“我早就该杀了你，是我的错。但这和陈安没关系，他不可能会想害你，他不是你能随便说的人。”

“和你在一起的还能有什么好人？”洛萧抬起头，“莫南爵，你做过多少丧尽天良的事还要我说吗？”

莫南爵唇边的冷笑越发加深：“好一个丧尽天良。”

砰！莫南爵食指扣动扳机，朝童明海的肩头开了一枪——

“爸！”

外面传来叫喊声，童明海双眼一亮，伸手捂住肩头，整个人倒了下去：“啊——”

童染冲进客厅时，莫南爵手里的枪正好对上童明海的眉心。

苏澜侧身挡在童明海身前：“你要杀就连我一起杀了，他死了我也不会独活……”

童染瞪大眼睛看着这一幕，几步冲过去，苏澜见状抬起头来：“小染！”

莫南爵手里的枪并未移开，童染来到苏澜身边蹲下身：“妈，你们……”

“你还没看见吗？”童明海咬着牙，“他要杀我们！”

童染握紧双拳：“之前那个人……”

“对，是我把他推下楼的，”童明海捂住肩头，“小染，今天爸就把话放在这里，你要是跟莫南爵，我和你妈就撞死在你面前！”

童染抬起头，一个爸字卡在喉咙口，怎么也喊不出来：“你怎么可以这样？”

“他要害我，难道我还不能自卫吗？”

“你胡说！陈安不可能会害你，”童染视线扫向洛萧，“是你出的主意吧？你到底要怎么样才会甘心？是不是要我死了你才觉得满意？！”

啪！童明海抬手就扇了她一巴掌：“你给我闭嘴！”

苏澜忙扯住他：“小染，妈给你道歉，你别怪你爸，他也不是想害你……”

“还不是想害我吗？”童染难以置信，笑出声来，撑着站起身，几步走过来，“莫南爵。”

男人垂眸看她一眼，眼神冰冷得令人颤抖。

童染仰起脸同他对视，视线相触，往昔的柔情蜜意荡然无存，她只看见了入骨的恨意。

童染浑身一震，寒气顿时席卷全身。

莫南爵轻眯起眼睛，目光狠狠刺入她的眼底：“童染，你的家人是人，我的就不是吗？”

童染跪着没动，双手在身侧攥紧，已然感觉到无法支撑。

莫南爵垂下手来，食指微微松动，手枪掉落在脚边。

童染惊讶地抬起头，莫南爵已经转身走了出去。

童染转过身来，神色空洞，只觉得心碎欲裂，开口时声音破碎得不成样子：“你们满意了吗？”

外面突然传来警车的声音，童染一惊，转过头时，就见大批警察冲了进来。

莫南爵走在正中间，双手插兜，俊脸冰寒：“是他。”

他视线直射向童明海。

童明海浑身一震，怎么也没想到莫南爵居然会报警，他忙挣扎着起身：“你们做什么……”

“你涉嫌一起谋杀案，请跟我们回去调查。”

警察用英文说着，童明海握紧苏澜的手，整个人朝后面退去：“不是我！”

莫南爵掏出手机，按下播放键后摊开放在手掌上。

是一段视频，里面播放着童明海方才说话的场面。

“你那医生朋友是我杀的没错……”

“对，是我把他推下楼的……”

“你……”童明海瞪大眼睛，没想到莫南爵竟然会来这一招。

莫南爵神色冷淡，将手机交到警察手里。

警察看了一眼，确认后扬起手：“把他给我抓起来！”

“不是我！真的不是我！”童明海吓得朝后面退，他刚治疗好腿，怎么能这样被抓，“你们弄错了，是他要害我！”

几个警察冲上来将苏澜拉开：“请配合我们的调查！”

童明海剧烈挣扎着：“放开我！”他转过头去：“小染！我是你爸爸！你快跟他说，这根本和我无关！”

童明海又望向洛萧，洛萧见状站起身，拧着眉，他也没想到莫南爵居然会报警。

他不是处处让着童染的吗？为什么这次……

童染听见叫喊声心里刀割般疼，抬头望向莫南爵时，他看也没看她一眼。

童染咬住下唇，此时终于知道什么叫作进一步悬崖，退一步地狱，这一步，她知道自己怎么走都是错，怎么走都会后悔。

她放不下莫南爵，她爱他，可她难道就能放下自己的父母吗？

再不好，那也是她的父母，童染不可能做到洛萧那么狠心绝情。

四周都是嘈杂的人声，童明海还在挣扎，警察铐住他之后开始调查案发现场，苏澜哭天喊地，也被警察暂时控制住。

洛萧站在边上，视线始终定格在童染身上。

童染走到莫南爵跟前站定。

男人一下没动，独自站在门口，萧瑟的冷风阵阵吹来，童染缩了下肩膀，只觉得冰寒刺骨。

莫南爵将染血的西装外套脱下来，披在她的肩头。

童染心里一暖，希冀地抬起头：“莫南爵，这次是我爸错了，我……”

“不，”莫南爵视线落在她的小脸上，“是我的错。”

童染喉间哽咽，想从他的眼神中找出哪怕一点感情，可是没有。

莫南爵微仰起精致的下巴，反正他也是个将死之人，又何必和她继续纠缠下去？

就这样吧。舍不舍得，都断了吧。

就趁现在吧，早离开晚离开，不过就是他痛多一点还是她痛多一点的区别。

他痛点没关系，反正已经这么痛了，也习惯了。

莫南爵缓缓伸出右手。

童染始终盯着他的脸，看着他的神色由冰冷转为淡漠，就像是一把刀，一点点凌迟着她的心，童染觉得自己的心都已经碎了。

她伸出手，想要握住他的手。

莫南爵却抬起左手，将右手无名指上的戒指摘了下来。

童染眼底一刺，下意识将自己的手朝后缩："不要……"

莫南爵将戒指放在掌心。

童染双眸中渐渐溢出绝望，她双肩颤抖："莫南爵……"

"这是最后一次，"莫南爵眼底的决绝和无情彻底筑成一道围墙，将他所有的深情和不舍全部掩藏起来，"今晚是我们最后一次见面，从今以后，你是你，我是我，再无任何关系。"

童染睁大眼睛，他的话像是炸雷般在她头顶炸开，她完全无法反应过来："不……"

"这戒指，"莫南爵拉起她垂在身侧的手，将戒指放入她的掌心，盯着她的眼睛道，"你要就留着，不要，我就扔了。"

眼泪滑下来苦涩至极，童染反握住他的手："莫南爵，我知道你生气，我也知道陈安对你很重要，我陪你守着他，等他醒来。是我爸的错，他老糊涂了，你别生气，不要……"

莫南爵将手抽回来。

童染心底一刺，眼泪流了满脸，不断摇着头："不……"

"你不要是吗？"莫南爵扬起那枚戒指，自始至终表情都未变过，"那我扔了。"

"不要！"

童染嘶吼出声，莫南爵已经扬起了手，闪着幽蓝色光芒的戒指在夜空中划过一道美丽的弧线，最终掉落在草坪的某处。

莫南爵神情冷漠："至于你那该死的爸，最好是在牢里蹲到入土，我告诉你，陈安要是一天不醒，他就一天别想出来，如果陈安出了一点意外，我就是死了也会捎上他一起！"

童染并未细想他最后一句话里的意思，深吸一口气："我每天都陪你去看陈安，我们就在边上守着他，说不定他明天就醒了……"

莫南爵冷笑一声，眼底刺痛分明："童染，人一辈子能有几个说不定？"他抬起俊脸，"这房子、车子，这里的一切，包括你们每天吃的喝的用的，都是陈安买的，你问问你那该死的爸妈，问问洛萧，"他一把揪住她的衣领，几乎将她整个人提起来，"你问问看，他们是怎么活下来的？没有陈安，你我又怎么活下来？！"

童染睁大眼睛，眼泪在眼眶里打转，莫南爵将她抵在墙上："我倒是想问你，如果今天角色互换一下，是陈安把你爸从楼上推下去了，你会怎么样？一刀捅死陈安吧？"

童染只不停摇着头："不……"

莫南爵俊脸冰寒，目光猩红："他是我这辈子唯一的亲人，如果今天是我被你爸从楼上推下去，我断手断脚都不会多说一句，可是陈安不行。"

童染瞳孔扩散，莫南爵松开手，她颈间骤然一松，听见他在耳边说："也许是我上辈子欠了你的，我可以无怨无悔，但是陈安不欠你，是我欠了他。"

他退开身，童染整个人靠着墙面朝下滑去。

莫南爵转身朝外面走去。

童染撑着身体站起来，此时，警察取证后押着童明海准备离开，他一边挣扎一边回头："你们放开我！不是我杀的人！"

苏澜也被控制住一起带走，场面混乱不堪，洛萧站在边上，神色复杂地盯着童染。

童明海还在喊着什么，苏澜走到门边时回过头来："你们放开我，我要跟我女儿说几句话！"

"不行！"警察朝她的肩头一推，"快走！"

"小染……"

童染脚步向前："妈……"

警察朝她看了一眼："别碍事，否则连你一起抓！"

童染抬起头，莫南爵的身影已经走出了大门，她眼底一刺，推开门就要冲出去，洛萧见状上前一把拽住她："你要去哪里？"

"放开我！"

"小染！"洛萧按住她的双肩，胸口剧烈起伏，"你还要追过去做什么？他那样对你，你难道还要低声下气地去求他吗？"

"关你什么事？"童染别过头，浓烈的恨意刺入他的眼底，"洛萧，我告诉你，我这辈子哪怕是去大街上卖身，也不可能会跟你，你给我滚！"

洛萧眼底一刺，童染一把推开他，转身就朝外面跑去。

洛萧站在原地，额头的伤口隐隐作痛，他想要抬脚跟上去，却被她方才那一句话刺得无法动弹。

童明海和苏澜被押上警车。

童染追出去时，莫南爵也已经上了车。

警车朝左开，黑色轿车朝右开。

童染剧烈喘着气，视线扫出去，司机正站在门口，她冲过去抢过他手里的钥匙，拉开车门坐了上去。车子驶出去的时候出现一瞬间的犹豫，她咬着牙，抓住方向盘的手紧了下，朝着右边追了出去。

莫南爵的车子早已没影，童染到处问路，最后找到了昨晚去过的那家医院。

她推门下车，上了医院大楼，来到 VIP 病房所在楼层，可外面全部有人看守，她思索良久，用生涩的英文说着："有没有一个叫陈安的病人住在里面？我是他朋友，来看他。"

对方冷冷看她一眼，口气冰冷："对不起，这里不允许随便进去。"

童染努力说了半天，那人说什么也不让她进去，最后找了两个护士，将她赶了出去。

童染在医院门口站了良久，最后朝外面走去。

此时，医院顶级的 VIP 病房内，陈安躺在病床上，星眸紧闭，边上的心电图起伏不定地波动着。

护士推门进来，托盘里放着湿毛巾，她将药水吸进针管，按照剂量给男人注射进去。

莫南爵站在边上，视线紧盯着护士的动作。

护士将针头拔出来，拿毛巾准备给陈安擦手。

莫南爵伸手接过毛巾："出去吧。"

"是，爵少。"

护士将门带上，莫南爵在床边的椅子上坐下，握着陈安的手，用毛巾将他手背上的液体擦拭干净，而后过了遍温水，将毛巾敷在瘀青的地方。

他抬眸望了一眼点滴瓶，又将视线落在心电图上。

半晌，外面响起敲门的声音："爵少，您在吗？"

"进来。"

护士将头探进来："陈家派人来了，说是要把安少爷转出去。"

莫南爵站起身，点了点头："好。"

童染驱车来到警察局门口，值班的几个警察态度并不好，她简单地说明来意，对方一口回绝，说童明海和苏澜目前都是嫌疑犯，还在取证调查中，她不能见他们。

童染在里面坐了很久，可对方说不让见就是不让见，她怎么说都没用。

她从警察局出来，这里门口不能停车，所以她将车停在不远处的路口，可来到停车的地方，童染环顾四周，发现车没了。

她伸手摸向口袋，方才下车的时候，竟然没有将钥匙拔出来。

童染抬手贴向额头，滚烫的手感令她浑身一颤。

她抬起头，发现自己真的无处可去了。

她还能去找谁？

肚子饿得厉害，可偏偏又很想吐，童染伸手抵住胃部，朝前走去。

童染走得很慢，时不时被拥挤的人群撞一下，她趺趺撞撞地走在路中央，路人们的欢声笑语传入耳膜，像是最大的嘲讽，讽刺着她现在的处境。

她浑浑噩噩地一路走着，等回过神时，抬起头，一眼就望见了对面屹立高耸的大楼。

偌大的莫字闯入眼帘。

童染睁大眼睛，是莫家吗?

莫南爵在里面吗?

她看不清川流不息的马路，只知道一步步朝大楼走去。

莫氏大厦正门口，莫北焱一身浅白色西装，双手插兜走出来，边上的秘书拿着这季度的汇总表：“莫总，下午两点半有个会议，是和芝加哥的Howlay公司……”

莫北焱点了下头，视线随意地扫出去，一眼就看见了对面马路中央站着的人。

他一怔，此时，一辆跑车极快地从马路那头行驶过来，路边的人见状忙对着童染大喊：“嘿，让开，会撞死你的！”

童染继续朝前走着，什么也听不见，眼里只有那一个莫字。

秘书说到一半抬起头，就见莫北焱已经冲了出去，男人跑得极快，他跨过栏杆，一把将童染搂进怀里，就在那一瞬间，跑车飞驰而来，擦着莫北焱的后背开过去!

砰！莫北焱抱着童染在马路上滚了两圈，半边肩膀撞在护栏上，他疼得拧了下眉头：“妈的，痛死了。”

童染只觉得天旋地转，身体再也承受不住，眼前一黑，晕了过去。莫北焱撑起身体，将童染抱了起来。

莫氏大厦门口，一辆加长版林肯正停着。

秘书吓得半死，忙跑过来打开车门：“莫总，您没受伤吧？”

莫北焱摇头，抱着童染坐上车，对司机道：“开车。”而后转头吩咐秘书：“下午的会议暂时取消。”

童染醒来的时候，已经是第三天清晨。

她艰难地睁开双眼，浑身疼得如同被碾轧过一般，胳膊沉重得抬不起来。

房门被推开，女用人端着盘子走进来，里面放着一碗汤药：“童小姐，您醒了。”

童染皱了下眉头，用人过来将她扶起来：“您先把这个喝了吧。”

童染张了张嘴，声音沙哑不堪：“这是……”

“是补品，您有先兆流产的迹象，要多补补才行，”用人拿过靠枕垫在童染身后，“这些都是莫先生吩咐的。”

莫先生？童染猛然抬起头：“哪个莫先生？”

用人端起瓷碗准备喂她喝药：“还能有哪个莫先生？”

砰！童染掀开被子便要下床，用人手里的药被打翻在地，她忙要拉住童染：“您不能下床……”

童染已经跑出了房间，边跑边喊：“莫南爵？”

别墅内空空荡荡的，没几个人的样子，童染扶着楼梯朝下冲，跑过拐角处时，看见阳台上站着一个人。

男人凭栏而立，纯黑的浴袍裹着高大修长的身体，微弯下去的背脊遮住了酒红色的碎发。

童染眼睛一亮，几步冲过来，拉开阳台的门：“莫南爵！”

莫北焱手里的烟头一抖，星火烫到指尖，他嘶的一声甩开，直起身体时，腰间被紧紧环住。

莫北焱一张俊脸冷下来，拉开童染的手，转过身捏住她的下巴：“染爷，你看看清楚，我是莫南爵还是谁？”

童染一怔，抬起头来，瞳孔内的面容不断放大，酒红色的碎发炫目至极：“你……”

她猛地朝后退去，眼里的惊惧无限放大。

莫北焱走到她身前站定，想起这两天她昏迷中迷迷糊糊呓语的那些话，睨着她的脸色：“你爸害了陈安？”

童染抬起头：“你怎么知道？”

“你自己说的。”

童染对之前的事毫无印象，只记得自己从警察局出来，一直走一直走……仿佛走不到尽头。

莫北焱收回手，擦着她的肩膀朝屋内走：“莫南爵生气了吧？”

童染转身跟着走回去：“你知道莫南爵在哪里吗？”

莫北焱点点头：“我当然知道，我是他亲爱的哥哥嘛。你好好待在这儿，说不定我心情一好就带你去找莫南爵。”

“……”

陈氏庄园极大，接近徽派的建筑，后方连接着绵延的山脉，里面种满了各种奇珍异宝。

莫北焱将车停在门口，便有门童过来拉开车门：“您找谁？”

莫北焱将车钥匙丢给他们：“来看一下安哥。”

门童忙拦住他：“不能随便进……”

莫北焱并不理会，推门跨进去。庄园内到处挂满千千结，每个结中间都写着一个安字。

门童忙找来人，管家一看：“大少爷。”

莫北焱望他一眼：“我弟弟呢？”

管家低着头不说话。

莫北焱收回视线，转身朝里面走去。

陈氏祠堂外，成排的红烛点在两侧，一直蔓延到祠堂内。莫北焱跨进祠堂大门，便闻到一股很浓的药味。

他皱起眉头，沿着高燃的红烛朝里走。

祠堂内被改成一个大的玻璃房，正中央摆着一张床，陈安双目紧闭地躺在上面，四周用不同的细线吊着大大小小的药包，整个玻璃房被染得玫红。

下方的牌匾边跪着一个人。

蜡烛的火光映衬在男人精致的脸上，打出斑驳的影子，莫南爵跪姿笔挺，双手垂在身侧，一双桃花眼轻合着。

跟着的管家生怕惹祸上身，忙开口解释：“大少爷，是二少爷自愿跪在这里的，不是我们陈家强迫的……”

“我知道。”莫北焱收起眼底的轻佻，走进祠堂，望向玻璃房内。

莫南爵并未睁开眼睛，神色冷淡：“你来做什么？”

“看安哥。”

“他不需要你看。”

“哎，爵，你干吗这么凶？”莫北焱忽然靠过去，“你的女人还待在我家呢……”

莫南爵猛然睁开眼睛，撑了下地面站起来，一把揪住莫北焱的衣领，眼底浮现警惕：“她怎么会在你家？”

“她一个人在街上走，我肯定带回家啊，”莫北焱嘴角含笑，“感谢我吗？快，叫一声哥来听听。”

莫南爵冷冷看着他：“洛萧在哪里？”

“你问我？”莫北焱推开他，点燃一根烟，“我还想问你呢，他死了？”

莫南爵抢过他手里的烟，莫北焱用力一甩手：“你自己不会点一根？！”

莫南爵将香烟扔在脚下踩灭：“我不想抽，所以也不想看你抽。”

“……”什么逻辑？！

莫北焱盯着莫南爵的脸：“爵，你不正常。”

莫南爵同他对视，笑出声来：“我哪里不正常了？”

“我就感觉你不正常，”莫北焱眯起凤目，锐利的目光层层穿透，“你绝对有什么事没说。”

“你这么了解我吗？”莫南爵冷哼一声，“我以前怎么没发现？”

莫北焱挑起眉：“我是你哥。”

莫南爵笑出声来：“也是，我就没见过比你更好的哥。”

“怎么没有，”莫北焱望他一眼，“洛萧不也是童染的哥哥吗？”

“是，”莫南爵语气嘲讽，“蛇鼠一窝，这个词很适合你们。”

好吧，搬起石头砸自己的脚。

莫北焱切回正题：“所以，现在你是要拜托我帮你找洛萧？”

莫南爵冷冷抬起视线：“难道你不也是在找洛萧吗？我捡现成的。”

“你怎么知道我也在找洛萧？”

“你这不是说了吗？”

“……”

莫北焱翻了个白眼，什么鬼！

阳台上，童染端着杯温牛奶走出来，她不敢走太快，小腹一直不太舒服，便躺在藤椅内。

她窝在藤椅里，伸手接了把阳光，拿到眼前时，却什么也握不住。

她眼角溢出失落，摊开的手掌紧紧握成拳。

莫南爵静静地坐在楼下的车内，拿出手机对准童染伸手接阳光的样子拍了张照片。

也许是角度选得好，照片上童染嘴角正好微微上扬，扬手的一瞬间可以看见浅浅的梨窝。

莫南爵食指摩挲着手机屏幕，嘴角轻轻勾起，眼底柔和一片。

童染喝完牛奶，拿着玻璃杯站起身进了屋。

莫南爵瞳孔一缩，直到她的背影完全看不见，他才收回视线，发动跑车离开。

走进屋的童染听到门铃声响起，走下楼来。

用人过去将门拉开，就见苏澜走了进来。

童染瞬间怔住。

苏澜和陈安的案子并无关系，她事先不知情，而且也没有参与，所以放了出来。

苏澜身上还是穿着那天的衣服，神色看起来极其憔悴，童染忙起身走过去："妈！"

"小染，"苏澜眼眶通红，焦急地拉住她的手，"他们把你爸抓起来了，说是要判刑……"

童染喉间哽咽，垂下视线："妈，是爸做错了事，他接受惩罚也是应该的。"

苏澜握紧她的手，伸手抹泪："妈也没想到你爸会这样，小染，别恨他……"

童染拉着她来到沙发边，倒了杯水递过去："妈，洛萧没和你们在一起吗？"

苏澜摇摇头："我们从别墅被带走的时候，他不是和你一起在客厅吗？"

"可是我后来出去了，"童染皱起眉头，"他没被带去警察局吗？"

"没有证据……警察只看证据抓人。"

童染神色疲倦地站起身："妈，我带您上楼洗个澡，您先好好睡一觉。"

苏澜没多说什么，跟着童染起身朝楼上走去。

事实上，洛萧哪里也没去。

那天警察带走了苏澜和童明海，童染也开车出去追莫南爵，别墅被当作案发现场封了起来。

洛萧从别墅内走出来，额角还有干涸的血迹，他却连伸手抹掉的力气都没了。

独自站在街口，他生平第一次觉得累了。

方才在别墅里，童染跟他说的那句话，无异于一把最尖最狠的利剑，刺得他体无完肤。

他就真的那么令她厌恶吗？为什么他爱她也错了？

身侧忽然多了个人影，洛萧没有抬头，孟瑶手里端着两杯刚买的热牛奶，伸手递过去："堂主，喝点吧？"

洛萧一动不动，孟瑶伸手覆上他的肩头："堂主……我们回烈焰堂吗？"

"烈焰堂……"洛萧视线恍惚，"没有小染，我要烈焰堂做什么？"

"……"

洛萧迈开脚步，缓慢地朝前走着，漫无目的，不知道还能去哪里。孟瑶始终跟在他身后，手里的牛奶由热变冷直到冰凉，她却紧紧握着，怎么也舍不得扔掉。

蓦地，一辆加长版的房车疾驰而来，吱的一声，已经开过去的轿车忽然倒退，在洛萧身边停下。

车门被人推开，一群人跳下来，一下子就将洛萧围了起来。

后头跟着的孟瑶大惊，忙扔开牛奶："你们是什么人！"

洛萧站着没动，直到双手被人押住，他才抬起头来。

房车内坐着的人透过车窗，拿起口袋里的照片对比了一下，而后将其收起来："是他，带走。"

"是。"

洛萧被押上车，他扭动双手想要挣扎，却被塞住嘴巴，直接捆了起来。

孟瑶冲上来想要拉住他，可是对方并不给她机会，车门砰的一声关上，车子疾驰而去。

莫家地牢内，谢阳华走进来时侍卫正放下软皮鞭，谢阳华望了一眼被绑着的人："还不肯说？"

侍卫无奈地摇摇头："嘴巴硬得很，怎么都不肯说，这都四五天了。"

谢阳华走上前，伸手捏住他的下巴："不过就是一个解药的配方，你连命都不想要了？"

洛萧冷冷别开脸："你们到底是什么人？"

"这个你不用管，我就是要Devils Kiss的制药和解药配方，你交出来，"谢阳华从口袋里掏出一张支票，"我会放你走，并且这三千万就是你的。"

洛萧冷笑一声："交了我还走得掉吗？何况，这东西本就没有解药。"

谢阳华并没耐心同他周旋："我最后问你一句话，你交不交？"

洛萧抬起头，额角的伤痕迸裂开来，沁出血迹："我也最后告诉你一次，我没有。"

"好，有骨气。"谢阳华挑眉，并不恼怒，既然不怕打，自有比被打更可怕的事情，"来，把他放下来，给他洗个澡换一套衣服。"

侍卫点点头，心下了然。

洛萧被带出莫家时，始终被蒙着双眼，一直到车子停下来，对方才将他眼睛上的黑布扯下来。

洛萧抬起头，眼前所处的地方显然是郊区，连人影都看不见。

不远处，一栋别墅巍然屹立着，四周用金漆镀边，看起来极为尊贵。

谢阳华走在前面，两个侍卫押着洛萧跟着。

别墅门口有专门的人守着，谢阳华递上牌子，对方检验过后放他们进去。

别墅内，正中央摆着一个极大的台子，聚光灯从中间打下来，洛萧一进去就看见一个男人跪在上面，胸口吊着一个牌号：23。

他瞳仁一缩，隐约意识到了什么。谢阳华转身凑到他耳边："这里呢，是全拉斯维加斯最大的双性娱乐场所——当然，是专门用来玩男人的。"

洛萧猝然睁大眼睛，挣扎着要脱身，侍卫在他膝窝处一踹，他整个人便朝下跪去。谢阳华按住他的肩头，视线在他脸上睃巡一圈："像你长得这么清俊，在这里绝对很受欢迎。"

洛萧脸色一沉，用力想要站起身："放开我！"

"你不是嘴硬得很吗？"谢阳华蹲下身，捏住他的下巴，"你要知道，在这里受欢迎可是会出名的，要是你有了名气，以后每天都有人来预订你……你这辈子都不愁没事干。”

洛萧闻言胸膛剧烈起伏，猛然摇着头：“不……放开我！”

谢阳华一耳光便甩在他脸上：“你不是死也不肯说吗？行，你就在这里待上几个月，等你出来的时候，看看你的那些傲气和骨气会被磨成什么样子，我很期待，烈焰堂堂主。”

很快便有服务员端着盘子走过来，谢阳华拿起上面的吊牌，将它挂在洛萧胸前。

“滚！”洛萧死死咬着牙，双眸猩红，张嘴想要咬舌，侍卫忙拿起毛巾塞进他嘴里。谢阳华看了一眼：“别这么早死，你的好戏才刚刚开始。”

不到十分钟，便有人过来将洛萧带上去，聚光灯打下来，洛萧身上被人换了件白衬衫，下身同色的休闲裤，被迫仰着脸。极致的屈辱感蔓延全身，他眉头紧皱，双肩剧烈颤抖。

下方的那些人看清他的脸，有人笑道：“不错啊，长得挺俊。”

“来来来，这个我喜欢……”

很快便开始起拍，价格由十万朝上抬，很快便被炒到了七十万。

谢阳华笑着端起杯茶：“我说得不错吧？他肯定很受欢迎，他既然这么倔，就看看他能在这里忍到什么时候。”

这种屈辱一般人难以承受，尤其是对于男人来说。

当然，这一晚上卖这么多钱，到最后肯定还是谢阳华拿。

拍卖异常激烈，到最后，由两个美洲男人拍了下来。

展示台落下帷幕，管理人员上去将洛萧抬进了指定的房间。

服务员将支票递给谢阳华，一百九十七万。

谢阳华看了一眼后站起身：“他就放在这里了，每晚我们都卖，连续卖三个月。”

服务员记录下洛萧的资料：“三个月后来接他吗？”

“对，”谢阳华走出去，“三个月的钱直接打到原来的卡上。”

“好的。”

谢阳华走到轿车边，坐上去前对身边的侍卫吩咐道：“这件事情暂时别告诉任何人，我们没抓过洛萧，也不认识这个人，明白吗？”

“是，谢管家。”

谢阳华点点头，车子转了个弯，沿着原路返回去。

莫南爵驱车来到研究所。

陈安的几个朋友在里面等着，他进来后做了个检查，几人便将他领到一间实验室。

莫南爵在椅子上坐下来，其中一人问道："爵少，您今早注射兴奋剂了吗？"

莫南爵点点头："我每天都打。"

几人闻言面面相觑，一人拿出一管试剂："这是能和兴奋剂相抵消的药，爵少，我们要针对肌肉萎缩，给您的身体全面测评一下。"

男人并未反对，注射后过了半个小时，莫南爵渐渐感到双手无力，他紧皱起眉头，深知这是兴奋剂的作用消退了。

一系列检查后，医生拉开椅子坐下来，将报告推到莫南爵眼前："爵少，您自己也看到了，若是彻底失去兴奋剂的辅助，您已经失去了最基本的生活能力，目前您肌肉萎缩的情况比较严重，我建议您住院进行治疗……"

"我不会住院，"莫南爵眯起眼睛，"直接开门见山，我不想谈别的。"

"关于神经性助动器，我想安少爷也给您说过的，这东西确实有用，但是……很痛，不能打麻醉，而且是植入神经，我们暂时还不能确定是否有什么副作用，万一……"医生神色有些为难，"这是安少爷主持研发的项目，他现在不在，我们也不敢……"

莫南爵望着自己还在颤抖的右手，上臂的肌肉一弹一跳，指尖仿佛被什么东西夹住，沉重到抬不起来，他别开眼："什么时候可以手术？"

"这个……"

莫南爵冷冷眯起眼睛，那医生见状忙道："如果一定要手术的话，隔个两三天就可以了，我们这边安排下去，到时候通知您。"

莫南爵左手撑住桌面想要站起身，可是双腿完全没有力气，他闭上眼睛，抬手贴住额头："去拿兴奋剂来。"

"爵少，您现在真的不适合再……"

"我叫你去拿！"

"是……"

护士忙去取来兴奋剂，莫南爵伸手接过，修长的手指握住针管，朝着自己的左臂扎下去。

神经猝然收缩，刺激后渐渐恢复知觉，莫南爵将针管丢开，站起身走出去，那医生最后嘱咐道："爵少……有句话我不得不说。"

莫南爵双手插兜，一路走下楼："说。"

"就算手术成功，神经性助动器也只能用几次，每次安装拆卸都很痛苦，而且您目前肌肉萎缩得很快，按照这个速度，您就只有半年左右的寿命，如果您不住院，就会更短。"

半年。

莫南爵脚步顿了下，眯起眼睛望向外面的阳光，半年，是短，还是长？

医生见他站着没动："爵少？"

莫南爵收回视线，继续朝楼下走："半年之内还会有什么别的问题吗？"

"如果植入神经性助动器应该就不会瘫痪，但是一旦撤掉会比瘫痪更可怕……而且您体内还有余毒未清……"

莫南爵走出研究所，坐进车内："我知道了。"

"爵少慢走，到时候电话联系。"

莫南爵将车驶出研究所，直接开去了陈家。

陈安还是老样子，莫南爵走进祠堂，这里每天都会换一次药，大大小小的药包吊在半空中，药香弥漫。

他推开玻璃房的门，走到床边，陈安脸上的氧气罩已经撤掉，放在被子外面的一只手打着点滴。

莫南爵在床沿坐下来，伸手拍了拍陈安的脸："你睡够了吗？"

陈安并无反应，莫南爵的手落至他的肩头，用力握了下："半年之内你要是还没睡够，等醒来就换你去墓地看我了。"

陈安还是闭着眼睛，莫南爵从右手腕上取下自己一直随身戴的手表，放在陈安枕边，什么也没再说，起身走了出去。

莫家这段时间由于莫文斌病情加重，所有人忙得不可开交，到处请法师作法，上上下下乱成一团。

莫北焱却觉得这是个很好的机会。

他回到莫家住了几天，恰好赶上作法那天，莫北焱一早便来到了阁楼。

这会儿侍女全部去帮忙了，莫北焱顺畅无阻地上了楼，直接推开房门，里面的人没想到有人会闯进来："是谁？"

看见来人，苏清甜惊得站起身来，身上还穿着睡衣："大少爷……"

莫北焱笑着走进来："干吗？看到我激动成这样？"

苏清甜神色拘谨，对上次的事情还心有余悸："大少爷，您有事吗？"

"没事不能来吗？"莫北焱在桌边坐下，"给我倒杯水。"

苏清甜照做，将温茶端到他手边，莫北焱望着她的样子，又想起童染，不由得笑道："还真是截然不同啊。"

苏清甜一怔："大少爷，您说什么？"

"没什么，"莫北焱端起茶杯吹了两口，凤目抬起，"上次我说帮你找家人，还记得吧？"

苏清甜点点头："记得。"

莫北焱喝口茶："我已经找到了。"

"真的？"苏清甜猛然睁大眼睛，半张着嘴，半天才缓过来，"我的……家人吗？"

"对，"莫北焱放下茶杯，挑眉看向她，"她们现在就在我外面的别墅里，怎么，要不要去看看？"

"现在……"苏清甜咬住下唇，双手绞在一起，"我……我能去看看吗？"

"你要是想，当然可以。"

"可是……"苏清甜神色犹豫，被抓进来后，她极少走出莫家，"我出不去的，她们不会让我出去。"

"你以为我是当摆设的吗？"莫北焱搭起一条腿，"我可以带你出去。"

苏清甜抬起头，她又何尝不想出去看看？犹豫到最后，她还是点了点头。

莫北焱拿了套男士的衣服给她，苏清甜不明所以地换上，莫北焱又给她戴了顶帽子，将脸全部遮住，随后弯腰将她扛了起来。

苏清甜惊得要挣扎，莫北焱在她腿上轻拍了下："待会儿别出声。"

苏清甜只得点头。

莫北焱扛着她一路走出去，这时候众人都在忙，所以比较安全，走到门口的时候被侍卫拦下了：“大少爷，这是？”

莫北焱掏出点钱递过去，神色轻佻，照着苏清甜臀上用力一拍：“看上个侍女，扛出去玩一玩。”

“……”

侍卫对这种事情也是见怪不怪，拿了钱便让开了路。

苏清甜趴在莫北焱的背上，脸红得几乎要滴出血来。

莫北焱将她放在副驾驶座上，绕到另一边坐上车，朝别墅开去。

到了别墅，莫北焱跨下车，将苏清甜拉出来，带着她走向大门：“你的家人就在里面。”

苏清甜拘谨地站在门口，莫北焱伸手按下门铃，用人听见门铃声赶忙来开门。

莫北焱抬脚走进去，用人拿过拖鞋给他们换上，苏清甜打量着四周，别墅是全现代化的装修风格，同莫家的民国复古风完全相反，她站在光可鉴人的瓷砖地上，却不敢走动。

正在这时，童染和苏澜说着话走下楼，莫北焱见状走过去：“伯母。”

童染一怔，他什么时候这么客气了？她瞥他一眼：“你干什么？”

“伯母，”莫北焱挑眉看着苏澜，忽然开口，“您还有个女儿对吧？”

苏澜瞬间惊怔在原地，童染闻言皱起眉，回过头道：“妈，他说的是什么意思？”

苏澜紧张地握紧童染的手：“我，我也不知道。”

莫北焱抬手朝苏清甜那边一指，语不惊人死不休：“我今天把她带来了。”

什么？！苏澜一惊，顺着他手指的方向看过去，果然发现沙发上坐着一个人。

童染也是吓得不轻，这究竟是怎么回事？

苏澜喉间哽咽，话都说不出来，松开童染的手就朝那边走去。

苏清甜见有人来，忙抬头看过去。

苏澜走到她跟前，盯着她的脸：“你……你是清甜？”

苏清甜咬住下唇，当初她被莫家人抢走，管家问她叫什么，她虽然小但也知道自己的名字，本以为会被改掉，没想到竟然没改。

她激动得半天没说出话来。

苏澜视线扫过她的全身，浑身颤抖得发不出声来。童染走过来站在她身边，伸手握住她的肩："妈……"

苏澜胸口剧烈起伏着，她伸出手去握住苏清甜垂在身侧的双手："告诉妈……你是清甜，是清甜对不对？"

苏清甜怔怔地看着她，没有反应。

莫北焱抬脚走过来帮她回道："她叫苏清甜。"

苏澜瞪大眼睛，冲过去抱住苏清甜，这是她女儿，她第一眼就觉得像："清甜，我是妈妈……"

苏清甜像个木头人般呆立在原地，眼泪止不住地落下来，她张了张嘴，一个音千回百转才发出来："妈……"

苏澜抱着她哭成泪人。

童染站在边上望着这一幕，完全无法反应过来。

苏澜哭了片刻，拉着苏清甜在沙发上坐下，童染仍站着没动，苏澜拍拍身侧："小染，快过来。"

童染这才走过去，苏澜握起她的手同苏清甜的手放在一起："小染，这是你姐姐。"

童染一时半会儿无法接受，苏澜又看向苏清甜："清甜，这是你妹妹，叫童染。"

苏清甜闻言忙点头，跟着苏澜喊："小染。"

童染抬眸望着她，总觉得哪里奇怪，苏澜拍了她一下，她只得喊道："姐……"

莫北焱双手环胸站在楼梯边，旁观着这一幕。

第七天的时候，谢阳华抽空去了趟那天的别墅。

服务员领着谢阳华走进去，递上牌子："三十七号。"

"好的，"服务员接过后看了一眼，"这边来。"

服务员将他领到三楼最里面的一间房："三十七号就在里面。"

谢阳华点点头，走上前，打开房门走了进去。

房内到处是金碧辉煌的装饰，弥漫着某种香水的气息，四周的桌子椅子甚至是浴缸内摆着各种道具，被撕开的衣服散落一地。

正中央摆着一张圆形的大床，床顶笼着薄纱幔帐。

床沿坐着一个男人，身上只松松垮垮地披着件白色浴袍，他垂着头，修长白皙的双手放在腿上，浅薄的刘海似乎才洗过，此刻正搭在额头上。

谢阳华脚步缓慢地来到床边，望着床沿坐着的男人，不由得轻笑出声：“怎么，这才几天，锐气就被磨光了？”

洛萧还是一动不动地坐着，仿佛没有听见他的话，谢阳华低下头，伸手捏住洛萧的下巴：“怎么不叫我滚了？”

洛萧被迫抬起俊脸，谢阳华这才注意到，他双侧脸颊都有齿痕，看来是才咬上去的。

谢阳华满意地点点头：“看来我说得没错，你果真很受欢迎。”

洛萧神色空洞，睁着双眼，瞳孔却微微涣散，看什么都没有聚焦。

谢阳华松开手，洛萧又将头垂下去。

他动作很机械，双手始终放在腿上，修长的指尖似乎被针扎过，有些许血迹渗出来滴在浴袍上。

“现在懂什么叫耻辱了吗？”谢阳华在边上的椅子上坐下来，“解药可以交出来了吧？”

洛萧还是不说话，谢阳华脸色一沉，伸手去抓他的肩：“说话！”

“别碰我！”洛萧猝然抬起头，摇了下头，呼吸猛地急促起来，“我脏。”

谢阳华一把揪住洛萧的衣领，将他从床边拎起来：“怎么样，这种脏很痛苦吧？这是你一辈子都洗不掉的伤痕！”

洛萧清俊的脸庞溢出深沉的痛楚之色：“不……”

谢阳华抡起他朝墙边用力甩去：“说！解药在哪里？！”

洛萧睁大眼睛，眼眶通红，浑身剧烈颤抖，瞳孔内的惊恐在瞬间被放大，显然之前被吓得不轻：“不要……不！”

谢阳华抬手就扇了他一巴掌：“你还不说是吧？！”

洛萧被打得偏过头去，碎发贴在脸上，他绝望地闭上眼睛，眼泪顺着眼角滑落：“杀了我……”

“想死？”谢阳华伸手捏住他的下巴，一语刺中他心底的痛处，“你现在是这儿最红的头牌，就这么死了，多可惜？”

洛萧瞳孔猝然放大，胸膛起伏，这几天的记忆涌上心头，已经足够令他崩溃，他伸出双手抱住头，身体朝下蹲去：“不……不要……杀了我，杀了我！”

谢阳华松开手，洛萧后背抵着墙面，整个人滑下去，他抡起拳头砸在地毯上，砰砰砰的声音混合着叫喊声，每一下都那么撕心裂肺。

谢阳华冷眼看着他的动作，冷冷笑出声来，对于男人来说，这是多大的耻辱，没有经历的人是不会懂的。

洛萧跪在地上，俊脸几乎贴着膝盖，紧紧闭着眼睛，浑身犹如被千百只蚂蚁在啃啮。

被关在这里的第一天，他想过要逃出去，可是并没有成功，被抓回来后是更加残忍的对待。别墅的每个角落都有摄像头，二十四小时监控，每个房间都有人在外面寸步不离地守着，连自杀都没有办法，而一旦被抢救过来，后果简直……

生不如死，才最痛苦。

洛萧大口地喘着气，眸中的猩红一层层泛出来。

最初的叫喊声已经变成了低沉的嘶吼，外面守着的人面色如常，他们每天都听着这种声音度日，早已见怪不怪。

这里是最黑暗的地方，只要进来了，哪怕能出来，也极少有人能像正常人一样重新站起来。

谢阳华蹲下身，伸手揪住洛萧的后领将他拎起来：“想出去吗？”

洛萧神色涣散，出去……出去做什么？

他忽然笑出声来，笑得双肩都在抖动，大片瘀青从肩头倾泻出来，谢阳华皱起眉，从腰间抽出镶金软鞭。

洛萧后背紧贴着墙面，才不过几天，他整个人已经瘦下去一圈，清俊的面容上下巴越发精致，谢阳华退后两步：“你当真嘴巴这么硬？”

洛萧没有动，也没有听进去他的话，他只是在想，小染本来就那般嫌恶他，这样一来，她哪怕是碰他一下都嫌脏了吧？

不，不对，她一直嫌他脏，洛萧痛苦地皱起眉，他忘了他从什么时候开始已经不是她的洛大哥了，也许是他和傅青霜订婚的时候，又也许是洛庭松和宋芳把童明海和苏澜撞下悬崖的时候……

可是他就是放不开手，谁能告诉他该怎么做才是对的?

啪——谢阳华一鞭子抽了过来。

洛萧没有躲，镶金皮鞭抽在胸前，划开一道血痕。

他睁着眼睛，连痛呼声都没有。因为这对他来说已经不算什么了，洛萧笑着想，这也叫疼吗?

他抬头望着谢阳华的动作，忽然觉得荒凉，觉得好笑，是不是人都是这样？有些东西明明就在自己手边，却非要一边丢开，一边又找人要。

是不是对于在乎的，就会盲目到看不清真相和光明?

光明……他的生命中还会有光芒照进来吗?

也许，没了吧。

洛萧缓缓闭上眼睛，任由皮鞭狠戾地抽在身上。

他没有再说一句话，不管谢阳华怎么打他都只是垂着头。

打到最后，谢阳华收起了皮鞭，洛萧伏着身体跪在地上，整个人犹如从血泊中捞出来的一般。

他没有抬头，垂下的睫毛洒下一片阴影。

谢阳华知道他不会再开口，擦干净皮鞭后转身走了出去。

服务员打开门，谢阳华头也没回，丢下一句话："给我找人二十四小时在边上看着他，别让他有任何机会自杀，继续卖，我什么时候过来，什么时候停止。"

"好的，您慢走。"

两个服务员走进去将洛萧架起来，他身上鞭痕沁出的鲜血蔓延一地，谁也不知道，这些被擦掉的血迹，就是许多人正在苦苦寻找的东西。

洛萧神色哀戚地扯了下嘴角，若要论输赢，到底谁才是最后的赢家?

私人研究所。

莫南爵一睁开眼睛，边上守着的医生忙起身过来："爵少，您醒了。"

莫南爵眼皮轻跳了下，才意识到自己躺在病床上，医生过来替他检查:"爵少，您现在试试看，能动吗？"

莫南爵只觉得浑身痛得骨头似乎都要断裂开来，他动了下手指，缓缓将右手抬起来。

医生见状松了口气："看来没什么问题了，"他上前将莫南爵手背上的点滴拔掉，"爵少，是不是还很痛？"

莫南爵薄唇紧紧抿着，并未回答，苍白的俊脸已经是最好的答案。他动了动肩膀，用手肘将身体撑起来。

从手术结束到现在，他自始至终没有喊过一声痛，几个医生面面相觑，简直无法想象，这是有多能忍……

莫南爵起身穿上衬衫，双手双脚传来阵阵剧痛，他只是抿着唇，微微颤抖着将扣子扣好。

医生将一些注意事项一一告诉他："爵少，这是控制您体内的助动器的微型遥控器，"他将一个黑色的小圆按钮递过去，"这段时间内您要是感觉到麻痹，按按钮就能触发微电流，刺激的时间在一到三秒内，不会对人体有多大损害。"

"能下水？"

"可以，一切都和正常人一样，就是……"医生顿了下，"除了比较痛，目前没发现别的危害。"

莫南爵点头，伸手接过微型遥控器放进口袋，又问了医生几个问题，转身出了研究所。

从研究所走出来，已经是深夜。

疼痛被放大后在寒风中更加清晰，男人身形笔挺，但走得很慢，每一步都犹如凌迟之痛，来到车边时，一个人影忽然出现在眼前。

莫南爵拉开车门的手顿了下，并未回头，也猜得到是谁："你跟踪我？"

莫北焱从黑暗中走出来："我只是恰好路过，不算是跟踪吧？"

莫南爵冷笑一声："这里这么偏僻，你是打砸抢的时候路过的吧？"

"哎呀，怎么路过不重要，碰在一起才最重要，"莫北焱抬头望了一眼，这里并没有任何招牌，但装修十分精致，显然不是一般的小诊所，"你到这里来做什么？"

莫南爵并不回答他，上了车准备发动："不关你的事。"

莫北焱一把按住他放在方向盘上的手："你来看病？"

"有病的是你，"莫南爵冷冷抬起头，"你确定不拿开手？"

“得，”莫北焱收回手，并不继续阻拦他，“好啊，你走吧，我进去这里面问问，”他从腰间掏出把银色短枪，“抵着脑袋瓜子问，不开口就吃子弹，我就不信没人肯说。”

他抬脚就要走，莫南爵下车一把拽住他的胳膊：“你给我站住！”

“干吗？”莫北焱挑眉回过头来，“生气了？”

莫南爵冷着俊脸：“你快点离开，我不想跟你在这里打起来。”

“为什么要我离开？里面有什么见不得人的？”莫北焱盯着他的脸，望见他额上渗出一层细密的汗珠，“你怎么了？”

莫南爵收回手：“不要再跟着我。”

莫北焱越来越觉得不对劲，用力抓向他的肩，莫南爵疼得不行，莫北焱这一下过来他承受不住，抬手撑了下车门：“滚！”

“你怎么回事？”莫北焱绕到他跟前蹲下身，“你哪里不舒服？”

莫南爵站直身体：“我看见你就不舒服。”

莫北焱知道他不会说实话，索性起身朝研究所走，莫南爵见状去抓他，莫北焱干脆抬腿就朝里面跑——

此时，研究所内的医生正朝外走，望见冲过来的人影还以为是莫南爵：“爵少，您刚刚手术，不能跑的啊……”

眉心突然被一个冰冷的东西抵住。

医生吓了一跳，莫北焱握紧手里的枪，神色阴沉：“什么手术？”

“你……”医生瞪大眼睛，“你是……”

“我在问你话！”莫北焱揪住他的领子就朝边上摔，语气急迫，带着自己都不知道的情绪在里面，“什么手术？他动了什么手术？！”

“神……神经性助动器安装……”

“神经性助动器？”莫北焱皱起眉头，抡起一拳砸在医生的嘴角，“我问你是什么病！给我说清楚！”

医生惨叫连连，捂住流血的嘴角：“神……神经性肌肉萎缩……”

砰——莫北焱手一抖，一枪擦着医生的肩膀射入墙内。

他只觉得五雷轰顶，这……这不是莫文斌得的病吗？

怎么会……

莫北焱满面震惊，医生想要逃跑，又被他狠狠揪住，莫北焱拿起枪就朝他脑袋上一通乱砸：“现在怎么样了？治疗的情况怎么样？手术成功了吗？”

“手，手术成功了……但是他的萎缩症状一直在加速，他不肯住院，我，我们尽力……”

医生话还没说完，眼前的男人已经不见了。

莫北焱从研究所内冲出来，莫南爵已经上了车，轿车一下子擦着他的手臂开出去，莫北焱抬脚就朝车尾踢：“莫南爵，你给我停下！”

车子绝尘而去。

莫北焱转身上了跑车，紧紧跟在莫南爵后面，一手疯狂地按着喇叭：“你疯了？给我停下！”

前方的黑色轿车开得极快，犹如幽灵般穿梭在暗夜中，莫北焱脚下踩着油门，怒吼声被夜风割成碎片，他索性掏出手枪对着前面的车轮胎打：“莫南爵！”

砰砰砰——几发子弹擦过底盘，莫南爵寒着眸，双手握紧方向盘，二人飙车技术皆是一流，两辆车在马路上你追我赶。

这儿人很少，莫北焱见状一咬牙，抬起手对着路边的吊牌就是一枪，铁牌子晃了下砸下来，莫南爵猛然一打方向盘，铁牌砸在车后座，砰一声巨响。

轿车一个急转弯，撞翻了路边的绿化带。

莫南爵才动过手术的双腿传来阵阵剧痛，他泛白的指节握紧方向盘，还未重新发动车子，后方跟着的跑车便卡了过来，吱的一声将他的路堵死。

莫南爵坐着没动。

莫北焱推开车门走下来，几步冲到车子边，拉开车门后将莫南爵朝下拽：“你给我下来！”

莫南爵冷冷拂开他的手：“你凭什么管我？”

“就凭我是你哥！”莫北焱揪住他的衣领，莫南爵反手去推，莫北焱擒住他的双手，“你下不下来？！”

莫南爵冷笑着抬起眸：“你是我哥吗？我怎么不知道。”

“你给我下来！”

“你给我滚！”

莫北焱倾身向前，双手搂住他的腰将他朝外面拽，莫南爵手肘顶向莫北焱的胸膛："放手！"

"不放！"

"我叫你放手！"

"我叫你下来！"

车门几乎都要被踢断，莫北焱拼命将莫南爵拽了出来，莫南爵擒住他的肩头甩开他，二人扭打在一起，在马路上滚来滚去。

莫北焱用了十成力气，手掌落在莫南爵的肩头紧握住："跟我去医院！"

"滚！你疯了吧？"莫南爵双腿使不上力，被莫北焱压在身下，"莫北焱，你今天是不是没吃药？"

"对，我没吃！"莫北焱俯下身，双手死死揪住他的衣领，鼻尖几乎同他相抵，"怎么，难道你就吃了吗？吃了会得这种病？你居然给我得这种病！"

"滚！"莫南爵用力将他推开，撑了下地面站起身，"要发疯去找女人，别跟着我！"

"你想走？"莫北焱几步冲上前拽住他的胳膊，声音莫名冷冽，"我们现在就去医院。"

"我们？"莫南爵转过身，食指朝他点了一下，"你弄清楚，你是你，我是我，不是我们。"

"我是你哥！"莫北焱欺身压上前，"你必须跟我去医院，从今天开始你就住院，我二十四小时陪你。"

"你脑膜炎发作了吧？"莫南爵冷笑一声，仰起精致的下巴，"我要死了你不应该是最开心的一个吗？"

"你要死也只能是我杀了你，而不是这么死，"莫北焱冷着脸，狠狠地瞪着他，"你别想给我病死，我告诉你，没门！"

"神经病！"莫南爵冷冷挥开他的手，转身朝车子走去，"今晚什么都没发生，你最好装作什么都没看到。"

"要我装没看到也可以，你去住院，现在就去！"莫北焱伸手抓向他的肩头，莫南爵侧身避开，衬衫竟然被撕开一大截。

莫南爵俊脸一沉，转过头来："你还没疯够？"

"去医院。"

"滚！"

莫北焱望着他满面冷漠，忽然觉得气得不行，他说不清自己到底是为什么生气，但就是觉得心里堵着口气，怎么想怎么不舒服："跟我走！"

莫南爵桃花眼浅浅眯起："你非要找打是吧？"

莫北焱喉结滚动："去医……"

院字还没出口，莫南爵忽然抡起一拳砸在他的嘴角，莫北焱哪里甘心，反手就砸回去，"叫你给我得这种病！我今天就把你打死！"

"给我滚！"

二人从车头打到车尾，又从车尾打到跑车边，也不知道打了多久，到最后二人都累得不行。莫南爵坐在地上，背靠着跑车车门屈起一条腿："找死！"

莫北焱单手撑住地面，抹了下沁血的嘴角："我乐意！"

两人脸上都挂了彩，衬衫都残破不全地挂在身上，喘息声在寂静的深夜中弥漫开来。莫北焱盯着莫南爵的腿，忽然开口："助动器很痛？"

莫南爵舌尖轻抵嘴角："你可以去试试。"

莫北焱身体朝他挪了下："这样，我把一个完完整整的帝爵还给你，你去住院，怎么样？"

"不怎么样，"莫南爵抬脚踢开他，"我住不住院是我的事，"他忽然扯开一抹笑看向莫北焱，"怎么，难道你是在为我难过？"

"笑话，我为什么要为你难过？"莫北焱出口反驳，别开视线，"我巴不得你早点死！"

莫南爵眉梢轻挑："那你何必叫我去住院？"

"……"

对啊，为什么？

莫北焱的一番话被莫南爵堵在喉咙口，只觉得肺都要气炸掉。

莫南爵望了一眼时间，站起身拉开跑车的门。

莫北焱直起身体冲过去时，跑车已经飞了出去。

他气得去踢边上的轿车："可以，莫南爵，你别去住院，谁爱管你？我才不会管你！"

发泄够了，莫北焱坐进车子后试了几次都没能将车头从绿化带里退出来，他用力砸向方向盘：“什么破车！”

莫名的情绪涌上心头，莫北焱只觉得无比烦闷，眯起眼睛，垂下头去。

神经性肌肉萎缩……

莫北焱伸手捂住俊脸，这么说，是遗传的吗？

莫北焱回到别墅，走进客厅时，苏清甜正好从楼上走下来，看见他转身又想走，莫北焱却出声喊住她：“站住。”

苏清甜脚步一顿，莫北焱抬手贴住额头，神色有些疲倦：“今天你必须回去了。”

苏清甜闻言只觉得心口一窒，出来后才知道莫家的日子有多么可怕，外面的世界简直是天堂，她才飞翔没几天，难道就要再次回去吗？

可……她没的选择。

苏清甜垂首站在茶几边：“我，今天就要走吗？”

莫北焱点点头：“待会儿你和染爷她们说一下，就说要先回家。”

“那要是我妈要一起……”

莫北焱并没心情同她多说，站起身朝楼上走去：“那我管不着，总之我下午派人来接你。”

“好，”苏清甜顺从地点点头，“谢谢大少爷。”

莫北焱脚步顿了下，他忽然回过头：“我很好奇，你这几天有什么感慨吗？”

“没什么，就觉得外面的生活很好，能体验一下很开心。”

苏清甜说话时始终垂着头，莫北焱食指在扶手上轻轻敲了几下：“我总算知道你和染爷的区别在哪儿了，这种天生的东西，很难改。”

他抬腿上楼，苏清甜想了下开口问道：“在……哪儿？”

男人轻笑一声：“她打心眼儿里就比你真。”

真？

苏清甜并不明白是什么意思，还想要问什么，莫北焱已经径自上了楼。

她站在茶几边，从小到大的规矩让她不善于表达自己的真实情绪，因为从小就有人不停地教她们，不管在什么时候，不高兴也得装作高兴。

管家说，她们的喜怒哀乐并不重要。

苏清甜双手绞在一起，她也想像童染一样生活，自由自在无忧无虑，可是谁能给她？

苏清甜来到苏澜的房间同她告别：“妈，我下午要回去了。”

苏澜一惊：“这么快吗？”

“嗯，那边的人已经来警告了，如果再不回去肯定会被发现的。”苏清甜握紧她的手，心里酸涩得不行，“妈，我们还能再见面吗？”

“能的，傻孩子，”苏澜摸摸她的头，“以后还会见面的，妈一定想办法去看你。”

苏清甜点点头，苏澜抱住她：“妈不是给你买了部手机吗？你记得藏好了，随时可以跟妈联系……”

“好，我知道的妈。”

苏清甜回到莫家之后安全地度过了一个晚上，可第二天一早，还是被侍女叫了出去。

谢阳华靠在偌大的躺椅上，边上有侍卫帮他扇扇子，他端起杯茶，目光慢悠悠地落在苏清甜身上：“二少奶奶。”

苏清甜浑身一震，光是听见他的声音就吓得不敢说话：“谢管家。”

谢阳华轻吹口茶：“我听说，这几天的作法仪式，二少奶奶没出席？”

苏清甜额头冒出冷汗：“我……我身体不舒服，在房内休息。”

“是吗？”

谢阳华目光如同穿透镜般看向她，要骗过他几乎不可能，他站起身，一步步朝她走过来：“我怎么听人说，二少奶奶好像是昨天才回来的呢？难道是我弄错了？”

苏清甜缩着身子，已经不敢再开口。

谢阳华走到她身边站定：“我很好奇，二少奶奶去了哪里呢？”

苏清甜紧紧抿着唇瓣，谢阳华也料定她不会说，他朝边上的侍卫扬了下手，对方立即会意，转身去了苏清甜的房间。

片刻之后，侍卫拿着个袋子走回来：“谢管家，这是在二少奶奶房内搜到的。”

苏清甜一看，如遭雷击——这是苏澜给她买的手机!

谢阳华伸手接过，嘴角挑了抹瘆人的笑意：“看来二少奶奶出去一趟，学到的东西不少。”

苏清甜双肩剧烈颤抖：“谢管家，不是的，我……”

此时，袋子里的手机忽然响了起来，谢阳华见状伸手拿了出来，是一条短信：“清甜，在莫家照顾好自己，妈和小染会再去看你的。”

妈?

谢阳华目光一深，苏清甜居然是去见亲人了？！

这根本是不允许的事情!

“来人！”谢阳华沉着脸将手机递给侍卫，吩咐道，“现在马上用GPS定位发短信的这个人的具体位置，把她们给我抓回来！”

“是！”

苏清甜闻言瞪大了眼睛，忙上前几步解释道：“不是这样的，她们不是我的亲人……”

如果苏澜和童染被抓到莫家来，那还能有活路吗?

谢阳华冷笑一声:“不是你的亲人？二少奶奶,撒谎也是要有技巧的。”

“我没有！”苏清甜猛然摇头，侍女忙抓住她，苏清甜双膝一软跪了下来，“谢管家，这手机不是我的……你别抓她们，我不认识她们。是我的错，我不该出去，我愿意受罚！”

“受罚？”谢阳华一眼就能将她看穿，他知道，凭苏清甜一个人的力量是不可能出去的，定是有人帮她，他走到她跟前蹲下身，“二少奶奶，那你坦白告诉我，你是怎么出去的呢？”

苏清甜喉间哽了下：“是……是我自己偷偷跑出去的，和任何人都没关系。”

“不可能，”谢阳华一手搭在膝盖上，“二少奶奶，你若是实话实说呢，我好歹还能对你的家人好点，你若是骗我呢……”

他嘴角勾起一抹诡笑，苏清甜本就怕他怕得要死，这会儿更是大气都不敢出：“我……”

她犹豫了半天，到底还是没把莫北焱说出来。本来就是她求他带自己去见亲人，她怎么能再连累他?

谢阳华其实不用猜也知道是谁，他慢条斯理地抽出腰间的软皮鞭："二少奶奶，那你能不能告诉我，二少爷人现在在哪里？"

苏清甜并不知道方才短信的内容，她咬着唇不肯开口，谢阳华扬起皮鞭就对着她脸上一抽："撒谎倒是撒得很老练，你要领罚是吗？好！"

他站起身，将皮鞭递给侍卫："给我打！打到天黑为止！"

"是！"

谢阳华站起身，这样的惩罚在莫家随处可见，侍女按着苏清甜的双肩，软皮鞭一下又一下地落在她纤瘦的背部，一旁的人早已见怪不怪，百赖无聊地数着鞭子数。

苏清甜紧咬着下唇，一张小脸犹如被浸在水中。

陈氏庄园。

祠堂内烛光彻夜通明，玻璃房被夕阳的余光映衬得更加透明，房内刚刚被换过药袋，这会儿药香扑鼻。

中央的大床上，陈安静静地躺着，就算是深度昏迷也有用人每天换衣服洗漱。莫南爵双手插兜站在边上，算了下时间，差不多要有半个多月了吧？

原来已经这么久了。

莫南爵眼角微垂，弯腰坐在床沿，伸手拿起边上的毛巾："童明海今天已经判了，终身监禁且不得假释。我本来想直接弄死他，但是想想你还没醒，就先让他在牢里吃够苦头。等你醒了，我再带你去打他，害你的人，肯定要你自己亲手解决。"

他将陈安的双手擦了一遍，放下毛巾后抬眸望向他的脸："你听见没？"

陈安右眼眼皮轻微跳动了下，莫南爵见状伸手重重拍了下他的脸："我在跟你讲话！"

陈安并没有其他反应，莫南爵拿起枕头边上的手表，替他戴在右手手腕上："醒来记得看时间，看看你到底睡了多久。"

莫南爵站起身，收回视线后走出玻璃房。祠堂内烛光经久不息，上方挂着陈家列祖列宗的牌位，男人来到堂前，点了几支香。

他双手合十，鞠躬后将手里的香放入香炉内。

蓦地，身后传来脚步声。

莫南爵并未转身，双手插兜，目光投入悬挂在半空中的玻璃房内。

脚步声渐渐靠近，大批侍卫率先进来站在两侧，谢阳华双手负后走进来，一眼就望见了堂前站着的男人，他扯开意味难测的笑容：“二少爷，好久不见了。”

莫南爵缓缓闭上眼睛。

谢阳华走上前，抬手落在他的肩头上：“二少爷？”

莫南爵并未动，神色冷淡道：“拿开你的手。”

“是，”谢阳华笑着收回手，恭敬地侧开身子，“二少爷，七年了，你也该回去了。”

莫南爵睁开眼睛，清冽的眼底犹如一潭死水。是啊，七年了。

谢阳华朝边上的侍卫看了眼：“都戳着做什么？还不快来请二少爷回去？！”

侍卫忙要上前，莫南爵却转过身，抬腿朝外面走去：“不用，我自己会走。”

谢阳华跟在他身后，莫南爵脚步顿了下，视线扫向两侧的侍卫：“都滚出去，别在这里吵着他。”

谢阳华点点头，侍卫忙跟着撤出去。

陈氏庄园外，一排轿车正整齐地停着，侍卫过去拉开车门，莫南爵弯腰前抬手撑住车门：“你莫不是要跟我坐一辆车？”

谢阳华脸色微沉：“自然不是，我坐后面那辆。”

莫南爵冷笑一声，抬起修长的腿跨上车，随着车门砰的一声关上，成排的轿车呈保护状态护着中间这辆，速度飞快地朝反方向开去。

回到莫宅时已经是晚上，身后厚重的双铁门被用力关上，发出的声音犹如野兽嘶吼，仿佛整个世界都被隔绝在这重重大院之外。

莫南爵走了两步后顿住，抬起头，视线被斑驳的灯光打碎。

谢阳华走到他身边站定：“二少爷，现在已经入夜了，我会去向二夫人和老爷禀报，明早他们会派人喊您去拜见，您今晚先好好休息。”

莫南爵并未开口，谢阳华又道：“二少奶奶犯了错才受了罚，今晚应该是不能服侍您了，我会安排二房或者三房去您房里。”

“不用。”

莫南爵丢下这句话便朝前走去，谢阳华眯起眼睛盯着他的背影，转头吩咐侍卫：“去多找些人守在二少爷房间四周，记得都拿好枪，千万别让他半夜出来，他要是非要走，就直接开枪，打腿。”

“是。”

正楼的主卧内，侍女已经将一切收拾好，莫南爵走进去后房门便被关上，他来到窗边，望见下面的暗处都守满了人。

有必要找这么多人来看着他吗?

莫南爵冷笑一声，拉上窗户，房门被轻叩下后推开，三房婉诗垂着头走进来：“二少爷。”

莫南爵极为冷淡地瞅了眼，根本认不出来是谁：“做什么？”

“是谢管家吩咐我来伺候您的，”婉诗将门关上，几步上前，身上的旗袍勾勒出玲珑的曲线，“您不记得我了吗？”

莫南爵避开她伸过来的手，转身进了浴室：“出去。”

“外面都是侍卫，他们不会让我出去的。”

婉诗说着跟他进了浴室，莫南爵解扣子的手一顿，他冷着脸抬起头：“不要逼我扔你下楼。”

婉诗只得听话地走出浴室，莫南爵冲了个澡后出来，她已经换了睡衣坐在床上，身上只穿着件红色的兜肚，她娇羞地抓着被子：“二少爷，您不休息吗？”

莫南爵并未理睬她，转身来到窗边，双手手肘撑着窗沿，点了支烟后将视线投入苍茫的夜色中。

莫宅，地牢。

童染和苏澜都被丢在地上，二人双手双脚都被捆着，嘴里也塞着块布。

地牢的门被人推开。

谢阳华快步走进来，命人将她们嘴里的布拿了出来。嘴巴得到自由，童染仰起小脸：“你们是什么人？”

谢阳华诧异地挑了下眉：“胆子挺大的，你叫什么名字？”

“关你什么事？”童染皱起眉头，“你们凭什么抓我们？”

“想知道？”谢阳华冷笑一声，接过侍卫递过来的A4纸，翻了两页，“嗯，童染、苏澜，母女，父亲童明海，对吧？”

童染眉头越发紧蹙，谢阳华上前两步在她身前蹲下：“你父亲倒是挺能耐的，怎么，现在坐牢了？”

“你认识我爸？”童染视线扫过他的脸，猜测道，“你是陈家的人？”

“陈家？哈哈，你大可以把我当作陈家的人，总之呢，都是你们的仇人。”谢阳华伸手揪住童染的衣领，“长得倒是挺漂亮，你丈夫叫洛萧吧？”

童染用力朝他啐了口：“滚！放开我！”

啪——

谢阳华抡起手就扇了童染两巴掌：“给我老实点！”

童染嘴角被打出血来，她忍住痛别过头，苏澜挣扎着过去护着她：“小染！”

“可以啊，母女情深是吧？”谢阳华冷笑一声，伸手在童染脸上摸了把，“别急，我明天就带你去见你丈夫，他现在可爽了，估计见到你他会更爽。”

童染闻言瞪大眼睛，艰难地扯动了下嘴角：“洛萧在你手上？”

“我可没这么说。”谢阳华站起身，朝苏澜踢了一脚，“都别大声嚷嚷，不然这里这么多侍卫，”他视线扫出去，笑容诡异，“我可不保证没人对你这貌美如花的女儿感兴趣。”

“你——”

童染闻言吓得双肩抖动，苏澜朝她靠过来：“小染，别任性，别出声。”

童染咬住下唇，谢阳华转身走出去：“都给我看好了，敢闹的就直接打死！”

“是！”

童染靠在苏澜怀里，双颊高高红肿起来。她尽量平复自己的情绪，生怕肚子不舒服，可心里的恐惧还是掩饰不住。

她完全不知道这是哪里……

苏澜将她搂紧，其实她已经隐隐约约猜到了什么，如果说刚好这么巧被抓，那只能是……

苏澜闭上眼睛，不敢再想下去。

谢阳华从地牢出来后屏退了所有人，来到后楼，确定安全后走了进去。

房内，沈心碧躺在软榻上，侍女正替她全身擦着精油。谢阳华也没避讳，径自走进去："你先下去。"

侍女福身后退下，谢阳华走过去拿起边上的精油，替她按摩般涂抹在身上："心碧，我抓到童染和苏澜了。"

"童染？"沈心碧睁开眼睛，翻了个身靠进他怀里，"是童明海的女儿？"

"是的，也是洛萧的妻子。"谢阳华搂住她，"你说，明天是先带她们去见见莫文斌他们，还是带去见洛萧？"

"莫文斌瘫了这么久也该死了吧？还真是能撑。"沈心碧冷笑一声，"先带她们去莫文斌那儿，毕竟表面上莫家还是他掌权的，我们不能做得太显眼了。林美洁那贱人一直怀疑我没死，可不能让她抓到把柄。"

谢阳华点点头："好，都听你的。"

沈心碧拿起边上的手帕擦了下手："方才下人来跟我说，爵回来了？"

"我也是才知道他在拉斯维加斯，反正时间也差不多了，陈家那独子出了那么大的事，他肯定不会离开。"

"既然带回来了就别再让他出去了，他也有二十四了，两兄弟也该结婚收收心了。"沈心碧放下手帕，"你去多看着点，别让他们两兄弟联手，最好是闹翻了，自相残杀，这样我们控制起来也方便。对了，那个洛萧……"

"等拿到解药了我就会处理掉他，留着也是浪费。"

"嗯，你有多久没来看我了……"

谢阳华笑着起身将窗帘拉起来，扯开衣领，眼底隐藏着的冷笑始终不曾淡去。

第二天一早，房门外面便响起脚步声。婉诗穿上衣服下床，开门便发现苏清甜穿着正式的束领旗袍站在门口。

婉诗挑起眉，故意半掩上门："二少爷还没起床呢，你来做什么？"

苏清甜垂着头："是谢管家让我来等二少爷，说是一早要去拜见老爷和二夫人。"

婉诗冷哼一声，想到莫南爵昨晚在窗边站了一夜就觉得不爽："你以为你是二少奶奶了不起？昨晚还不是我和他过的夜！”

苏清甜什么也没说，只是退开身：“我在这里等二少爷。”

莫南爵抽完最后一支烟后直起身体，换了套正统的黑色西装，抬腿走出来，就望见苏清甜手臂上的鞭痕。

莫南爵淡漠地别开眼，侍女领着二人朝首楼走去。苏清甜跟在他身后，几次想要说昨天手机短信的事，可碍于侍女在边上，话几次到嘴边还是咽了回去。

苏清甜正犹豫着，首楼已经到了，侍卫过来替二人搜了身，确定安全后领着他们走了上去。

三楼的门帘被掀开。

偌大的主厅内，莫文斌半躺在中央的软榻上，边上站着四个侍女，林美洁则坐在榻边，手里拿着毛巾替他擦手。

“老爷、二夫人，”侍女恭敬地走过来，“二少爷和二少奶奶来请安了。”

林美洁止不住地激动，莫文斌点下头：“快让他们进来。”

二人一前一后走进来，林美洁忙站起身，视线落在莫南爵身上：“是老二来了。”

莫南爵神色冷淡，苏清甜走上前跪下来，恭恭敬敬地磕头：“老爷、二夫人。”

莫南爵站着没动，边上的侍卫见状握紧了手里的皮鞭：“二少爷，请您向老爷和二夫人请安。”

男人插在兜内的双手紧握成拳，侍卫见状望了眼莫文斌，得到默许后扬起一鞭子就朝他膝盖上抽去！

“别！”林美洁忙冲过去阻止侍卫的动作，她走过来站在莫南爵边上，“老爷，老二才刚回来，不适应也是难免的……”

莫文斌闻言难得地没多追究：“都坐吧。”

侍女转身去泡茶，莫南爵刚坐下，莫文斌便让人将他扶起来，他喝了口林美洁递过来的茶：“老二，我可是七年没见你了。”

莫南爵极为冷淡地嗯一声，莫文斌看向他：“怎么样，你独自去亚洲七年了，带了什么回来？”

莫南爵搭起一条腿：“没有。”

“二少爷，”侍卫一动不动地站在他边上，“注意您的坐姿。”

莫南爵薄唇紧抿，莫文斌看了眼：“今天就算了吧，以后可得改改了。”他放缓了声音，“老二啊，七年了你在外面什么也没带回来，让爸说你什么好？”

林美洁又想求情，莫文斌止住她继续道：“当初你非要走，说的是七年能做出一番成绩来，现在时间到了，你总该拿出点什么来吧？”

莫南爵冷笑一声：“我都说了没有，难道你耳背吗？”

“怎么跟我说话的！”

莫文斌怒吼一声，几个侍卫立即上前抓着莫南爵的肩膀将他朝地上按着跪下去。男人反手一甩，抢过皮鞭就对着侍卫脸上用力一抽：“滚开！”

“反了你了！”莫文斌气得差点吐血，林美洁忙过去抓住莫南爵：“老二，你别这样，少说几句，你爸身体不好。”

苏清甜忙起身走到莫文斌边上，恭敬地倒了杯茶：“老爷，您喝茶消消气。”

莫南爵冷着脸站在厅内，微仰起精致的下巴，神色冷傲至极。

林美洁将他拉到椅子边：“先坐，等会儿吃饭……”

这时，门外侍女过来通报：“老爷，谢管家说抓了人要带来给您过目。”

莫文斌点点头，谢阳华抬腿走进来，身后跟着的侍卫扛着两个黑麻布袋走进来放在地上。

谢阳华并不喊人，抬腿用力踢了下麻布袋：“这两个是我们莫家的仇人，带来给老爷过目一下。”

苏清甜心里咯噔一下，差点把手里的茶洒了。她忙转身回到座椅边，莫南爵盯着地上的两个袋子，心里有种不祥的预感。

除非是游艇上的人主动和外面联系，那些用人都是绝对可靠的，绝不会突然被抓。

莫文斌挑眉，纠正道：“谢管家，应该是你们莫家，”他点点头，“解开吧。”

侍卫忙上前将麻布袋解开。

头套一下子被掀开，二人嘴巴还被长布条卡着，童染眯了下眼后睁开，一眼就望见了坐在边上的男人。

她顿时一怔。

莫南爵更是一怔，双手紧握成拳。此时，侍女正好端着茶盘走进来，将两杯茶放在莫南爵和苏清甜手边：“二少爷、二少奶奶，这是新摘的茶。”

童染闻言瞬间瞪大眼睛，浑身如遭雷击！

二少爷、二少奶奶……

他们……

谢阳华走过去在她和苏澜身边蹲下来，抬起头道：“这两个人，一个是童明海的老婆，一个是他女儿。”

砰！

莫南爵猝然站起身，手边的茶杯被打翻，苏清甜忙起身去拉他：“二少爷……”

莫南爵几步走上前，伸手将谢阳华拎起来：“给我滚开！”

谢阳华大庭广众下没有还手，莫文斌见状怒喝一声：“老二！”

莫南爵充耳不闻，眉头紧皱，蹲下身将童染双手双脚上的绳子解开。

一得到自由，童染便扯开自己嘴里的布，她满面绝望，已经忘了在什么场合，伸手紧紧揪住男人的领子：“你……”

莫南爵深知这种情况下若是多表露感情，谢阳华更加不会放过童染和苏澜，男人伸手将她推开，而后冷漠地走到椅子边坐下。谢阳华见状满脸惊讶：“二少爷，她是……”

“笑话，我怎么知道？”莫南爵搭起一条腿，冷冷瞥了眼，“也许是我之前玩过的女人吧，我不记得了。”

童染闻言猝然抬起头，瞳孔剧烈收缩，理智已经濒临崩溃……

谢阳华挥下手，侍卫松手，童染浑身无力，双膝一软整个人便朝地上跪去。

苏澜还被绑着，只得匍匐着朝她挪去。苏清甜站着不敢动，莫南爵坐在椅子上，神色冷淡，仿佛这一切同他无关，眼底哀戚的光芒被男人完全掩盖了下去，没人看得懂他脸上的表情。

莫文斌烦躁地拧起眉：“什么乱七八糟的，都给我带下去！”

“是，老爷。”

谢阳华命人将二人架起来，童染脚步趔趄地被拖出主厅，她听见莫文斌的声音在里面响起："老二啊，你和清甜也该成婚了，你们也早就是夫妻了……这次你回来，为的就是这件事吧？"

童染又扯开笑容，眼泪却顺着脸颊滑落。

主厅内，莫南爵面无表情，起身朝外面走去，侍卫要追，莫文斌摇摇头："算了，等老大回来再说吧，今天我累了，都下去吧。"

林美洁忙过去帮他按摩双手，莫文斌又道："总之，老大和老二都得快点结婚才行，都这么大了，没孩子怎么行？"

"好，我会去说的，"林美洁顺从地点点头，"老爷，你睡会儿吧，老二才回来，以后时间多的是，再慢慢教育，你别跟他生气。"

莫文斌点点头，疲倦地合上眼睛。

童染被带出来后并未送回地牢，谢阳华直接将她押上了车。

轿车开了很长一段路，在一栋金碧辉煌的别墅前停了下来。

谢阳华首先跨下车，童染眼睛上蒙着黑布条，神色呆滞，侍卫推着她的肩朝里面走去。

谢阳华一路上楼，服务员将牌子和钥匙递给他："三十七号还在交易中。"

谢阳华点头，让手下将童染眼睛上蒙着的布扯了下来。

童染眯了下眼睛才适应过来，一看到这环境就知道不是什么好地方，她拼命朝后面退："你们要做什么？"

"带你来看好戏。"谢阳华笑着将门打开。

童染被侍卫推进去，踉跄了下，差点摔倒在地毯上。

房内满是迷香的味道，闻着便令人血脉偾张。谢阳华蹲下身，揪住童染的领子将她拎了起来："来，好好看看。"

童染被迫睁开眼睛，只见圆形大床边站着两个服务员模样的人，洛萧四肢大张地被绑在床上，赤着上身，下身只着一条单薄的睡裤，一个美洲女人正衣衫不整地跨坐在他身上。

童染惊得杏目圆睁，那女人双手在洛萧身上来回游移，嘴唇贴着他的锁骨疯狂地亲吻着。洛萧嘴里被塞了白毛巾，他神色痛苦地闭着眼睛，一张俊脸涨得通红。

童染只觉得一阵阵恶心的感觉从胃里翻涌而上，她忙捂住嘴，谢阳华却拉开她的手：“别吐啊，这是你老公，你不难受吗？”

童染用力挥开他的手：“滚！”

谢阳华拽着她的胳膊将她拖到床边：“你站在这儿好好看看！”

那女人被打断兴致很不爽，回过头来：“是谁？”

谢阳华使了个眼色，边上的服务员便将那女人从洛萧身上拖了下来，谢阳华对童染道：“你要不要去关心下你老公？”

洛萧闻言猝然睁开双眼，童染望了眼他上半身的吻痕，捂住嘴甩开谢阳华的手：“你这个疯子！变态！”

是小染！

洛萧喉间哽咽，微微回神，瞪大眼睛，小染，不要看，不要……

他突然开始剧烈挣扎，谢阳华过去将他手脚上的绳索解开，洛萧瞬间起身，拼命朝边上退，双手挡住脸：“不要……”

谢阳华走过去握住他的手腕：“你怕什么呢，这是你老婆啊，让她看看你多受欢迎不好吗？”

“不！”洛萧整个人从床上滚下来，扯过污渍斑斑的被子遮住身体，双眼通红充血，“别看，走……走啊！”

童染目瞪口呆地站在原地，她怎么也没想到，洛萧居然……

“看爽了吗？”谢阳华两手落在洛萧赤着的肩头上，“如果你不给我解药，你老婆就是下一个你，她也会成为这里的头牌，我想，她会比你更受欢迎吧？”

“不！”洛萧蓦地抬起头，双手揪住谢阳华的领子，破裂的嘴角被撕扯出血，“你休想让别人碰她一下！”

“你认为我想不想呢，要不我自己碰？”谢阳华笑出声来，扬了下手，边上的服务员忙过去将童染抓住。童染侧身想避开，却仍被死死抓住：“别碰我！”

谢阳华捏住洛萧的下巴：“还不肯给吗？我没什么做不出来的，我告诉你，我现在就让人当着你的面把她……”

“不！别说了，不要再说了……”洛萧双手用力抱住头，眼泪混合着鲜血流进嘴里，“我给，你要什么我都给！”

“早这样不就好了吗？还需要这么麻烦吗？”

谢阳华笑着收回手，接过侍卫递过来的毛巾擦了下：“你说吧，解药的成分是什么？是我让人记下来，还是亲自带你去实验室配？”

洛萧抱着头的双手放了下来，他缓缓抬起头，目光同童染的相触碰，他眼底被那种耻辱感狠狠刺痛，慌忙别开视线：“去拿匕首和碗来。”

谢阳华眯起眼睛：“你要这些做什么？”

洛萧扶着墙壁站起身，瘦削的身体更显单薄，他走到边上拿起件衬衫披在身上，嘴唇苍白到毫无血色：“你不是要解药吗？”

谢阳华盯着他的动作，谅他也不敢耍什么把戏：“去拿。”

侍卫很快将匕首和瓷碗拿来，谢阳华却将瓷碗踢开，命人换了个木桶来。

洛萧走到木桶边蹲下身，拿起匕首，谢阳华忙一把按住他的手：“我告诉你，你要是想自杀，你死了我也不会放过你老婆，况且你认为你死得了吗？”

洛萧抬起头望他：“你不想要解药了吗？”

谢阳华将信将疑地将手拿开，洛萧将左手横架在木桶中央，抬起匕首，尖端顺着手腕一路朝手臂上划下去！

童染双目一刺，见状止不住地弯下腰呕吐起来：“哕——”

洛萧左手紧握成拳，深红色的鲜血顺着长长的伤口悉数滴进木桶，他紧抿着唇，疼得牙关都在打战。

谢阳华眼底骤然一亮，瞬间恍然大悟：“原来这就是解药？”

洛萧痛苦地皱起眉头，满脸是汗，望着自己不断溢血的左手：“去……拿纸和笔。”

“不用，”谢阳华扬手，走到边上随手拿起件衬衫丢在洛萧脚边，“你就用你的血在上面写。”

童染睁大眼睛：“你别写！”

Devils Kiss 的解药配方如果落在谢阳华的手里……

后果她想都不敢想。

“给我抓住她！”谢阳华蹲下身抓住洛萧的肩，“写！”

“不要写！”童染奋力挣扎，嘶吼出声，“洛萧，你别写给他，他会害人的，别写！”

谢阳华站起身，一巴掌甩到童染脸上：“不写我就毁了她的脸！”

童染咬紧牙关，侍卫将毛巾塞进她嘴里，她一张小脸顿时红肿起来。

洛萧蜷起的双肩剧烈颤抖着，谢阳华抬脚踩在他的肩上，几乎将他的脸按进木桶内：“快点！我没那么好的耐心！”

洛萧双眸里沁出绝望，他缓缓俯下身，用右手食指蘸了点鲜血，颤抖着伸向衬衫，写下的每一个字每一个符号都深红刺目。洛萧几乎写满了整件衬衫，才面色惨白地收回手：“将鲜血和这个配方配比后提纯，1 ∶ 3.5……再加入罂粟、毛地黄、马钱子……”

谢阳华命人一一记下来，蹲下身将满是血字的衬衫拿起来：“那制毒配方？”

洛萧虚弱地垂下头去：“也在上面。”

“很好。”谢阳华满意地点点头，小心地将衬衫收进袋子里，又望了眼木桶，“这么多血够了？”

洛萧轻点下头：“用配比提纯后的血喂食毒蝎子，一个月后可以从它们体内提取含有毒性的新鲜血液……这些血够你养上亿只毒蝎子了。”

“好，我明白了。”谢阳华记下后命人将木桶拿起来密封好，“快送去实验室冷藏。”

“是。”

侍卫提着木桶退下，洛萧虚弱地半靠在墙边，谢阳华走过来踩住他的手腕：“我现在留着你没用了。”

洛萧没有动，只是抬了下眼皮：“你别想动她……”

“那是当然，我答应你的，不会动她，但……不代表我不动你，我得保证这配方天知地知你知我知，所以……”

谢阳华揪住洛萧的衣领将他拖出房间，童染也被推着走出去，谢阳华将洛萧拖到三楼楼梯口，抬起腿一脚就将他踢了下去！

洛萧整个人顺着楼梯层层滚下去，鲜血染红了地毯，他闭上眼睛，已然放弃了最后的希望。

谢阳华笑着擦擦手：“来人，把他拖去喂狗！”

“是。”两个侍卫将洛萧抬起来，男人并未睁眼，只觉得阵阵混沌的感觉涌入脑海，最后一丝意识都被抽空。

童染瞪圆了眼睛，目光呆滞，谢阳华走过来拍拍她的脸：“伤心了？我没想到你居然还有这么大的用处，看来早就该抓你来了。”

童染张嘴咬住他的手指，这一下极其用力，几乎将谢阳华的手指咬断：“嘶——”谢阳华疼得收回手，难得地没有发火，“性子够倔，跟你老公差不多。”他揉着手指转身朝楼下走去，“我们该回去了。”

侍卫押着童染上了车，童染死死咬着下唇，满腔压抑的情绪几乎要将神经炸裂。

另一边，两个侍卫将车开到了荒郊野外。

其中一人推门下来，到后座将洛萧拖下来。男人双目紧闭，脸上的血色褪得干干净净，透明得犹如一张白纸，另一人弯腰探了探他的鼻尖：“居然就没呼吸了？！”

“随便吧，死就死了，反正咱们的任务是让他被吃。”两人将洛萧拖到草丛边踢进去，“你确定这儿有狼吗？”

“有的，我上次还差点被咬，咱们去外面等吧，”另一人点了支烟，“我可不想看着人被狼吃，那太恶心了。”

二人说着转身走到外面，没注意到身后骤然闪过一道黑影。约莫过了二十分钟，另一人掐灭烟站起身：“差不多了吧？血腥味那么重，肯定早就被狼叼走了。”

其中一人点头，二人再次按照原路小心翼翼地来到森林中，只见方才的地方只剩下一道蔓延到森林深处的血迹和一件被撕得烂得不成样子的衬衫。

“瞧见没，估计是被叼走了。”另一人捏着鼻子蹲下身将衬衫捡起来，“走吧，回去可以交差了。”

“我怎么觉得这不像狼？”

“哎呀你管那么多干吗啊，这里还有谁能救他？什么东西咬的都无所谓，死了就成了，走吧。”

“好好好，走吧……”

莫南爵从首楼出来后便回了房间，这儿没有电话也没有电脑，完全无法与外界取得联系。

他深知谢阳华绝对不会放过苏澜和童染，况且她们还是童明海的家人，莫家向来错杀一百不会漏掉一个，而且莫文斌那边也不会松口，要保住她们，唯一的办法……

莫南爵想过她们回到锦海市后也许会被洛萧抓住，也想过她们会有别的危险，所以在锦海市也安排了人时刻保护，只是他怎么也没想到……

她们居然会被谢阳华抓住。

这里进来了就很难出去，这一点他比谁都清楚。

想到此，男人一双桃花眼凌厉地眯起。

一直到第二天的傍晚时分，莫北焱才回到莫家。

他也是才接到消息说莫南爵回来了，莫北焱甚是诧异，他这几天一直在到处找莫南爵却找不到，没想到他居然回来了？！

莫北焱到首楼请了个安，莫文斌并未多说什么，只是让他去看看弟弟。

莫北焱出来后便来到主楼，外面站满了侍卫，几乎将整栋房子包围了起来。

莫南爵站在窗边，一直维持着同一个姿势没动。

突然，门外响起敲门声："二少爷，大少爷来了。"

莫南爵抬起视线，莫北焱已经推门走了进来，来到窗边。莫南爵朝他使个眼色，二人都知道这里说话不安全，便起身去取了纸笔。

莫北焱写道："你回家做什么？疯了？"

莫南爵将纸拿过去："童染和苏澜被抓回来了。"

"什么时候的事？"

"昨天，谢阳华抓的。"

莫北焱无比震惊："那不是找死？！"

莫南爵看他一眼，眼底波涛汹涌，一笔一画写得极重："你也知道，你我这婚是肯定要结的，而且如今时间也差不多了。"

莫北焱扫了眼后眯起眼睛，莫南爵又抬起笔，写下了一句话。

莫北焱看见后猝然直起身体，双手撑住窗沿，喘了口气后转过头去看他："你确定？"

"我活不了多久，这点不需要我多说，你也知道，"莫南爵将声音压低到只有二人能听到的程度，“童染和苏澜在这里多待一天就多危险一天，但放她们出去是不可能的，按照谢阳华的秉性，就算是把她们弄出去了，也只会是无休止地追杀，一不小心就会丢掉性命，她们两个女人怎么跑？”

莫北焱自然也知道这一点，皱起眉头：“但……染爷会接受？”

“为了苏澜，她到最后一定会妥协的，况且这是保住她性命的唯一办法。”莫南爵眼神黯然，忽然开口，“如果换成我……我护不了她多久的。”

莫北焱收起神色中的轻佻，凤目轻眯：“确实是这样，但……”

莫南爵俊脸转向他：“你不愿意？”

“我愿意，但是你能愿意吗？”莫北焱同他对视，勾起嘴角，“对我来说无所谓，但是你真的狠得下这个心吗？”

莫南爵别开眼，喉间轻滚了下：“一切都要以她的安全为前提，没了命，就什么都没了。”

“你既然知道，还不去住院？”

“我已经没了。”

莫北焱抽出根烟点上：“我觉得她不会答应。”

“那就逼她答应，”莫南爵微微眯起眼睛，“让他们相信孩子是你的，让童染知道不答应苏澜就会死，让她知道我对她再无任何感情。我了解她，等她死了心，走投无路的时候，一定会答应的。”

“前面两条都OK，关键是第三条，”莫北焱轻吐出烟圈，弹了下香烟，“我很好奇你怎么才能让她死心？”

“你唱红脸，我唱白脸，你不会连这点演技都没有吧？”莫南爵转过身，上半身倾出窗外，能看见大批侍卫守在四周，“我再在她心里留着也没用，迟早要剔除的人，不如我亲自动手。”

“我如果是你，就不会这么做，”莫北焱望着他的侧脸，“我如果有爱的女人，我痛，我会让她陪我一起痛。”

“前提是她要痛得起，童染如今的状态，还能经受住谢阳华的酷刑不成？”莫南爵抢过莫北焱手里的烟按灭，“她还怀着孕。”

莫北焱摊手：“成啊，反正我娶谁都一样，染爷正好合我口味。”

“滚！”莫南爵直起身体，“就这样吧，明天莫文斌肯定会派人叫我们过去，到时候你知道该说什么。”

莫北焱点点头，转身朝外走，却忽然顿住脚步："你真的打算……就这样一直到死？"

莫南爵淡然道："那你告诉我，我还能怎样到死？"

"……"

莫北焱收回视线，走到门口时突然道："我想，我还是在你健康的情况下再恨你。"

莫南爵轻笑一声："下辈子吧。"

莫北焱嘴角轻勾了下，什么也没再说，推门走了出去。

莫家地牢内，童染靠在苏澜怀里，迷迷糊糊地睡了过去。

她做了个梦。

梦里有好多人，有爸爸妈妈，有大伯大妈，有莫南爵、洛萧，还有苏清甜……

她梦见大家都坐在一起吃饭，欢声笑语，没有争吵，没有欺骗，没有厮杀……

她梦见一切都那么美好，她什么都有，什么都没失去，她还梦见了她的孩子，她和莫南爵的孩子，两个，一男一女。

眼前骤然一亮，童染猝然睁开眼睛。

地牢的门被人推开，谢阳华领着侍卫走进来，将二人架起来朝外面带。

主厅内，莫文斌和林美洁坐在上位。

苏澜和童染被推着走进去，童染抬起头，一眼就望见莫南爵和莫北焱都在，他们身边分别站着一个女人。

童染双目一刺，侍卫不给她们开口的机会，将二人押着跪在地上。

童染侧眸，莫南爵坐在椅子上，把玩着手里的戒指，精致的脸庞似乎比昨天更显清瘦。她不信他看不见她在看他，可他连视线都没抬起，眉梢眼角处的冷漠令人心寒。

苏清甜端着茶放在他手边，莫南爵端起茶杯："坐着休息会儿。"

苏清甜一怔，忙摇摇头，莫南爵拉住她的手腕将她往怀里带："坐我身上。"

苏清甜惊讶不已，整个人被男人一把搂住，莫南爵将她放在腿上，一手搂在她的腰，颠了颠腿："昨晚累了吗？"

他炙热的气息喷洒在耳畔，是她日夜都想要的温柔，苏清甜却感觉浑身都紧绷起来，昨晚他明明在窗边站了一晚上……她只得垂下视线："还……还好。"

莫南爵吹了口茶朝她唇边递去："来，有点烫。"

莫文斌见状轻咳一声："老二啊，大庭广众之下的，"他看一眼童染和苏澜，"这还有外人在呢。"

"我宠自己老婆，怕什么？"莫南爵搂紧苏清甜，视线越过她的头顶朝童染她们看去，"这两个人还没死？我以为昨晚已经处死了。"

童染垂下头去。

坐在对面的莫北焱也端起茶杯，轻轻吹了一口，真牛，这演技他得好好学习下。

约莫半刻钟后，外面忽然传来一阵整齐的脚步声，几人搀扶着莫正龙走进来。

所有人均站起身，莫文斌瘫痪在床，只是喊了声："父亲。"

莫正龙被扶到主位上，谢阳华冷冷瞥了一眼，这老东西早就该死了，就让他再逍遥一阵子。

莫正龙坐稳后开了口："今天老大和老二都来了。"

莫文斌笑了笑："也该聚一聚了，今天就商量商量婚事，他们也老大不小了，该趁早要个孩子。"

"也是，这日子还得好好找人算算，"莫正龙点点头，他穿着中山装，看起来很是威严，"那这下面跪着的是什么人？"

"这是当年害过二少爷的那家人，"谢阳华走上来，手里拿着皮鞭，"带过来给您和老爷过目一下，今天下午就处死。"

莫南爵闻言挑下眉，将苏清甜松开后站起身："害过我的人，那肯定是要我来处理。"

谢阳华看向他："二少爷想怎么处理？"

"那肯定是先打一顿出出气，"莫南爵伸出手，"皮鞭。"

侍卫忙将皮鞭递过去，莫南爵缓步走到主厅正中央，皮鞭从手掌中滑过，发出细微的摩擦声，他薄唇勾笑："先从老婆开始打吧。"

童染猝然睁大眼睛，侍卫闻言上去将苏澜架了起来，苏澜挣扎着：“你要做什么，莫南爵，你……”

啪！

莫南爵抬手就是一鞭子，将苏澜半边脸颊都甩出红痕来：“闭嘴！我的名字是你叫的？！”

“妈！”童染尖叫着要起身，却被侍卫踩住手腕：“跪好！”

苏澜被打得偏过头去：“你简直不是人！”

莫南爵闻言眉头一皱，手起手落间就是三四鞭，苏澜被打得止不住地朝下跪，却又被侍卫架住双手，童染拼了命地挣扎：“莫南爵，你给我住手！”

“你再给我说一句？！”莫南爵上前两步，揪住童染的衣领将她拎起来。二人对视，童染只看见无穷无尽的冷漠，仿佛走不到尽头：“你放开我！”

“我叫你闭嘴！”莫南爵抬起鞭子就要朝她脸上抽，莫北焱见状站起身：“住手！”

莫南爵动作一顿，眼神玩味地回过头：“又关你什么事？”

莫文斌轻咳一声：“老二，怎么跟你哥说话的？教训外人是一回事，别伤了一家人的和气。”

莫南爵冷笑一声：“谁跟他是一家人？”

“怎么说话的！”

莫南爵一松手，童染整个人便滑了下去，她一把拽住他的手腕：“你怎么了？”

莫南爵甩开手，转身对着苏澜又是一鞭，童染忙站起身护过去：“你疯了吗？！”

一鞭子就要落下来，莫北焱一扬手拽住鞭子前端：“你敢打我的女人？”

莫南爵挑眉：“怎么，这又成了你的女人？”

莫北焱伸手搂住童染，她伸手去推他：“放开我！”

“好了，别闹，”莫北焱转过身看向莫正龙和莫文斌，“今天趁着大家都在，我要宣布一件事情，”他搂紧童染，“我要娶她。”

什么？！

在场所有人都惊怔住。

童染更是惊讶得不行，瞪大眼睛。莫南爵闻言轻笑一声，将鞭子丢开，转身坐回椅子上："真是笑话，你要娶我仇人的女儿？"

"我娶谁关你什么事？"莫北焱看向莫文斌，起码现在他还是抓主动权的那一个，"爸，她肚子里有我的孩子。"

莫文斌闻言一惊，林美洁更是直接站起身来："老大，你瞎说什么？"

"放开我！"童染用力挣扎，莫北焱双手紧掐在她的腰侧，"你想你妈被打死吗？"

他声音压得极低，看起来就像是咬了下她的耳垂，童染闻言怔了下，看向莫南爵。男人只是含笑坐着，似乎并不感兴趣："随便捡回来个野女人就说孩子是你的，谁知道她是不是干净？"

莫文斌和林美洁对视一眼："你到底在闹什么？老大，家里都给你安排好了，成婚可不是乱来的事。"

"我没闹，"莫北焱神色严肃，"她是我的女人，之前也一直住在我在市区的别墅里，而且她肚子里的孩子是我的，这点才是最关键的。我若是现在结婚还不知道何年何月能有孩子，这现成的难道不好吗？"

谢阳华并未将洛萧的事情说出来，他要保证 Devils Kiss 只在他一个人手上："大少爷怎么这么肯定孩子是你的？"

"如果你们不信，她现在怀孕三个多月，可以去大医院做羊水穿刺……"

"胡说八道！"莫正龙一拍桌子，"那种东西谁都不许提，怀了孩子就怀了，那些人搞的乱七八糟的检查不许去碰！"

莫北焱勾起唇，他知道莫正龙和莫文斌都很封建，再加上林美洁在，不可能会让他们去医院做那种检查，他上前几步："既然你们不信，我愿意在列祖列宗面前发毒誓。"

林美洁一怔，这可不是开玩笑的事情："老大……"

莫南爵冷笑一声："为了这么个女人，值得吗？"

童染抱住苏澜的肩，用袖口给她擦着身上的血。

莫北焱转身朝边上的祠堂走去，侍女将帘布掀开，里面是莫家列祖列宗的牌位，香炉点在底下，四周都挂着红布。

众人的视线都投过来，谢阳华跟着走到边上："大少爷，您可要考虑好了，在这儿发誓是会成真的，这里不是你能开玩笑的地方。"

莫北焱点了三支香："我自然知道，我们莫家的列祖列宗，需要你来提醒？"

谢阳华被这句话堵住，只得闭上嘴。

莫北焱将香放进香炉内，在下方的垫子上跪下来，竖起三根手指，语气严肃至极："莫家列祖列宗在上，黄天厚土为证，我莫北焱在此发誓，童染腹中的孩子实为我的亲生骨肉，此番话若有半句虚假，我愿遭受天打雷劈之苦，并且永生永世不配拥有真挚的爱情与亲情，我认识的所有人都离我远去，我爱之人背叛我，爱我之人不得好死，让我日夜忍受孤独与诅咒，就这样永远行尸走肉般活着，要生不得，要死不能。"

莫北焱说完之后俯下身，对着上方的牌位磕了三个响头。

轰——明明是白天，外面却骤然闪过一道惊雷，莫北焱动作稍微一顿，却并未停止，继续将剩下的头磕完。

所有人都瞪大了眼睛，林美洁过来将他扶起来："老大啊，你要知道在列祖列宗面前是不能乱说的，真的会应验的……"

莫北焱直起身体，面色不变："我说的都是实话，怕什么应验？"

谢阳华本想说什么，可莫北焱话已经说到这份上，还能说什么？

莫正龙和莫文斌也没想到莫北焱居然发了这样的毒誓，他们思想封建，对于这样的誓言都是极其避讳的，莫文斌皱起眉头："这么说，她的孩子真的是你的？"

"是的，"莫北焱走回主厅，"我可以再发一次誓。"

"不用，爸相信你。"莫文斌阻止道。

莫北焱走过去将童染搂到怀里，扫向上面的众人："从今天开始，她就是我的正妻。"

侍卫闻言忙将苏澜扶起来，莫北焱看了眼："把她送去擦药，难道要让我的岳母疼死吗？"

林美洁忙点头，生怕童染因为这个动了胎气："快送去好生安置，别怠慢了。"

童染并未大吵大闹，知道这种时候乱说话就是死，她目光微微涣散，落在莫南爵身上。

男人俊脸上依旧没什么表情，对于方才发生的事情毫不关心，双手插兜站起身："没什么事我们就先走了。"

"老二，还没说婚期的事。"莫文斌喊住他，林美洁见状出声道，"既然她怀孕了，我看不如就等孩子出生再举行婚礼，省得身子不方便。"

莫北焱点点头："好，这段时间就让她跟我住，好好养胎。"

"方才说几个月了？"

"三个多月。"

林美洁视线就没离开过童染的小腹，虽说莫北焱其实并不是她亲生的，但再怎么说也是从小养到大的，抱孙子她不可能不开心："我待会儿就喊几个老妈子去你房里，该换的摆设得换换，再让她们去抓点药。"

莫北焱也没听进去，随便点点头："好，都听妈的。"

莫南爵神色冷淡："可以走了？"

"唉，老大这都有孩子了，你也别成天想往外面跑，"林美洁握住莫南爵的手，"也快点怀一个，到时候先后生，肯定很热闹。"

莫南爵冷冷抽回手转身就朝外面走，莫北焱弯腰将童染横抱起来："那爸、爷爷、妈，我们先走了。"

林美洁止不住地点头："哎，慢点啊！"

莫北焱抱着童染走出去，他走得很快，正好擦过莫南爵的肩膀，童染伸手拽住莫南爵的衣领："我有话跟你说。"

莫南爵推开她的手，瞥莫北焱一眼："管好你的女人。"

莫北焱看看莫南爵，抱着童染朝楼下走去。

莫南爵站着没动，视线中莫北焱的背影越来越远，他眯起眼睛，双眸中溢出浓烈的哀戚。

莫北焱一路将童染抱回房间，她并没吵闹，安安静静地睁着眼睛，视线落在某一处。

侍女见他上楼，忙恭敬地上前将门打开："大少爷。"

莫北焱顿住脚步，望了眼怀里的女人："以后，她就是你们的大少奶奶，该怎么称呼怎么服侍，不需要我多说吧？"

侍女怔了下，随即点头答应："是，大少爷、大少奶奶。"

莫北焱抬腿走进去，将童染放在大床之上，起身抽出烟点上一支。童染闻到烟味后眼珠轻转了下，她在想，如果是莫南爵，知道她有身孕，不会当着她的面抽烟的。

童染忽然皱起眉头，掀开被子坐起身，莫北焱手抖了下，烟灰落在手背上，他用力一甩："你怎么了？"

童染抬眸看向他，声音沙哑："这句话该我问你，你怎么了？"

"我没事啊，"莫北焱将香烟掐灭，双手反撑住桌沿，"我这不是好得很吗？"

"你为什么要娶我？"童染目光平静地看着他，"我肚子里的孩子不是你的，这点你我都很清楚，你这么说这么做，是为什么？"

"我乐意，你也知道我恨莫南爵也恨洛萧，你肚子里的孩子不管是他们谁的，到头来都得喊我一声爸，这种感觉不好吗？"莫北焱无谓地耸耸肩，"反正我觉得很好，我肯定是要结婚的，既然这样，娶了你不是更好的报复？"

童染听到"洛萧"这两个字，心口猛然一窒，莫名的情绪涌了上来："洛萧死了。"

莫北焱神色一沉："什么？"

"我看见了，"童染垂下视线，"那个管家带我去了一栋别墅，里面关着很多人，就是那种……地方。我看到洛萧在里面，他应该已经待了很久，那个管家用我来威胁洛萧，让他交出 Devils Kiss 的解药。"

莫北焱凤目轻眯："洛萧交了？"

"交了。"

"解药是什么？"

童染双目一刺："是他的血……"

莫北焱一惊："他放血了？"

"他还写了配方和制药方法，被那个管家拿走了。"

莫北焱摸了摸下巴："那个地方是不是叫号码牌？铺着红地毯，到处有迷香的味道？"

"是的。"

莫北焱瞬间了然，他几乎把拉斯维加斯翻遍了也找不到洛萧，原来……洛萧竟然被谢阳华抓了，还关在了那种地方。

难怪他找不到。

童染望着他逐渐沉下去的脸色："那里到底是什么地方？"

"那地方有一个名字，只要是混过的人都知道，可以说是让人闻风丧胆，"莫北焱直起身体，"叫锦候宫。"

锦候宫……

童染蹙眉，明明是这样好听的名字，为什么是那样罪恶的地方？

莫北焱眉头紧锁，将烟盒收起来："你睡吧，我出去一趟。"

"等等！"童染出声喊住他，"你还没告诉我真相。"

莫北焱停下："什么真相？"

"你娶我的真相，"她目光澄净清澈，"是莫南爵叫你娶我的吗？他是不是为了保住我和我妈的命？"

莫北焱眉梢轻挑，转过身来，语气有些难以置信："你就这么相信他？"

童染迎上他的目光："他爱我。"

"爱你？我亲爱的染爷啊，男人的爱能维持几天？你居然连这个也信。"莫北焱轻笑一声，"事实我再告诉你一遍，他和苏清甜早就是有名有实的夫妻，成婚是必然的，而且他对你本来就是抱着玩玩的心态。"他随口乱编，"当初他把帝爵给我，也只是生意场上的纠纷而已，你以为和你有关？至于你妈，你应该感谢的是我，我今天若是不这么做，她早就被莫南爵打死了。"

童染还想问什么，莫北焱已经推门走了出去："现在是我对你有兴趣，你最好考虑下怎么讨好我，兴许你妈还能过得舒服点。"

房门被重新关上，童染一动不动地坐着，只觉得头痛欲裂。

没过几分钟，房门又被人推开，几个老妈子和中医走进来，童染吓得朝边上缩："你们干什么……"

几人过来抓住她的手："大少奶奶别怕，我们是来替你检查的。"

老中医给她的双手双脚都贴上了奇怪的布条，其中一人从篮子里端出一碗浅绿色的药："大少奶奶，以后您每天都要喝这个，喝了就能生儿子的。"

什么？！

童染闻言瞪大眼睛，这怎么可能？她们居然还相信这个，简直就是荒谬！

她拼命朝后面躲，几个老妈子见状捏住她的下巴："大少奶奶，对不住了，一定要喝，当年两位夫人都是喝了才生下儿子的……"

"唔……放开我！"

童染被死死按住，浅绿色的药水被悉数灌入嘴里，苦涩又呛人的味道恶心至极，她被迫喝了一碗下去，几个老妈子才松开手，童染立即朝床沿趴过去："呕——"

"哎哟这可怎么办，"老妈子站起身，"快去快去，再熬一碗来……"

"不！"童染抬起头，眼底满是惊恐，"我不要喝！"

她望着一地浅绿色的药汁，谁知道这是什么东西，万一喝了孩子生出来……

"必须喝，这是二夫人吩咐的。"另外几人又过去扒童染身上的长裙，"天哪，您怎么能穿这种衣服？"

"不要——你们放开我！"

童染拼命摇着头，可力气哪里敌得过几个女人，身上很快就被剥干净，老妈子拿了卷尺来替她量尺寸："我们要给您做旗袍，您别乱动。"

童染只觉得羞辱至极，几人量过尺寸后才松开手，童染忙用被子将自己裹起来："你们都出去！"

几人完成任务后退了出去，没多久便有侍女将衣物送进来，童染换上后下了床，满身都是那种药草的味道，熏得人头晕眼花，她只得又洗了个澡。

童染将房门打开，屋外有侍女守着："大少奶奶？"

"莫北……大少爷不在吗？"

"我们都没看见他。"

童染故作淡定："噢，我要去一趟二少奶奶房里。"

"这个……"两个侍女面面相觑，童染见状眯起眼睛："难道我被禁足了吗？"

"没有，但是……"

"我还不能出门了吗？只是去串串门而已，"童染眼底闪过寒光，"那行，我不去，到时候出了什么不可预知的问题，就由你们担着。"

两个侍女哪里敢担，再说去串门聊天也是常有的事，她们没再阻止，带着童染朝主楼走去。

侍女将她带到主楼下方："大少奶奶，二少奶奶的房间在三楼。"

童染点头后上了楼，苏清甜开门时并未想到会是她："你……"

童染径自走进去在桌边坐下，苏清甜将门关上，就听见童染说："我要见莫南爵。"

苏清甜替她倒了杯茶："小染，二少爷现在不在。"

"去喊他来，"童染抬起小脸，"你是二少奶奶，喊二少爷来不是很正常的事情吗？"

苏清甜捏紧茶杯，心里莫名苦涩："小染……对不起。"

童染别开视线："我不想听这些话。你若是不喊他来，我就在这里一直坐下去。"

苏清甜咬住下唇，出门朝侍女吩咐了几句。

不到二十分钟，门外便响起脚步声，莫南爵砰的一声推门进来："你说谁死了？"

苏清甜忙让守着的侍女下楼去准备糕点，童染站起身："是我让她喊你来的。"

莫南爵目光一凛，苏清甜被他看得双腿发麻："二少爷……"

童染走过去站在他身前，他们靠得很近，她能闻到属于他的熟悉气息："莫南爵。"

苏清甜垂首站在边上。

莫南爵并未动，童染伸手拉住他的手："告诉我，你怎么了？"

"我好得很，"莫南爵甩开她的手，"你来做什么？"

"你为什么要演戏？"童染完全不理会他的话，又抓住他的手，"你是不是有什么不得已的苦衷，你告诉我吧，告诉我我们一起面对，好吗？"

"我能有什么苦衷，你自作多情的毛病还改不了吗？"莫南爵抽回手插入兜内，眉梢眼角不染丝毫情绪，"真是好笑，明明是洛萧的孩子，硬生生地扯成莫北焱的，要是被洛萧知道会怎么样？"

童染喉间哽咽："他死了。"

"哦？"莫南爵眼底闪过一丝诧异，却并未表露出来，他走到桌边坐下，"死了更好，你家人都该死，省得我亲自动手。"

苏清甜却惊得抬起头来："什么……洛萧死了？"

莫南爵冲她看了一眼：“过来。”

苏清甜怔了下，莫南爵长臂一伸将她拽到腿上坐着，紧勾住她的腰：“晚上想要吗？”

苏清甜明白自己不过是个棋子罢了，可……

为什么要是她？苏清甜想，如果她不爱他，演多少戏都无所谓，可偏偏，她也爱他啊。

苏清甜侧过头，他明明搂着她，一双眼睛却定在童染身上。苏清甜突然觉得悲哀，原来连拥抱，都是建立在虚假的基础上。

莫南爵薄唇凑到她耳边，嗓音性感而沙哑：“嗯？”

童染几步走过来，一把拽住苏清甜的手腕将她拉开，单手撑住桌沿，几乎同他鼻尖相抵：“你骗不了我的！”

莫南爵厌恶地别过头，用力将她推开：“我何必要骗你？”

童染伸手指向苏清甜：“你爱她吗？”

莫南爵神色平静地点点头：“她是我老婆，我当然爱。”

“那你爱我吗？”

“这怎么说呢，跟我上过床的女人那么多，我个个都爱过，”莫南爵端起茶杯，指腹摩挲着杯沿，“所以，也算是爱过你吧。”

童染一把拽住他的手腕:“你爱我，难道这点还不够你告诉我实话吗？”她喉间哽咽，“又不是什么生离死别，一起面对就那么难吗？”

是啊，莫南爵冷笑一声，可偏偏就是生离死别。

莫南爵弯下腰：“童染，你是不到黄河心不死是吗？”

童染咬紧牙关，目光如炬：“我对你不会死心！你可以不理我，你可以冷漠，一天、两天、三天……我天天都会来找你，你不见我我就跪在门口。莫南爵，我看你能冷漠到什么时候！”

“好一个不会死心。”莫南爵冷笑着直起身体，眯起眼睛，“成，我今天就叫你死了这条心，省得上上下下的人都说我和大嫂私通！”

他一把拽住童染的手腕朝外面走去，童染脚步趔趄，几次差点跌倒，一路被他拽到一栋阁楼下：“这是哪里？”

莫南爵并未回答，松开手后径自走上去，童染望着他的背影，站着没动，三楼突然传来一声枪响！紧接着，一声凄厉的尖叫刺破耳膜。

童染如遭雷击，她听得出来，这是苏澜的声音！

童染扶着楼梯扶手快步冲上去，敞开的房门内，苏澜躺在地上，神色痛苦地捂着右腿，鲜血正从指缝中源源不断地流出来。

“妈！”童染冲过去蹲下身，颤抖着望向苏澜的腿，“妈……”

苏澜满脸是汗，吓得六神无主：“小染，我的腿，我的腿肯定是废了……我要是不跑，这一枪就打在我心脏上了……”

莫南爵拿着枪站在边上，冷冷勾着唇，又将枪举起：“那我下一枪可以考虑打在你的心脏上。”

童染惊得站起身来，张开双臂护在苏澜身前：“莫南爵！”

“怎么，你不是坚信我爱你吗？”莫南爵神色轻佻，“我若是把你妈杀了，你还会天天来等我吗？我告诉你，我早就想这么做了，陈安的仇人就是我的仇人，你爸妈早就该死。我不妨告诉你，你以为童明海能在牢里活下来？过不了多久他就会被人弄死！”

“你——”苏澜咬着牙抬起头，“你目无王法！”

“我本来就是生活在黑暗中的人，童染，我早就告诉过你，法律不过是有钱人的游戏，”莫南爵眼角染着薄笑，枪口冲童染指了指，“你缠我一次，我就打她一枪，反正你们本来就是我的仇人，我用不着心软。”说完，莫南爵转过身，一步步朝外面走去。

苏澜右腿已彻底失去知觉，抱着童染不停地哭：“小染……”

童染目光涣散，嘴角扯出抹笑容：“妈，别哭，你还有我……”

苏澜抬起头，还未开口，就见童染双眼一翻，栽倒在她怀里。

“小染！你别吓妈！”

苏澜的尖叫声在耳边响起，莫南爵双目如同被刀刃刺痛，剜出的鲜血在眼底积累成河。他脚步很慢，来到三楼楼梯口，视线渐渐模糊不清，神经失去动力，助动器再刺激也没了用处。

莫南爵只觉得头晕目眩，他伸手去摸口袋，想要掏出兴奋剂，可是双手双脚都不听使唤，竟然已经无法动弹。

男人喉间轻滚，眼前的景象渐渐变成一片茫然的白色，他俊目轻轻眯起，想要缓过劲来，可是越努力越眩晕，身体晃动了下，整个人便擦着扶手从三楼楼梯口滚了下去！

莫北焱正好从外面回来，听侍女说童染来了这里，赶到的时候就看见这惊险的一幕："莫南爵！"

莫南爵思绪一片模糊，一层层沿着楼梯朝下滚，莫北焱几步冲上去，手朝莫南爵腰间抓去，却只抓到了衬衫："你——"

他并未放手，揽住莫南爵的腰后二人一起从三楼侧口滚下去，下坠的时候莫北焱抓了把栏杆，骤然悬空后身体与地面激烈碰撞，边上的红木柱子整个砸了下来——

砰！

莫北焱猛然抬起手臂，可还是有一半柱子砸在莫南爵身上，男人剑眉轻拧，彻底陷入昏迷。

"大少爷、二少爷！"

侍女尖叫着跑过来，莫北焱半边手臂生疼，他忍痛撑起身体："你们都死了是吧？！"

侍女手忙脚乱地蹲下身，莫北焱被扶着站起身，咬着牙道："快去叫医生来，先别惊动任何人，否则要你们的命！"

"是，大少爷。"

侍卫将莫南爵抬起来，莫北焱忍痛朝楼上走去，侍女已经将童染和苏澜都扶了起来。他凤目轻轻眯起，知道莫南爵这次是真的斩断了所有的退路，莫北焱摇摇头，命人将童染抱回房间，嘱咐侍女先守住口风。

主楼卧室内。

莫南爵平躺在床上，肩头和手臂上都已被纱布包扎起来，他星眸紧闭，俊脸苍白到毫无血色。

莫北焱站在边上，连夜赶来的老中医收回手后摇摇头："大少爷，二少爷这……"

莫北焱一把揪住他的领子："怎么了？"

老中医一脸惶恐："二、二少爷估计是不行了……"

莫北焱一把抡起他朝墙上砸去："你说什么不行了？你给我说清楚！"

"他这、这肌肉萎缩已经到了瘫痪的地步，只是他体内安装了个什么东西，所以尚且能站立走动，但是……"老中医扶了下眼镜，"但是这东西本来就对身体不好，而且二少爷不吃药，肯定还注射了兴奋剂之类的东西，加上情绪起伏过大，所以身体机能彻底崩溃了……”

莫北焱手背青筋暴起，抓着老中医将他朝床边按：“给我治！”

老中医脸贴着被单，伸手拿起莫南爵的手：“大少爷您看，二少爷的指尖都不是淡红色了，他肯定还中过毒，这个我真的治不了啊……”

莫北焱胸膛剧烈起伏，他忽然松开手，俯身一把抓住莫南爵：“你给我醒过来！我还没恨够你，你别想死！”

“大少爷，别这样！”老中医忙冲过去按住他的手，“让二少爷好好睡一下，也许深度睡眠还能维持一段时间的生命，要是醒来了……”

他声音顿住，莫北焱蓦地转过头来：“醒来了怎么样？”

老中医视线落在莫南爵苍白的俊脸上，声音细弱蚊蚋：“醒来了就真的撑不了多久了……”

胸腔内的气没地方发泄，莫北焱视线左右扫出去，猛然抡起一个花瓶朝地上狠狠砸去！

老中医吓得瑟缩，莫北焱不停喘气，抬手贴住额头：“你过来。”

老中医忙走近几步。

莫北焱睁开眼睛，冷静过后目光落在老中医身上：“这件事，你不要说出去。”

老中医一怔，忙摇头：“大少爷，不行啊，我肯定得向老爷以及二夫人他们汇报的……”

莫北焱走到桌边坐下，手指在桌面上轻敲几下：“汇报是肯定要的，但是怎么说就是另一回事了，明白我的意思吗？”

“可是我不能对老爷和二夫人说假话……”

“是吗？”莫北焱轻笑一声，有些把柄抓了很久，他一直没拿出来用过，“我记得，当年三夫人难产死……这件事情似乎并不是个意外？”

老中医浑身一震，眸中闪过慌乱：“大少爷，你误会……”

“别说什么我误会了，我既然敢说出来，就代表我有足够的证据，如果我拿出来，你还能在莫家待下去吗？别说莫家，你估计命都保不住，”莫北焱端起杯茶递过去，“你考虑下？”

老中医抹把汗：“大少爷，我明白的。”

“很好，”莫北焱点点头，“你记住，二少爷现在的情况是脑部神经被瘀血压迫，需要等瘀血消散人才会醒，具体时间不确定。明白了？”

“是，是……”老中医连忙点头，退出房间去开药。

莫北焱走到床边低头凝望许久，俯身将薄被拉上来替莫南爵盖好。

侍女敲门将药端进来，莫北焱直起身体：“都好好伺候着，去把二少奶奶也喊来，这件事你们都别多嘴，我会去老爷和二夫人那里说清楚。”

“是，大少爷。”

莫北焱转身走出去，他傍晚去了趟锦候宫，想看看能不能找出点洛萧的踪迹，可种种迹象表明洛萧确实已经死了，哪怕是进了那栋别墅，也没能找出蛛丝马迹。

莫北焱来到童染的房间，她正躺在床上，侍女忙迎上来：“大少爷，大少奶奶有早产的迹象，医生已经来看过了，她还没醒。”

莫北焱走到床边：“从现在开始，外面任何事都不许传进她耳朵里，除非是我的命令，否则别让她出这个房门。要是谁不小心让她听到什么，孩子出了事，就让你们来偿命。”

“是，大少爷放心吧。”

见侍女点头答应下来，莫北焱转身朝外面走去：“她若是闹就用绳子把她绑起来，告诉她想要她母亲活命就乖乖听话，她要是问，就说都是我说的。”

“是。”

夏天已经离去，天气渐渐步入深秋。

拉斯维加斯的秋天并不算凉爽，也许因为莫家在森林边，所以夜晚还是有冷风吹来。

童染扶着腰坐起身，侍女忙来扶她：“大少奶奶，您小心些。”

童染摇摇头：“没事，我想去窗边看一看，外面的树叶落了吗？”

“落了，现在已经是秋天了。”侍女看她一眼，眼神带了愧疚，“大少奶奶，这段时间不是我们不让您出去，是大少爷吩咐的……”

童染勾唇浅笑，却笑不达眼底：“我知道，我没怪你们。”

侍女扶着她下了床，童染缓步来到窗边，伸手推开窗户：“天气确实凉快了，秋天真的来了。我还是第一次在美国过秋天，以前在老家的时候，秋天还是很热的。”

侍女端了杯果汁过来：“大少奶奶，您以前住在锦海吗？”

“是的，”童染点点头，一张小脸依旧犹如巴掌大，吃了补品也不见胖，“时间真快，我怀孕都五个月了。”

房门突然被敲了两下。

童染回过头去，就见老妈子提着篮子走进来：“大少奶奶，这是今天的补药。”

浅绿色的药汁被端过来，老妈子眉开眼笑地站在她边上：“我看这肚子是越来越大了，可能会是个男孩呢，果然这个药喝得有效果……”

童染并未多说，端起药喝了下去，味道依旧苦涩到作呕，她刚开始不习惯，可被逼迫了这么久，慢慢也只能接受了。

原来，没有什么事是习惯不了的。

哪怕……

童染喉间轻哽，侍女接过她手里的瓷碗，老妈子又拿了一种奇怪的草药给童染擦着手腕。童染坐着没动，视线自然而然地垂落在隆起的腹部上：“还有不到五个月就要生了吧？”

“是啊，快了，一晃就过去了，”老妈子站起身来，童染却忽然一把抓住她的手，“我还不能出去吗？”

“这……大少奶奶，这些我们管不了的，大少爷和二夫人都吩咐过，您不能随意走动的，”老妈子眼神闪躲，“我先走了，您好好养胎。”

“等等！”童染扶着腰站起身，侍女忙扶住她，她瞪大眼睛，眼底的希冀只剩下些许，“我能见见大少爷吗？或者……”

她咬住下唇，她想说，她能见见苏澜吗？

童染眼眶湿润，她想问，他们都在哪里？整整两个多月，她没有踏出这个房间一步，每天除了吃饭睡觉就是发呆，连上厕所侍女也寸步不离地守在边上，她艰难地上前一步：“就见一面……一面也不行吗？”

老妈子没有回答，拿着篮子走了出去。

房门再度被关上，童染颓然地坐回椅子上，抬手贴住双眼：“为什么要关着我……”

时间就这么一点点流逝，日子也就这么一天天地过。

秋天的步伐加快，寒冬踩着步子踏了过来。

拉斯维加斯的冬天并不算太寒冷，但童染比较怕冷，还是裹了件绒衣。肚子现在已经八个多月，大得吓人，侍女说，肯定就快要生了。

莫南爵没有出现，莫北焱也没有出现，她依旧只能待在房间里。

童染双脚肿得厉害，晚上睡觉的时候经常会抽筋，可她并不喊人，通常只是强撑着起身下地走几步，好些后又躺回去。

这日她正在屋里慢慢活动，侍女匆忙推门跑进来："大少奶奶，不好了！老爷不行了！"

童染顿住："怎么回事？"

"老爷方才喝药的时候突然吐了几口血，老中医去看了，说老爷这次是真的要不行了。"侍女神色急迫，"这会儿所有人都在主厅内，要我来喊大少奶奶过去！"

所有人都在……那是不是莫南爵也在?

首楼主厅内站满了人。

童染走进去，一眼就望见了主位右侧的莫南爵，以及他身边站着的苏清甜。

童染双目一刺，莫北焱忙过来伸手搂住她："站着累吗？"

童染垂下头："不累。"

莫文斌靠在软榻上，脸色苍白，目光巡视一圈后落在两个儿子身上："我这辈子最大的愿望，就是看见你们俩成婚，如今我是撑不了多久了……咳咳……"

他说着剧烈咳嗽起来，林美洁忙端水给他喝，代替他说下去："你爸的意思，想让婚礼提前举行，他说他一定要睁着眼看你们完婚，满足后也就……唉，就这段时间吧，方才我们已经派人下去布置了。"

莫北焱和莫南爵对视一眼，谁都没想到这件事情来得这么突然。莫北焱眯起眼睛："爷爷知道吗？"

林美洁点点头："老爷子知道的，他也同意了，主要是你爸的身体，"

她说着握住童染的手，“小染，就是委屈你了，还得挺着这么大个肚子举行婚礼……”

童染连扯动嘴角的力气都没了，她垂下眸，林美洁又道：“老大，快扶小染回去休息，婚礼的事情你们不用操心，我会派人通知你们的。”

莫文斌被人喂了口水：“你们都散了吧，我一时半会儿还死不了，我还得看着你们结婚，都放心吧。”

莫家人办事效率向来快，才过了不到十天，林美洁便派人来通知，婚期定下来了。

就在三天后。

童染一直以为举行婚礼的地点会是在莫家，结果没想到，居然是在岛屿上。

莫家包下了两座岛屿，一南一北，遥相对望。

侍女激动地将全景图拿给童染看：“大少奶奶，您看，好美啊！在岛屿上结婚，肯定很浪漫……”

童染别开视线，站起身一步步朝窗边走去：“拿下去吧，我没兴趣。”

“是……”

侍女不敢多说，童染还是出不去，那天之后莫北焱也没有再出现，她现在什么也不多想，就想着先把孩子生下来再说。

三天后。

一大早侍女便将童染叫了起来，虽然她怀了孕，该有的婚纱和头饰却一应俱全。童染本以为会是中式的婚礼，没想到居然是西式的。

她的头发已经长回了原来的长度，侍女替她绾了发髻，童染抬起头看着镜子里的自己，忽然有种恍如隔世的感觉。

婚纱是纯白色的，按照尺寸做得很宽松，不会压着肚子，童染戴上白纱手套，头上戴上了白纱，脸上化了淡妆。

侍女弯腰替她将鞋子穿好。

童染坐着没动，眼神直勾勾地定在一处。

时间一到，房门外准时响起脚步声。

侍女将房门打开，莫北焱一身纯黑色礼服，双手也戴着手套，高大的身形笔挺凌厉。他几步走进来，身后跟着一排人：“染爷，都准备好了？”莫北焱弯腰朝她伸出手来，“走吧。”

童染并未动，双手紧攥着，莫北焱知道她心里是极其不愿意的，上前几步搂住她的肩：“染爷，我扶你走。”

童染这会儿身体极其不方便，走路都摇摇晃晃，莫北焱索性弯腰将她抱起，小心翼翼地下了楼。

莫家的大门口停着两排直升机，机身都被刷成了大红色，左边一排上面写着一个北字，右边一排上面写着一个南字。

莫北焱将童染抱上左边的直升机，她回头望了眼，正好看见莫南爵走出来。

男人一身纯白色礼服，仿佛回到了当年意气风发的时候，苏清甜在边上扶着他。

童染来不及看清楚，直升机便已经起飞。

一南一北两座岛屿都已经布置成婚礼现场，直升机在北边的岛屿上降落，莫北焱将童染扶了下去。岛屿上并没有别人，就是司仪和几个伴娘伴郎。

宴请的宾客都在中央一座岛屿上观看婚礼过程。

很快，便能听到喇叭里响起醇厚的声音：“两对新郎新娘都到齐了，家属、宾客也都到齐了，婚礼正式开始——”

砰！

话音刚落，高空中刹那间绽开绚烂的烟火，虽然是白天却也很耀眼，直升机在空中来回盘旋，撒下无数清香的花瓣。

喇叭里的声音继续响起：“请两位新郎牵着新娘走过红地毯——”

莫北焱扶着童染走过长长的红地毯，她掌心满是汗水，走到一半忽然顿住脚步：“我……”

莫北焱在她耳边低声道：“染爷，很多人看着的。”

童染喉间哽咽，她在想，此时莫南爵该是什么样的心情……

莫北焱用力搂着她走到司仪礼台前。

童染站定脚步，眼眶微微湿润。

莫北焱执起她戴着白纱手套的手，发现她无名指上已经戴着个戒指。

童染将手抽了回去：“我不能把这个摘下来，这是我和莫南爵的结婚戒指。”

而另一边——

莫南爵和苏清甜走到礼台前，伴娘递过戒指，男人神色冷淡，一下也没动，苏清甜伸手接过后递给他："二少爷……"

莫南爵抬起视线："扔了吧，戴不戴无所谓。"

苏清甜握紧红绒盒子，伴娘见状开口道："二少爷，哪有结婚不戴戒指的？还是……"

"谁规定结婚一定要戴戒指？"莫南爵嘴角勾着冷笑，"谁能保证戴了不会摘下来？"

他眼神冰寒，伴娘没敢继续开口，此时，喇叭里又响起声音："请双方新郎向新娘宣读婚礼誓言。"

伴娘递过张纸，莫南爵冷冷瞥了眼："不需要读了，走个形式而已。"

苏清甜咬住下唇，委屈得不行，伸手接过："我来读吧。"

苏清甜将质地极好的纸张摊开，才准备开口，只听轰的一声——

脚下的土地突然猛烈地晃动起来，边上的礼台瞬间塌陷下去，整个坠入海中。

莫南爵眉头一皱，苏清甜吓得抓住他的手腕："二少爷，这……"

轰——剧烈的碰撞声响个不停，南边的岛屿几乎一大半都在晃动，布置好的东西被来回摇晃得东倒西歪，岛屿的右侧整个朝海里凹陷下去——

轰隆！

"啊——"伴娘的尖叫声响起，几乎划破天际，"不好了，地震了！"

莫南爵眯起眼睛，转过身，一块巨大的石头猛然飞过来，重重地砸在他的后背上。

男人眉头一皱，身体本就没力气，被击中后整个人擦着苏清甜的肩膀跪了下去。苏清甜看见鲜血蔓延开来，惊叫出声："啊——二少爷！"

天空中骤然划过惊雷，道道犹如催命般乍现，海水汹涌无比地拍打在岸上，南边岛屿几乎整个移了位置，在海上漂来漂去，石头不断朝这边飞砸过来——

与此同时，北边岛屿上也晃动得厉害，莫北焱一把抱起童染，皱起眉头："真的是地震！"

童染揪住他的衣领，满脸惊慌失措："莫南爵他……"

她话音还未落，只听轰隆一声震天巨响，整个南边岛屿被重重震起，石子飞溅出来，激起千层浪花，而后猛然下坠，整个沉入海底！

“啊——”童染瞪大双眼，声音沙哑到绝望，“莫南爵！”

南边岛屿显然是震动的中心区域，直升机根本无法下落，北边相对好一些，却也晃动得要往下沉，莫北焱抱着童染冲到直升机边将她放上去，童染一把拽住他的胳膊：“不要，我要去救他，不要——”

莫北焱扯开她的手，转身上了另一架直升机，两架直升机同时升起。童染朝下看去，发现整座南边岛屿已经完全沉了下去，巨大的旋涡在岛屿残骸边上旋绕着。

驾驶员朝下看了眼，不由得叹息：“完了，在岛上的是二少爷和二少奶奶吧？震得这么厉害，不淹死也得被砸死了，这下肯定活不成了……”

活不成了……

童染猝然睁大眼睛，彻底崩溃，双手拼命拍打着舱门：“不会的，放我下去，他不会死的，他不会死的！”

“大少奶奶！”飞机里的人忙抓住她的胳膊，“您还怀着身孕，不能胡来的……”

“放开我！”童染声嘶力竭地吼道，却只能眼睁睁地看着整座岛屿沉下海底，“莫南爵！”

腹部蓦地一阵剧烈收缩，巨大的刺激下，童染脸色一凝，感觉到下身有血迹正在蔓延，她咬住下唇，疼得满脸是汗：“我……我的肚子……”

“啊，糟了！流血了！”边上的人大喊出声，忙叫直升机掉转方向，“大少奶奶要生了，快，去医院！”

童染被放平在躺椅上，鲜血源源不断地流出来，下方的地震仍在继续，轰隆声几乎震天，她双目猩红，仍在声嘶力竭地喊着：“我不要生，我要下去，放我下去，不——”

另一边，莫北焱上了直升机后便朝南边岛屿靠过去，滔天海浪翻涌而过，南边岛屿已经彻底没了踪影，只剩下残骸在海面上漂浮着。

莫北焱一把推开舱门，在腰间系上安全绳，猛然跳了下去！

“大少爷，危险！”

莫北焱整个人朝下坠去，恰好在海面上停了下来，四周全是急速旋转的旋涡，莫北焱伸手朝下抓着，怒吼出声：“莫南爵，你给我上来！”

旋涡越来越急，腰间的安全绳一寸寸地收紧，上方的人不停地喊着：“大少爷，不行了，要刮飓风了，我们会坠机的！”

莫北焱双拳紧紧攥起，视线紧紧盯着海面：“莫南爵！”

南边岛屿已经彻底沉入海底，莫南爵闭上眼睛，全身不知被多少石头砸过，身体一点点地朝下沉，血腥的味道在鼻腔内蔓延，越来越浓，越来越重……

砰！

一块巨大的石头猛然被旋涡冲击过来，莫南爵腰侧被狠狠一砸，鲜血顿时急速涌出，彻底染红了纯白色的礼服。

身体来回晃动，不停被凶猛的海水撕扯，莫南爵视线渐渐涣散，感觉浑身最后一丝力气都被抽离……

童染……这个名字千回百转，在最后一刻，他记得最清晰的还是她。

这一生遇见你、占有你、伤害你、爱上你、得到你、失去你……是从来都没有退路的悬崖。

再见了……

我此生，唯一爱过的你。

一架幽蓝色的潜水艇蓦地破浪而出，绕着沉下去的南边岛屿转了好几个圈，许久后才掉头朝海底深处开去。

童染被一行人快步推进了产房。

“深呼吸，深呼吸！”医生在边上替她做着基本的检测。

童染小脸惨白，头发汗湿地贴在脸颊上，她只觉得意识被一点点抽空，下身撕心裂肺地疼……

“糟糕！大出血！她是 RH 阴性型血，快去血源库找！”

“只能剖腹产了！”

“准备好了吗？快派人去通知莫家！”

……

童染绝望地闭上眼睛，很快便失去了知觉。

过了没多久，护士将孩子抱起来：“是个男孩，长得真好。”

另一名护士凑过去看了一眼：“呀，这男孩儿长得真俊，我怎么觉着长得那么像莫家二少爷呢……”

“去！别乱说，”护士瞪了同伴一眼，“这可是莫家大少奶奶。”

……

陈家祠堂内，玻璃房在一阵猛烈晃动后出现裂缝，而后整个裂开——

中央的圆形大床上，身着白衬衫的男人从床上被掀到地上，顺着玻璃房的边缘朝下滚……

哐当！

正上方的祠堂匾牌砸下来，正好砸中他的脑袋！

陈安浑身一个激灵，猝然睁开了眼睛——

“妈的，痛死了……”陈安闭了闭眼，周围的晃动还在继续，他手掌撑向地面，满掌心都是玻璃碴子，他用力甩开，“嘶——”

这怎么回事？

陈安满目迷离地抬起头来，地震了？！

他这一觉睡了很久，一时之间还无法完全反应过来。用人急匆匆地冲进来，望着满地残碴吃惊不已：“安少爷，您醒了？！”

陈安抬手贴了下额头，身体虚弱得不行：“几点了？”

“安少爷，现在刚好中午十二点半，”用人忙上前将他扶起来，替他拍拍身上的灰，“您睡了整整六个月。”

“什么？！”陈安猛然睁大双眼，“现在是八月几号了？！”

“已经是冬天了……”

居然已经冬天了？！

陈安用力推开用人，自己站稳：“莫南爵来过吗？”

“今天是莫家两位少爷的婚礼，但是方才地震了，据说……”侍女将电视上的报道重复了一遍。

陈安闻言两眼一黑，差点昏倒：“你说童染和莫北焱……结婚了？”

“是的，我听说莫家大少奶奶已经生了，二少爷在地震中丧生了……”

什么？！

陈安拧着眉，来不及换掉身上的衣服，转身就要朝外面走，一个用人忙冲过来拦住他："安少爷，您现在怎么能出去，您的身体……"

"滚开！"

陈安脚步踉跄地朝外面走去，丧生？莫南爵居然死了？！

陈安痛苦地眯起眼睛，一路跌跌撞撞地走到门口，边上的门童却忽然递给他一个袋子："安少爷，这是七天前有人让我交给您的。"

陈安伸手接过，袋子里装着一个信封和一把车钥匙。

他抽出里面的信纸，摊开后快速浏览着里面的内容——

"安少爷：英国，伦敦，北西区 Vatonu，红色咖啡厅右侧，127 号。见信如见人。若见，速来。如有意外，请烧毁。"

落款是 Mr.L。

陈安瞳孔剧烈收缩，折起信纸，问道："外面有车子吗？"

门童点点头："有的，这袋子送来的时候，对方还送了一辆布加迪威航。"

"看清是谁了吗？"

"只是一个送快递的，他也没说是谁让他送的。"

陈安抿起薄唇，快步走出去，果然看见一辆布加迪威航停在陈家门外不远处。

L……李？李钦？

又或者……

陈安没再多想下去，跨上车后将钥匙插进去，缓了下神后，将跑车开了出去——

冬去春又来，春去夏又来，四季生生不息地交替着……

时间一点一滴地流逝，洗尽了过去那些岁月的悲伤和血腥，洗尽了曾经震天动地的天灾，却洗不净人心。

草坪边，一个粉雕玉琢的小男孩双手叉腰，脚边放着一块刚刚烤好的牛排，他一张小脸精致俊美，高挺的小鼻梁，微微上挑的桃花眼，抿起来的小薄唇……无一不是颠倒众生的长相，一看就知道长大定是个魅惑众生的料。粉嫩的脸颊白白嫩嫩的，挑起的小眉毛带着几分英气和童真，让人看了就忍不住想要亲一口。

"辰辰！"

蓦地，身后响起一声略带威严的叫喊，一身笔挺西装的男人迈着长腿走了过来。

莫曜辰小身板站得笔直，偷偷抬头瞅了眼走到跟前的男人，见他脸色不错，这才放松下来："嘿嘿，中午好，爹地！"

男人拧了下眉，弯下腰一把将他抱起："要叫我爸爸。"

"爹地！"

"叫我爸爸！"

"爹地！"

"叫爸爸！"

男人终于忍不住了，怒吼一声："莫曜辰，你要喊我爸爸！"

莫曜辰学着他的模样挑起小眉毛，双手揪住他的衣领，深深地憋了口气，也准备怒吼——

临近怒吼边缘，他却突然蔫了，撇着嘴抬起小脑袋："爹地，你叫什么名字？"

"……"

跟在后面的用人闻言笑出声来，忙提示道："小少爷，大少爷的名字叫莫北焱。"

莫曜辰却皱起眉头，冷着小脸："爹地，为什么你是大少爷，我是小少爷？我要当大少爷，你当小少爷，我们换，怎么样？"

莫北焱凤目一挑，颠了颠手臂："那你得先长我这么高，小矮子还想当大少爷？"

"你才是小矮子！"莫曜辰顿时耷拉下小脸，嘟起嘴道，"不对，爹地是老矮子！我不理你了！我要去找染爷！"

莫北焱在他的小屁股上一拍："不许叫你妈咪染爷！"

"你能叫我为什么不能叫？"莫曜辰扭着小屁股，"放我下来，我要下来——"

莫北焱笑着弯腰将他放下来，莫曜辰转身拔腿就跑，时不时地回头做个鬼脸："现在开始辰辰是大少爷了！"

莫北焱嘴角勾笑，站在花园里望着那奔跑的小小身影，凤目不由得轻眯起来，视线落在远处。

用人知道他这时候需要安静，转身退了下去。

莫曜辰一路跑进别墅，沙发上，女子安静地坐着，手里握着玻璃杯，双眸怔怔地定格在一处，久久都没有动。

“小短腿”咚咚咚地跑来，这会儿倒是乖得很：“妈妈！”

童染在这一声奶声奶气的叫唤下回过神来，粉雕玉琢的小人儿扑进她怀里，顿时奶香味扑鼻。莫曜辰咧着嘴趴在她怀里，一个劲地撒娇：“妈妈，妈妈……”

童染微笑着将手里的玻璃杯放在茶几上，伸手抱起怀里的小人儿，让他跨坐在自己腿上：“辰辰，怎么不在外面玩？”

莫曜辰小眼珠滴溜地转了下，忙说道：“爹地让我来找妈妈玩。”

“是吗？”童染凑过去亲了亲他的脸颊，端详着儿子的脸，才四岁而已，五官就已经这般精致出挑，尤其是笑起来，一双漂亮的桃花眼微微上勾——

明眼人一眼就能看出来，这绝对是莫南爵的翻版！

尽管已经过去这么久，童染每看一眼自己的儿子还是觉得无比震惊。她没想到，也不敢相信，她肚子里的孩子居然真的是莫南爵的！

怪只怪洛萧当初那一通谎言说得天衣无缝，瞒过了所有人，也许，连他自己一并骗了进去。

童染觉得无比愧疚，辰辰在肚子里的时候，她是那么厌恶，甚至好多次想要将他打掉，如果不是莫南爵阻止她……

她想着便心口一窒，这个名字，四年了，每每想起来，依旧能够痛得她直不起腰，痛得她无法呼吸，痛得她五脏迸裂……

见童染眼神恍惚了下，莫曜辰伸出白嫩的小手在她脸上抹了把：“妈妈，你怎么了？”

童染忙别开眼，慌乱地抬手擦拭了下，而后转过头来微笑道：“妈妈没事，可能是有沙子被风吹进眼睛里了。”

“妈妈你撒谎！”莫曜辰噘起小嘴，小脑袋在童染胸前不停地蹭，“那边窗户明明是光着的，没有风吹进来，妈妈你骗辰辰！”

童染闻言浅勾起嘴角，抓着儿子嫩白的小手，在他的掌心写了个字：“窗户现在是关着的，不是光着的，关和光不是一个字，辰辰要学会区分，明白吗？”

“你看！”莫曜辰闻言小眉毛一挑，居然还头头是道地分析起来，“妈妈，你承认你是骗辰辰的了，我刚刚故意说错一个光字，你马上就纠正辰辰，说明妈妈知道窗户是关着的！”

“……”

“妈妈，你怎么不说话？辰辰说得对不对？”

“……”

童染彻底怔住，她居然中了自己儿子下的套？！

这孩子小小年纪居然就这么会套话!

这是遗传吗?

思及此，童染眼神黯淡下来，莫曜辰见状一张粉嫩的小脸凑过来，小手在童染胸前揉啊揉的:“妈妈撒谎,所以辰辰要吃蛋糕,今天吃双份的！”

“好，好……”童染无奈地抱住他软乎乎的小身子，“妈妈错了，妈妈以后再也不撒谎了，辰辰不要学妈妈，知道吗？”

“知道！”莫曜辰重重地点了下头，小脸埋到童染胸前，“妈妈，爹地为什么要叫你染爷？”

童染轻拍他的背：“那是……他在和妈妈开玩笑。”

“哦，”莫曜辰点了点头，又换了个舒服的姿势，“那妈妈，辰辰是怎么出生的？”

这么大的孩子，最喜欢问的就是这些问题。

童染支吾着：“你是从妈妈的肚子里生出来的。”

“辰辰不是爹地生的吗？”

“不是，男孩子是不可能生孩子的哦。”童染说着抱起儿子，替他将领子整理好，“辰辰，为什么不喊爸爸，要喊爹地？”

莫曜辰老气横秋地嘟起嘴，一脸霸道的模样像极了莫南爵，他小声说道：“嘘……其实是有一天，辰辰做了个梦，梦里面辰辰看到了爸爸，但是爸爸和爹地长得不一样，所以辰辰叫爹地，不叫爸爸。”

童染神色一僵，关于这件事，她和莫北焱始终没有告诉辰辰，他才四岁而已，解释了他也不会懂，况且她不希望辰辰以为自己没有爸爸……

她想给他最好的一切，他是她和莫南爵的孩子，童染想，她会用自己所有的一切去爱他。

虽然她和莫北焱暂时得到林美洁的许可搬出来在拉斯维加斯市区的别墅住，但莫家的势力太大，她出不了拉斯维加斯，更加不可能带着辰辰独自离开。

童染搂紧怀里的儿子，柔声哄道：“辰辰乖，妈妈带你上楼睡午觉好不好？”

家里经常被这小魔王弄得天翻地覆，童染好不容易把他哄睡着了，这才安心地替他盖好被子，凑到他脸上亲了口：“辰辰，妈妈爱你。”

莫曜辰已经睡熟，抬起小短腿蹬了下薄被，也不知道做了什么梦，小眉毛拧了起来：“爸爸……”

童染心口抽痛，她不知道辰辰梦到了什么，但也许血缘关系相通，辰辰也许真的梦到了……他？

她喉间哽咽，躺下去将儿子搂进怀里。

莫南爵……

童染轻轻念出这个名字，视线落在儿子的小脸上，目光不由得柔和几分。

莫南爵，你没死对不对？

你到底在哪里？

夜幕降临。

雨一直下着，最高级的 GK 赌场外被堵得水泄不通，所有的媒体记者都赶了过来，哪怕打着伞也要坚持站着等。

轰隆——天空惊雷炸响。

一名华人记者站在边上，手里拿着话筒，对着镜头说道：“拉斯维加斯是众所周知的赌城，今天，是拉斯维加斯新一代赌神——神秘的 Baron 第一次现身。Baron 又单名一个初字，他的身份始终成谜，据说他背后有一家大公司，还有合作伙伴，不知道今天会不会公开呢？”

众人始终坚持等待着。

七点、七点半、八点整——

砰！

赌场外烟花齐放，纵然下雨也掩饰不住这样的气势。

七辆加长版的轿车驶到赌场正门，并排停了下来。

前后三辆轿车的人忙下来，清出一条宽阔的通道——

而后，中间那辆轿车的车门被服务员上前拉开。

一条修长的腿跨了出来，包裹在浅粉色的手工西装里。

边上的记者尖叫道："是 Baron！是初少！"

冷傲的男人跨下车，一身浅粉色的西装勾勒出完美挺拔的身形，深黑色的短发利落有型，俊美的脸庞邪魅勾人，一双好看的桃花眼微微上挑，高挺的鼻梁上架着一副银色墨镜。

他迈出双腿，几步之后才在红地毯边停了下来，伸手摘下墨镜，整张俊脸顿时显露出来——

所有人皆难以置信地瞪大了眼睛，这、这……

这张脸……

现场顿时安静下来，没有人说话，没有人拍照，甚至连呼吸声都停顿了好几秒。

在场的每个人都被惊怔住!

男人优雅地抬起长腿朝里面走去，边上的服务员盯着他的俊脸，也是微微失神："初、初少……"

男人回过头来，嗓音醇厚有力："说。"

"您、您……"

服务员要说的话卡在喉间，边上有反应快的记者已经回过神来，忙举起话筒："初少，请问您和帝爵前总裁莫南爵是什么关系？"

男人勾起薄唇，笑容魅惑至极："莫南爵？"

"是莫家的二少爷，四年前在南岛屿地震中失踪。"记者壮起胆子，"请问初少，您是莫南爵本人吗？"

初少闻言眉梢轻挑，舌尖轻抵嘴角："当然不是。"

这怎么可能？！

所有人都露出难以置信的表情，谁都没有想到，鼎鼎有名的赌神 Baron，也就是初少，居然和莫南爵长了一张一模一样的脸!

记者不死心："可是初少，您这张脸……"

"我的脸怎么了？"初少双手插兜，轻笑出声来，"就因为一张脸，我就必须是你们口中的莫南爵吗？”

他简简单单的一句话，顿时让记者哑口无言。

记者一脸震惊还未退去，可这是大新闻，她继续问道：“那请问，初少您见过莫南爵吗？”

初少眉宇间隐隐闪过些许不耐，边上的随从见状忙替他回答道：“是这样的，初少从小在英国伦敦长大，系英国慕斐集团慕老爷子的唯一继承人，这两年才来到美洲拉斯维加斯，所以你们口中的‘莫南爵’，我们初少肯定是没见过的，更加不可能认识。”

记者瞪圆了眼睛，显然无法相信：“可是……”

砰！

蓦地，GK 赌场外又炸开一团烟火——

三辆黑色轿车从正门开进来。

最前面一辆轿车上下来几个人，恭敬地将后面两辆车的车门打开。

一身白色西装的男人抬腿跨下车。

身后簇拥的人替他打着伞，男人笑容温和，温润如玉，他抬起头，浅薄的刘海微微打在额头上，清瘦的侧脸别有一番清俊意味。

边上的随从垂首道：“白少，您来了。”

男人微笑着点下头：“抱歉，我来晚了。”

记者们不禁转移视线，这……这又是谁？！

男人身形修长，举手投足间都是温润的气质，他一步步朝红地毯走过来，初少双手插兜，微仰起精致的下巴，视线随意地看过去。

众人纷纷惊讶：“初少，这位就是您背后神秘的合作伙伴吗？请问您和他是什么关系？”

“这位也是英国慕斐集团的吗？”

“冒昧地问一下这位白少全名是什么？”

记者们蜂拥而上，男人走到初少身边，二人并肩而立，几乎相同的身高，两种不同的气质令人为之侧目，男人轻抬起头：“我是白念弦。”

白念弦？

在场的记者面面相觑，有人忙拿出手机搜索，可没有人知道这个陌生的名字。

难道也是凭空冒出来的？

初少眉尖轻挑，随性地张开双臂，随从忙替他套上黑色长呢大衣，外套落至膝盖处，微绒的毛领衬着俊朗非凡的脸庞，于人群中一眼望去，竟光芒万丈般耀眼。

记者还在不停追问，初少和白念弦已经转身走进了赌场。

GK 赌场是近几年拉斯维加斯兴起的顶级场所，赌场内灯光流转，金碧辉煌尊贵奢华，光可鉴人的瓷砖倒映着场内的人流涌动。

无一不是上层社会的精致。

但从没人知道 GK 赌场的老板到底是谁，传闻是个女人，但她并未出现过，也不插手这里面的事，似乎只是个挂名的。

初少来到赌场正中央，圆形的镀金座椅旁摆着一瓶瓶顶级伏特加，男人弯腰坐下去，而后轻搭起一条腿。

白念弦随后在他身边的椅子上坐下。

服务员替二人倒好酒，白念弦伸手挡了下：“我不喝酒，谢谢。”

初少闻言端起酒杯，修长的食指擦过杯沿，极轻地吐出两个字：“没种。”

“……”

服务员一怔，什……什么？

白念弦并未回嘴，伸手将酒杯反扣在桌面上：“不用。”

服务员这才将信将疑地退下去，这态度……真的是合作伙伴吗？

记者很快到齐，几乎将整个赌场下方塞满，身旁的随从望了眼时间，而后正声道：“各位，初少只有十五分钟时间，大家请文明提问，涉及私人问题拒不回答。”

话音才落，一个记者忙问道：“初少，请问您这次专程来到拉斯维加斯，是为了什么？”

“来玩，”初少薄唇轻抿口伏特加，抬起精致的眉眼，嗓音带着磁性，“众所周知，拉斯维加斯是最著名的赌城，既然是爱赌的人，那当然要在最适合赌的地方，才对得起这个赌字。”

他一番话不轻不重，却说得无懈可击，记者找不出破绽，只得又问道：“那敢问，初少您和白少什么关系？”

“关系？”初少眼角笑容加深，他轻轻晃动下酒杯，“生死之交吧。”

白念弦面色未变，这一句生死之交包含了太多层意思，旁人不可能会懂。

记者们轰然炸开锅，几秒钟后马上又沉静下来："初少，敢问您以后会在拉斯维加斯扎根成家吗？"

初少放下酒杯，双手交握："我不会成家。"

记者惊讶："为什么呢？"

"江山如此大，处处都是家，"初少嘴角勾了下，"以后一个赌场一个家，不愁没地方睡。"

"哈哈哈，初少想得真开啊……"

"不愧是赌神，没这点气魄怎么一赌成神？"

记者们笑成一团，没想到赌神也有如此幽默的一面，一人忙抓住热烈的气氛："初少，您的英文名叫 Baron，对吗？"

男人毫不避讳："对。"

"那您知道 Baron 的中文释义是男爵吗？"记者见他点头，忙继续追问，"男爵，南爵，同样的发音，仅仅一字之差，请问您起这样别有用心的英文名，是想向大家暗示点什么吗？还是说……您是否整过容？"

"哦？居然这么巧？"初少有些厌烦地皱起眉头，视线落在不远处的镜子上，而后又看一眼边上的随从，"去把那什么……"

他话音顿了下，随从忙提醒："初少，是叫莫南爵。"

初少这才了然地点下头："噢，对，就是他，去把他的所有资料都拿过来，每走到一处都有人提起，我倒要看看，我跟他到底有几分相像。"

随从应声后退下去，不到一分钟便拿着一份整理好的文件走上来。

初少伸手接过，取出最上面的一份报纸，应该是到目前为止关于莫南爵的最新报道，头条上赫然写着——

"拉斯维加斯二十年来最强劲地震，莫家二少爷莫南爵与太太同沉海底，至今杳无音信。"

时间是四年前的冬天。

后面附着大篇幅的报道，大多也是记者们瞎编的。

初少似乎看得津津有味，随手翻了几页，而后将一张放大的照片扬起来对着记者："这，就是莫南爵？"

一模一样的两张俊脸还是令人忍不住吃惊，有记者叫道：“初少，你们分明就是一个人！”

“是吗？我怎么不觉得，”初少挑眉，将报纸放在自己脸边，转头看一眼白念弦，“你说，像吗？”

白念弦摇摇头：“不像，他比你帅多了。”

初少俊脸一沉，掏出铂金打火机，幽蓝色的火焰靠近报纸一角后瞬间点燃：“既然人都沉入海底了，不如就当作死了，省得跟我抢脸用。”

“……”

记者们瞬间瞪大眼睛，试问，有谁敢这样公然烧莫南爵的照片？！

初少随手将报纸丢开，照片中，莫南爵的脸在火光中一点点被吞没，直至剩下零星的烟灰。初少微微眯起眼睛，而后站起身来，几步走过去，一脚踩在犹蹿火光的报纸上：“我不想听到任何人再喊我莫南爵，我不是他，他既然已经死了，世间就再无莫南爵。”

白念弦也站起身来，视线落在被烧成灰烬的报纸上，瞳孔内似乎有什么在流窜着。

底下顿时鸦雀无声。

烧就算了……他居然还一脚踩上去？！

记者们吓得连拍照都忘了。

一旁的随从适时开口：“已经超过十五分钟了，请大家停止提问。”

“初少，我们还想再问几个问题……”

记者们不甘心，可初少已经不奉陪，双手插兜朝赌场内走去：“既然来了，就玩几把再走。”

男人漫不经心地信步逛着，见着的人纷纷让开一条道。其实大家都摸不透，初少为什么偏偏要今天来这里。

难道有什么特殊的事情吗？

一排黑衣保镖在身后跟着，初少从服务员的托盘中端了杯威士忌，绕过中央的千人赌桌，视线随意扫出去，忽然顿住了脚步，握着威士忌的右手朝着一人伸了出去：“有兴趣玩玩？”

正玩着的男人一怔，怎么也没想到赌神会挑上他：“呃？”

初少将酒杯放到他手中，一手压住桌沿，上半身微微倾下来：“怎么，不敢？”

“怎么可能！”男人经不住激，当即站起身来，“既然赌神亲自邀请，又有什么不敢？我叫伯霖，”他拿起酒杯一饮而尽，“赌神怎么称呼？”

“名字不重要，代号而已，”初少嘴角挂着笑意，挥了下手，随从忙将千人赌桌上的人都清除干净：“初少，好了。”

初少点下头，转身走到皮椅上坐下：“开始吧。”

伯霖望了眼自己手边的筹码：“好，赌什么？”

“我今天没带多少来。”初少扬起手，随从将牌子递过来，他直接扬手甩出去，“三亿，我这几天赢来的，我全押。”

“好，”伯霖忍住震惊后点点头，“我也赌全部，”他推出所有筹码牌，“赌神想玩什么？”

初少舌尖轻抵嘴角：“简单点吧，摇骰子比点数。”

边上的人闻言全吃了一惊，下了这么大的注，居然就只是比点数？！

伯霖也皱起眉头：“这样不好吧？”

初少慢条斯理地挽起袖子，露出白皙修长的手臂：“俗话说得好，最简单的也是最困难的，你说咱们玩赌的人，若是连摇骰子都赢不了，还有什么资格比更复杂的？”

这是暗讽他连骰子都不会玩？！

伯霖一听立马怒了，用力拍了下桌子：“好，我们就比点数！”

白念弦站在边上摇头，果然，人都是经不住激的。

初少不以为意：“开始吧。”

专业的服务员忙将骰盅和崭新的骰子拿上来。

千人赌桌被分成两半，二人各坐一方，遥相对望，边上围了一大群人看戏。

服务员将全部整理成一点的骰子放入红色骰盅下，每人六颗，而后移到二人手下。

橙黄色的聚光灯被金色的灯罩浸润成深黄色，初少站起身，右手握住骰盅，眉目间笼着层层凌厉，伯霖也准备好了，服务员见状说道：“开！”

六颗骰子在骰盅内来回摇晃着，初少桃花眼浅眯，敏锐的听觉被无限放大，到了一个爆发点后，他陡然顿住动作——

另一边，伯霖也停了下来。

初少接过随从递来的湿纸巾擦了下手，坐回座椅内："三十六点。"

伯霖闻言笑了下："初少这么大的把握？这还没揭盖呢！"

"不用揭我也知道，"初少笑着放下湿纸巾，"你二十五点，这一局，你输了。"

"胡说！"伯霖脸色一僵，"揭开才知道！"

"好啊，揭吧。"

服务员上前将两边的骰盅都揭开。

一边三十六点，一边二十五点。

众人倒抽一口凉气，服务员也惊住了："三十六大过二十五……初少胜。"

"不可能！"伯霖瞪圆了眼睛，反复看了看，更加惊讶，"你怎么提前知道是多少点？"他抬起头，"你出老千！"

初少轻搭起一条腿，挑眉道："这里站着这么多人，都是长了眼睛的，何况 GK 赌场向来是一流的，监测系统肯定是齐全的，你说我出老千，是侮辱我呢，还是瞧不起这 GK 的幕后老板？"

"你……"伯霖被他堵得哑口无言，服务员见状开口道，"先生，初少并没有出老千，我们 GK 不是随随便便的地方。"

伯霖一口气堵住提不上来，却也只得将手边一亿的筹码牌推出去："算我倒霉！"

"别价啊，人都有倒霉的时候，"初少似乎对那些并不感兴趣，倾起上半身，"不如我们再来一盘，我给你个扳回局势的机会？"

伯霖将信将疑地看向他："什么意思？"

"大家都是朋友，何必在乎这几个小钱？"初少眉梢轻挑，啜一口威士忌，"我听说，伯霖先生目前是帝爵集团的持有人？"

一道道带着探究的目光齐刷刷射过来，伯霖皱起眉头，并不否认："不错，我确实是现任持有人，初少的意思是？"

帝爵根基很深，宣布破产瓦解后并未立即倒下去，但因为资金和内部全部被抽空，其实只剩下一个空壳子，伯霖也是经人之手才最终买来的，并没继续将帝爵做起来，而是放在了那里。

思及此，伯霖又开口道："初少难道要赌一个已经名存实亡的集团吗？这可是笔亏本的买卖。"

初少不怒反笑，摸了摸鼻子："人人都说我长得像莫南爵，这张和他一模一样的脸也算是种缘分，我想，既然他已经死了，我不如替他做点好事，好歹也是他的东西，放在一个和自己长得像的人手里，总比在一些蛇鼠之辈的人手里好。"他说着勾起嘴角，"我没说错吧？"

"你……"伯霖差点气得吐出一口血来。

"怎么，又不敢了？"初少双手撑住桌沿，视线扫出去，话语间王者风范尽显，"得，今天就到这儿吧，这三亿我送你，下次记住，勇气比手气更重要。"

众人纷纷点头，初少才站起身，伯霖便喊住了他："谁说我没勇气？不就是帝爵吗？我赌！"

初少薄唇勾起讳莫如深的笑容，意料之中地转过身："这局赌什么，你定。"

伯霖方才在骰子上惨败，这会儿肯定是想换，他思索了下道："扑克吧。也是最简单的，一人三张牌，比大小。"

伯霖想，骰子就算他可以从摇晃的频率听出大小，扑克牌总听不出来吧？！

初少从容地点点头："成，我都 OK。"

服务员取了副崭新的扑克牌来，伯霖却止住他的动作："换个人发牌吧，"他抬起头，"不如你来，如何？"

他的视线落在白念弦身上。

白念弦一怔，伯霖又道："一看白少就是不懂这一块的人，这样最公平。"

初少冷瞥白念弦一眼："他懂的领域一般比较奇特，常人难以理解。"

"……"

白念弦抿着唇，只得走到赌桌中央，他手法并不熟练，将牌洗好后便开始发。

此时，人群中有人忽然喊了句："堂主！"

白念弦抬起视线，方才他一直站在边上，没人注意到他，这一抬头将整张脸展露无遗，赌场内的一人惊诧地喊道："堂主，真的是你？！"

众人震惊不已，白念弦皱起眉头："你认错人了。"

"不可能！"那男子扒开人群走进来，他一直待在南非，近几年才到美洲来，"你不是洛萧？"

白念弦看向他："洛萧是谁？"

"你不认识洛萧？"男子瞪大眼睛，"可是你和洛萧长得一模一样！"

"看，又来了，"初少闻言笑出声来，无奈地端起酒杯，"真是有趣，怎么走到哪里都会被当成别人，难道长了一张大众脸？"

白念弦依旧眉目平静，似乎被某种东西浸润过后，整个人都无法再鲜明起来。他继续发牌，还是那句话："是你认错人了，我不认识洛萧，也不是什么堂主。"

初少轻笑一声："说到底，还是你长得太丑了。"

典型的睚眦必报。

白念弦敛着眸，并不还嘴。

"不可能啊，你明明就是堂主……"

男子还想再说什么，却已经被随从找人来抓了出去，他一路喊着："你就是洛萧，堂主，我曾经跟过你，我不可能认错人！"

声音渐渐远去，白念弦按照规则将牌分好："可以开了。"

二人各摸了三张牌。

伯霖看了眼自己的牌，随即扬起笑容："真是风水轮流转啊，"他说着翻开前两张，"红桃 Q，黑桃 J。"

他一脸志在必得，初少见状眉梢染笑，翻开牌，第一张居然是红心 2。

"哈哈哈，"伯霖越发得意，"赌神也有输的一天吗？"他又翻开自己的最后一张牌，"红心 3，加起来一共 26 点。"

他就不信，初少后面的还能是两张 K 不成？！

怎么可能！

初少始终嘴边噙着薄笑，他忽然伸手夹起桌上的底牌，一下朝着伯霖飞过去——

啪！

两张牌砸中伯霖的眼皮后掉在桌上，围观中有人惊呼道："真的是双 K！"

什么？！

伯霖瞪大眼睛，颤抖着低下头一看……

居然真的是两张 K！

这……

服务员也是惊叹不已，捡起牌后说道："加上第一张红心 2，初少一共 28 点。28 大于 26，这一局，初少胜。"

伯霖闻言双眼一翻，彻底呆愣住！

初少站起身来，双手插兜，视线直射向对面的伯霖，语气带着不容置疑的霸道："从这一刻起，你不再是帝爵的持有者，因为我已经从你手上全面收购帝爵集团。"男人说着抬手在铂金桌沿上轻敲几下，"愿赌服输，这个道理不需要我说吧？"

伯霖一口气差点哽死，只觉得无比丢人："初少，你这分明就是出了老千，我不服！"

"是吗？"初少并不意外，视线穿透层层光雾扫过去，"凡事都要讲证据，口说无凭有什么用？"

"就凭你赢得这么轻松，就是有问题！"伯霖也豁出去了，他也是混赌场的，现在输得这么彻底，哪还有脸，"赌局取消！"

"难道你就没问题吗？"站在边上的白念弦忽然开口，眉目平静，却语出惊人，"方才你执意要我洗牌，不就是暗示我帮你吗？"

"什么？"伯霖一拍桌子，"你血口喷人！"

"我为什么要喷你？我只是实话实说。"白念弦句句平稳，他走到赌桌中央，谎话也说得从容不迫，"方才我站在这里的时候，你用右手偷偷冲我比了个五的手势，意思不就是要给我五千万，让我发大牌给你吗？"

"你——"

伯霖闻言气得双手发抖，对方居然能这样胡说八道？！他指向白念弦："你撒谎！"

白念弦一动不动："我从来不撒谎，我说的都是事实。"

伯霖脱口而出："谁知道是不是事实？难道你说我有问题，我就有问题了？都是你的一面之词而已！"

"这会儿知道一面之词这个成语了？"初少闻言轻笑一声，眯起眼睛，

“你不也说我有问题吗？难道你的话就不是一面之词了？你是双面人？”

伯霖被一句话堵死，气得吐血，这才反应过来自己方才被二人给绕进去了。他喘着气道：“我不管！去叫 GK 赌城的老板来，今天必须说清楚！”

“成啊，”初少一挥手，一大摞筹码牌被推倒在桌上，他转身朝外面走去，“你们给我留下，这帝爵我今天还就是要定了，要是最后不是我的问题，”他顿了下脚步，回过头时嘴角微微勾起，目光落在伯霖身上，“那我不仅要帝爵，还要你的一双手！”

伯霖闻言浑身一震，再抬起头时，初少一行人已经走了出去。

几个随从留了下来，赌场内的安保忙过来将伯霖控制住。赌场的规矩就是这样，说出来的筹码，输了就必须兑现，没有什么法律可言，在这儿，成王败寇的道理被发挥得淋漓尽致。

初少从正门走出去，抬腿跨上轿车，白念弦走过来准备上车，男人见状冷冷瞥了眼：“关门。”

“……”

随从对于这种情况已经见怪不怪，将车门关上，白念弦站在边上也没争论，退开身后轿车擦着他的肩膀开了出去。

随从看了一眼：“白少？”

“没事，”白念弦拿过他手中的伞，语气很淡，“我走回去吧。”

“……”

随从没多说什么，抬起头时男人的身影已经走远。

别墅，中景濠庭。

莫北焱这段时间都回来得比较早，吃过晚饭后就陪着辰辰玩，童染泡了杯茶端过来：“最近还好吧？”

他知道她问的是莫家的事。

“林美洁一直想把辰辰接回莫家去，我都用各种理由暂时先推托了。”莫北焱视线落在茶杯上，凤目微眯，“你和辰辰最近少出门吧，莫家不安好心的人太多了，在外面来来回回的，危险。”

童染点点头，在沙发上坐下来，小脸上带着褪不尽的哀伤：“四年了……时间过得真快。”

莫北焱抬头看着她，笑着缓和气氛："染爷，四年你不也挺过来了吗？"

"是为了辰辰。"童染喉间哽咽，"我当时一心想死，觉得活着也没什么意思了，多亏了辰辰我才能坚持下来。其实回头想一想，我真的很理解他当时为什么要那么做。原来为了一个人，真的可以到豁出一切的地步……"

莫北焱伸手落在她的肩头，握紧后轻拍两下："以后为了辰辰你也要坚强，这不还有我呢吗？我不会让你们母子吃苦的，放心吧。"

童染抬起头，视线落在莫北焱眼底，彼此都知道那不是爱情，也许是亲情，也许是一种相互依偎，她是真的很感激他："谢谢。"

莫北焱挑眉邪笑："那就以身相许啊。"

童染知道他是开玩笑的，她眼神变得黯淡："你说，当年那场地震……"

后半句话哽咽住。

莫北焱身体朝后靠，双手交叉于脑后："不是有句话说置之死地而后生？莫南爵要是那么容易死，还是莫南爵吗？"

他话语间带的安慰很明显，可是乍一听到这个名字，童染还是止不住地颤抖了下，垂下视线："也许吧……"

她总是想，也许他并未离开，也许他一直都在，这四年来，童染无时无刻不在想他，想他曾经在身边的模样，想他喂她吃饭的模样，想他冷着脸凶她的模样，想他闹别扭生气的模样……

莫北焱盯着她的小脸，忽然开口："染爷，你说我什么时候能遇到一个像你一样死心塌地的女人？唉，运气背啊。"

童染抬起头来："你的女人还少吗？"

莫北焱神情严肃："我从来不玩女人，洁身自好。"

"……"

童染彻底无语，外面传来莫曜辰欢天喜地的叫喊声，她听见后嘴角勾起浅笑："我真的很庆幸，老天爷把辰辰留给了我。"

"要我说，辰辰那别扭的性格就跟莫南爵一样，"莫北焱无奈地摇摇头，"整个一难伺候的小霸王祖宗。"

童染刚要开口，莫北焱又补了句："死倔的性格也跟你很像，应该说跟你俩很像。唉，作孽啊，都是我在受这种苦……"

“之前我说要告诉辰辰真相，现在我觉得你说得对，”童染从窗户望出去，仿佛能看见辰辰欢快奔跑的模样，“辰辰还小，才四岁而已，如果他知道自己没有爸爸……是肯定接受不了的，他一定会崩溃的。”

“谁说他没爸爸？”莫北焱瞪着眼睛，“我不就是他爸爸吗？他有爸爸也有妈妈，以后别瞎说。”

童染重重地点点头：“好，我不瞎说。”

外面突然响起敲门声，童染忙伸手抹了下眼角，莫北焱起身坐到她身边，一个手下走进来道：“焱少。”

见是自己人，莫北焱神色微松：“怎么了？”

“是这样的，我刚刚接到电话，GK 赌场那边似乎有情况，说是有人赌了不服输，非吵闹着要找东家去，”手下递上一张纸，“那个人是伯霖。”

莫北焱同童染对视一眼，男人挥挥手，这种小事一天起码发生百来次：“你们去处理吧，随便找个人，他若是要闹，就砍掉他的双手！”

“是。”

手下应声退下，童染望着他的背影：“GK 赌场的事……”

“你暂时先别管，那边才兴起没多久，太乱了，”莫北焱沉思了下，GK赌场是他为了童染开的，因为她说她想要自立，可最近莫家的人盯得紧，行动要注意些，“过段时间吧，到时候等局面稳定了，你再接手，也相对轻松些。”

“好。”

花园内，莫曜辰正拿着块胶布站在一只猫身边，弯下短小的身体，对着它圆滚滚的肚子比画：“哎，怎么贴才能脱毛？”

“喵！”

用人为难地站在边上：“小少爷，您还是别贴了，待会儿大少奶奶看到又要说您了……”

好啰唆！

莫曜辰皱起小眉毛，思索片刻，黑曜石般的瞳仁闪闪发亮，他直起身体：“我饿了，我要吃火龙果！”

“哎，好，”用人忙点头，“小少爷等等，我这就去切。”

莫曜辰见她转身走了，顿时又露出混世小魔王般的眼神，一把揪住小猫的耳朵："解放啦！改革啦！脱毛啦！"

"喵……"小猫撒开脚丫子就朝外面跑去——

此时，那名手下的车子正好从车库内缓缓地开出来，后备厢由于放着东西并未关上，小猫一个纵身就蹿了进去！

"哇！演警匪片耶！"莫曜辰见状也兴奋地冲了过去，白嫩的小手拽住车尾露出的东西，小短腿用力朝前一跃——咚！连人带猫滚进了商务车的后备厢里。

车内正放着DJ舞曲，那手下也没发现，商务车开出中景濠庭后直接提速，一路开到GK赌场门口。

"咦，好像停下来了耶！"莫曜辰感觉到有光线，奋力朝外面爬去……

金域华府。

这里位于拉斯维加斯赌城外最安静的地段，欧式的别墅立在中央，四周绿化得极好，喷泉交错在绿树间。

白念弦走了一个多小时才到，方才雨下得太大，他浑身都已经湿透，用人接过他手里的伞："白少。"

白念弦点点头，径自上楼。三楼的房间内，男人一身深棕色浴袍，端着杯威士忌立在窗边，修长的背影十分挺拔。

白念弦推门走进去。

闻到满屋的酒味，他皱起眉头："你还是少喝点……"

砰！

男人一扬手，酒杯摔出去后迸裂在白念弦脚边，白念弦抬起头，眼前黑影骤现，紧接着一拳就落在他的嘴角！

白念弦并未动，初少一拳收回后立马接着下一拳，他双手抱住白念弦的腰，将白念弦抡起来后朝着办公桌边用力一砸——

砰！

办公桌坍塌下去，发出巨大的声响，花瓶以及数不清的东西砸在身上，白念弦还是没说话，擦了下嘴角，撑着地面站起身。

用人听见声音走上楼，朝里面望了一眼，又是初少在打白少。

这幅画面用人早已经习惯了，自打来这里以后，他们每天都要打，人前不会打，人后必定是见面先打一顿，从一楼打到三楼，这种情况经常发生。

只不过，她好像没见过白少还手?

用人不敢多管，忙转身退了下去。

房间里，初少双手挽起浴袍的袖子，俊脸微仰：“说话。”

白念弦抬起头，二人对视，火光砰然撞裂开来，初少脸色一沉，怎么打都爽不了，抬腿又朝白念弦踢过来：“我打断你的腿！”

“哎，我说这是世界大战啊……”蓦地，门外响起脚步声，陈安推门走进来，望见这场景一怔，“你怎么又打他了？”

陈安上前去将初少拉开，望一眼白念弦：“他打痛你了吗？”

白念弦抿着唇不说话。

“我说你这是装哑巴装上瘾了？”陈安白他一眼，“说话！”

白念弦这才开口：“不痛。”

“不痛？”陈安点点头，将初少拉开些，“你还在恢复期，别老是打人，对身体不好。”

男人还没开口，陈安突然挽起袖子，一拳朝着白念弦嘴角砸去：“以后这种事就交给我，我打到他痛为止！”

初少轻勾起嘴角，走到酒柜边又倒了杯红酒：“来尝尝，七十年的。”

陈安松开白念弦的衣领，甩了下手后站起身来：“哎，每天有真人练习就是好，我感觉我的身手是飞一般在进步啊。”

初少将红酒递给他，陈安接过后啜了一口：“不错，很醇。”

初少轻晃着酒杯：“你也知道品醇？”

“得了吧，”陈安睨他一眼，即将要喊出口的名字被他及时缓了下，那是不能再触及的东西，“就你知道，成不？”

初少嘴角勾起抹浅笑。

一旁，白念弦也站起身来，陈安见状走过去，刚抬起手，白念弦这次倒是伸手握住了他的拳头：“还没打够吗？”

“你觉得打你谁会嫌够？”陈安望着他的嘴角的血迹，“打了四年，反正我没嫌够。”

白念弦抬起头：“那你不嫌脏吗？”

陈安一怔。

白念弦松开手，转身朝外面走去，将门轻带上：“我休息了。”

“……”什么意思？

陈安望着他的背影，握紧手里的酒杯：“他这是吃错药了？”

四年前在他身上发生过的事情陈安并不知道，那件事对白念弦的打击与耻辱是巨大的，白念弦不可能会提，初少也没提过，李钦更不会多嘴去说。

陈安就搞不懂了，心狠手辣不是白念弦的代名词吗？怎么这四年就跟变了个人似的，打不还手骂不还口……

陈安只当他脑子坏了。

初少并不说话，握着酒杯来到窗边。万千迷离的夜色一如既往，令无数人沉沦以至无法抽身，男人倾下身，将红酒倒入窗台上放着的盆栽里。

陈安跟着走过去：“暴殄天物。”

“什么叫天物？”初少直起身体，眯起眼睛，“吹一吹就都散了。”

“哟，你觉悟了？那敢情好，咱们就不留在这儿了，”陈安同他并肩而立，一手搭上他的肩，“随便找个地方，我看英国伦敦就很好，慕斐集团那个老爷子也挺不错的……”

“你是看上人家的孙女了吧？”初少别过头冷睨他一眼，“我看那女人难搞得很，你吃不住的。”

“得了，女人还能有多难搞？你以为是你家……”后半句话还未出口，男人冰寒的眼神扫过来，陈安忙止住，“我什么都没说，你清心寡欲，成了吧？”

“你怎么不说我风流成性？”初少笑着将腰间的浴袍系紧，单手撑住玻璃窗，视线穿透出去，仿佛回到了过去，“孩子，出生了吧？”

“生了，男孩，今年应该四岁吧。我前两天回家的时候问了句，不过没什么消息，我爷爷身体不好，也就没去看过。”陈安说着叹了口气，“据说莫文斌是在婚礼之后半年多死的，莫家的规矩你比我清楚，规定五年之内不能有喜事，否则就算对冲，这才三年多，而且现在莫家很乱，我估计谢阳华那狗东西要趁势上来了。”

“他就没下去过，”初少目光深沉，“孩子一直住在外面吧？”

“是的，我估计也许是因为不允许对冲，或者是莫北焱用什么借口挡住了，总之暂时还没被接回去，”陈安抿了口红酒，“不过孩子应该一直被保护得很好，外面的人都没怎么见过他，也是为了安全。”

“都是为了防着莫家的人，”初少冷笑一声，“那群人的心思一刻都没停过，莫文斌的死绝对不简单。”

“我也觉得，否则不可能痛苦了半年才死，明显是有人动了手脚。”陈安皱起眉头，“谁有那个本事能对莫文斌下手？”

初少闻言敏锐地眯起眼睛，若说能对莫文斌下手的最佳人选……

男人心口一沉，某些猜想在心中无限放大，他抿着唇没说话，陈安又道：“莫家的人那之后去过我家无数次，无非就是打听我在做什么，旁敲侧击，总之，身份目前绝对不能透露半点，我们要保证有万全的把握。”

“我知道，放心吧。”

初少拿起边上的烟盒，陈安见状一把夺过去：“疯了？你不能抽烟。”

“一根死不了人。”初少又抢过去，叼在唇边点燃，轻吐出的烟雾迷离了双目，“孩子叫什么？”

“莫曜辰。”

莫曜辰……小名辰辰吗？

是莫北焱起的吧？

初少又吸了两口烟，才直起身体道：“你去休息吧。”

陈安并不动：“你要在这儿站到什么时候？”

“我这才站起来多久？”初少打断他的话，嗓音凛冽，“我永远不会再坐下去。”

陈安喉间哽咽，初少话语中的层层深意也只有他们能听懂。

是啊，谈何容易？

这四年来，一千四百多天，多少次濒临崩溃，多少次生命垂危，多少次痛苦挣扎，多少次晦暗如鼠，多少次日夜煎熬……

多少次站起来又倒下去，多少次连勺子都拿不起来，多少次痛到眼睛都睁不开，多少次思念成疾痛不欲生……又有多少次，甚至已经走到了鬼门关？

陈安不敢回想，他抬手落在男人的肩头上，轻轻握了下。

“没事。”

初少手里的香烟已经燃烧到尽头，他望着火星一点一点地将烟草吞没，嘴角溢出抹笑。他将烟头按灭，五指收张自如，如此简单的一个动作，对于一年前的他来说，却是个奢望。

失去过才会懂得珍惜，人都是这样，真正被逼到悬崖边缘的时候，才会发现，只有跳下去才是唯一的办法。

“去睡吧，不早了。”

“你也早点休息。”

陈安转身走出去，房门被轻轻带上，男人却并未休息，他来到沙发上，从抽屉里掏出个信封。

里面放着一张照片，这个角度应该是在楼下照的，照片上，女子窝在二楼阳台的躺椅上，定格的那一刹那她正好伸出手去，指缝中接了满满一把阳光，仰起的小脸雀跃鲜明。

他洗掉了所有的底，也丢掉了一切原有的东西，可唯独这张照片，他留了下来。

他抬手抚上去，指腹寸寸划过她的脸颊，一如当年残存于指尖的触感，是那么令他痴迷与留恋。

曾经的感情太强烈与炙热，以至于哪怕临近死亡边缘，他都无法忘却。

夜一点点地深沉，月光穿不透百叶窗，黑暗中空气都跟着凝结。男人拿着照片久久没动，随后薄唇轻轻勾起，将照片握紧后站起身。

“童染，我回来了。”

繁华初上的大街上，莫曜辰一张小俊脸上满是汗珠。他的兴奋劲儿还没过，除了专人接送到贵族学校上课，他整天只能待在别墅里，能活动的范围只有花园和周边的娱乐城，虽然很大，可冷冷清清的，一点都不热闹！

他想上街玩，想和别的小朋友玩，可妈妈说不行，那样不安全，有坏人。

莫曜辰抬起小脑袋环顾四周：“咦，这里好安静耶。”

他咚咚咚地朝一扇紧闭的大门跑去，想要看看里面，这时候才下完雨，路面很湿滑，边上一个巨大的水坑，他一不小心就滑了一跤——

“啊啊啊啊——”

莫曜辰摔了个四脚朝天，浑身都湿透了，小脸上满是乌漆墨黑的泥巴，他伸手抹了下，却越抹越黑，看不清原本的脸：“呜，好臭哦……”

“我要叫妈妈帮我洗澡！”莫曜辰皱起小眉毛，浑身脏兮兮的，“这样一点都不酷了！”

才停没多久的雨又下了起来，豆大的雨滴冲刷掉莫曜辰脸上的泥巴，一张白嫩的小脸露了出来。

此时，被GK赌场赶出来的伯霖正开车从这边经过，他实在气不过，可又确确实实是输了。本来帝爵再怎么也是有价值的，现在就这么没了！

伯霖伸手捶了下方向盘，一转头，正好看见别墅门口站着的小男孩。

听见车的声音，莫曜辰回了下头，伯霖望见他的脸，脚下猛然踩住刹车。

这孩子……

伯霖眯起眼睛，这么相像……这孩子莫非是初少的？！

他眸中闪过一道精光，还未被压制下去的怒气再度升腾起来，伯霖将车停下来，小心翼翼地推门下车，来到别墅门口：“小朋友。”

莫曜辰警惕地看着面前的男人：“你是谁？”

伯霖蹲下身来，看着莫曜辰虽然一身脏兮兮的，但穿的衣服一看便知是手工裁剪的，普通孩子穿不起，浑身散发出的尊贵气质也是掩饰不住的，他诱惑道：“你想到里面去是吗？叔叔也住在里面的，你先跟叔叔上车，叔叔打电话叫别人来开门好不好？”

他说着便将莫曜辰朝车边拽，莫曜辰拧着小眉毛突然大喊道：“你是坏人！妈妈说叫我上车的都是坏人！”

伯霖眉头一皱，弯腰捂住他的嘴将他扛了起来：“少废话！”

“唔——”

伯霖快步来到车边，将莫曜辰塞进车后座，莫曜辰抬起腿就朝他腹部一踢，伯霖嘶的一声呼痛：“好小子，居然还有点身手。”

“我要下去！你敢抓我，我爹地会打断你的腿！”

“闭嘴！”伯霖急了，随手拿起边上的布就塞进莫曜辰嘴里，掏出车上备着的绳子，三两下便将他捆了起来。

莫曜辰睁大眼睛瞪着他，可小小的身体哪里是他的对手，才挣扎几下便昏了过去。

伯霖阴笑一声，发动车子快速开了出去。

另一边——

轿车上，男人搭起一条腿坐在后座上，视线转向窗外，不过四年时间，拉斯维加斯又是一番新天地。

“初少，”边上的随从恭敬地唤了声，将平板电脑递过来，“这是方才收到的邮件，注明要您本人看。”

初少伸手接过，按下播放键，一段视频便弹了出来。

视频是在一艘大船上拍的，看样子应该是在海面上，穿透层层薄雾，船的正前方竖着一个十字架，顶端绑着一个小男孩。

初少目光一凛，镜头朝上移去，小男孩垂着头，四肢张开地被绑着，身上的衣服脏兮兮的，刺眼的灯光照射过来，小男孩眯了下眼睛，继而抬起头来喊道：“不要——”

小男孩的脸正对着镜头，他并没有被吓哭，小眉毛皱在一起，天生就有股子凌人的傲气：“你们都是坏人！快点放我下去！”

男人望着这张小脸，瞳孔猝然收缩，无限的惊恐散开来，他手一抖，平板电脑差点掉下去。

“初少？”随从见状看了眼视频，也顿时惊住了，我的天，这小男孩……

他没敢再想下去。

视频只有这么一段，而后便被掐断，屏幕上浮现出一行字——

“北龙港，107号码头，想要你儿子的命，就带着你的命来！”

随从看着这行字吓了一跳，随即看向边上的主子，主子居然已经有儿子了？！

男人双手紧紧掐着平板电脑边缘，眼眸中的情绪怎么也掩不住，这孩子……

啪！

初少合上平板电脑，冷冷眯起眼睛：“推掉夜会，直接去北龙港！”

深夜，狂风肆虐。

北龙港107号码头向来冷清，岸边停着一艘大船，甲板上站着一排人，伯霖叼着根雪茄坐在正中央，边上是一个粗壮的十字架。

蓦地，前方亮起轿车大灯——

伯霖拿下嘴边的雪茄：“给我拦住！只让他一个人进来！”

“是！”

七八名手下一齐走过去，轿车内，随从看了眼外面，有些紧张："初少，他们人很多，我怕……"

"没事，"初少拿起后座上的黑色呢大衣，推开车门，"把车开到外面安全的地方去等我，提前叫好医生。"

随从只得点头："是，您小心些。"

男人跨下车，套上大衣，一众人已经将他围了起来。

"伯先生在里面等你。"

初少扬起抹冷笑，双手插兜，抬腿朝里面走去。

手下面面相觑，只得跟在他身后。

男人一路走到码头，拿枪的人拦住他道："就站在那儿！"

"腿长我身上，你难道还能控制吗？"初少眉梢轻挑，几步向前，直接站在了大船的前端，目光直射向伯霖："放人。"

伯霖闻言冷笑一声，站起身来："这么说，你承认这小子是你儿子了？"

"我有什么不承认的？"初少眯起眼睛，俊脸冰寒，"你既然知道是我儿子，还敢抓？"

"你今天让我丢了那么大的脸，我以后还怎么在赌场混下去？"伯霖一拍桌子，"我偏就咽不下这口气！"

初少视线不着痕迹地移到十字架顶端，而后又收回来，他深知这样的人就是要激，于是不紧不慢地挽起袖口，脑海中迅速根据情况思索着对策："你不是咽不下这口气吗？那成，我们再赌一次，赌到你咽气为止。"

"你——"

"怎么，"初少轻笑一声，"又不敢了？"

"敢！"伯霖根本经不住激，他一踢桌子，"我有什么不敢的？！我好歹也混了这么多年的赌场，"他朝边上的手下看去，"去拿牌来，我今天非得赢了你不可！"

"是。"

手下快速进了船舱，初少视线在四周扫了一遍，嘴角轻勾了下。

趁着拿牌的间隙，伯霖抬头看向他："我还以为你要装到什么时候，你终于承认你是莫南爵了。"

初少有些诧异：“哦？我什么时候承认了？”

“你方才不是说这小子是你儿子吗？”伯霖指了指被绑在上方的莫曜辰，“那不就代表你是莫南爵？”

“笑话，难道这天底下只有莫南爵才能有儿子吗？”初少冷笑一声，“那你是不是准备断子绝孙？”

“你——”伯霖被他一句话堵得差点吐血。

手下从船舱里走出来：“牌拿来了。”

伯霖望了一眼，初少先一步开口道：“这样吧，既然要玩就玩大点的，不然也没意思，你说对吧？”

伯霖眯起眼睛：“你什么意思？”

初少嘴角噙着薄笑：“八副牌，全分了，我们玩梭哈，你总会吧？”

“八副？！”

“你要是怕输得很惨，那就当我没说。”

“谁怕？！八副就八副！”伯霖当即吩咐道，“现在就给我分牌！”

由于梭哈相对麻烦些，将四张桌子摆好后，几乎所有的手下都跑过去帮忙分牌。

初少一步步来到船头，伯霖站起身：“你做什么？”

“怎么，你又怕了？”

“你——”

伯霖抬头朝上看了下，就在这一瞬间，初少精准地抓住时机，几步冲上前，一把抱住伯霖的腰将他朝十字架上猛然撞去！

砰！

后背撞在粗壮的架底上，发出巨大的碰撞声，伯霖疼得皱起眉头，张开嘴想要喊人：“你们还不……”

初少抡起一拳就砸在他的嘴角，他手法极快，砰砰砰几拳已经将伯霖砸得两眼昏花，此时所有的手下都在专心致志地发牌，见状才反应过来：“你要干什么！”

初少冷笑一声，一脚踢开被打得睁不开眼的伯霖，双手攀住十字架，迅速朝上攀爬！

伯霖捂住两眼，已经感觉到自己可能再也看不见了：“你们这群废物，快给我抓住他！”

“是！”

一群手下手忙脚乱地冲过来，白花花的扑克牌顿时满天飞——

男人身形矫健，小时候的残酷训练使得他对于这种攀爬早就熟能生巧，初少几下便攀到了顶端。莫曜辰耷拉着小脑袋，深夜极冷，他衣衫单薄，早就冻昏过去，粉嫩的小脸蜡白蜡白的，嘴里含糊不清地呓语着：“爸爸……”

这是他每天做梦都会喊的两个字。

男人心口骤然一紧，连呼吸都跟着停顿几秒，似乎有什么东西被揪起来，那是一种言语都不能说明的情愫，重重地敲击着他的心房，怦，怦，怦——

血液在逐渐沸腾。

初少伸出手，极轻地握住莫曜辰的后颈，将掌心的温度过渡给他。

只看一眼，他便能确定，这绝对是他的儿子。

要不然还能长得这么像？！

思及此，初少狠戾地眯起眼睛，该死的白念弦，给我等着！

此时，下方传来手下的叫喊声，他们没人有能力爬上来，只得威胁道：“你快下来！不然我们开枪了！”

莫曜辰双手双脚上的绳子被拽动几下，小身子眼看着就要栽下去——

初少伸手一把抱住他的小腰，用力将儿子拥入怀中，这一下骨头与骨头的相撞并不重，男人却觉得比四年来任何一次站起来都要让他激动，他修长的五指紧贴在莫曜辰背后，轻拍了两下：“别怕。”

莫曜辰似乎真的能听见，小脑袋朝边上一歪，初少嘴角难得柔和地轻勾了下，一手稳健地抱着儿子，一手拽住绳子——

刺啦！

男人臂力很大，这一下差点将下方的手下拽上来，他眯起眼睛，双腿交夹住十字架后用力一提！

轰的一声巨响，整个十字架向沙滩上倒去，初少手掌覆在莫曜辰的后脑勺上，将他搂得极紧，绝对安全的状态下，他伸手握住边缘的架棍，用力折了下来！

“你——”

手下们难以置信地瞪大了眼睛，十字架将倒在沙滩上的最后一秒，男人将架棍插进沙堆，借助这一下的力气，整个人朝边上翻去！

“快！抓住他！”

“别让他跑了！”

初少抱着莫曜辰在沙滩上滚了几圈，手下们拿着枪冲了过来，男人翻个身后腾然跃起，就在大批人冲过来的时候，他忽然弯腰用臂弯夹起倒下的十字架，用力横扫出去——

砰！

“啊——”

“你、你快放下——”

粗壮坚硬的十字架打在身上，效果丝毫不亚于匕首，初少一个三百六十度转身，所有手下都被横扫在地，痛得连声音都发不出来了。

男人冷笑着站起身，左臂一松，十字架咚的一声掉在沙滩上，重量使得它深深地陷进了沙坑中。

怀里的莫曜辰被这凄厉的叫喊声吓得浑身一震，迷迷糊糊地皱起小鼻头，嗓音哽咽又软绵，还在睡梦中没有清醒：“是爸爸吗？”

“是，”初少将他的小脑袋紧按在胸前，不让他看这一地的血腥，嗓音带着不自觉的颤抖，“是爸爸，不怕。”

就连方才面临这么多把枪，男人都没有颤一下，如今抱着这么个小人儿，他居然生怕抱不稳。

莫曜辰以为自己在做梦，小手紧紧揪住男人的领口：“爸爸别走……”

初少喉间轻哽，低下头在他额头上轻吻了下：“好，不走。”

海风轻轻吹过，这幅画面极其宁静祥和，莫曜辰白嫩的小脸上浮现一抹笑容，他不得不承认，这是自己做过的最美好的一个梦了，他见到爸爸了，太棒了！

此时，甲板上，伯霖跌跌撞撞地爬起来，痛苦地眯起一只眼睛，从口袋里掏出枪，颤抖着朝着岸边站着的男人开枪——

初少右耳一动，他听觉极其敏锐，就在伯霖上膛的那一瞬间，他猛然弯下腰，两指夹起散落在地上的扑克牌，朝着伯霖飞了过去——

“啊！”伯霖瞪大眼睛，扑克牌仿佛化作一把尖刀，随着风凌厉地直射过来，划破他的手腕后直直地划过喉咙！

伯霖双眼一翻，倒下去之前还不死心，握紧手枪，还未动，只听砰的一声——

子弹穿透了他的胸膛。

初少及时伸手捂住了莫曜辰的耳朵。

伯霖张了张嘴，最后一声还是没发出来。

107号码头开进来七八辆轿车。

最前面一辆轿车还未停稳便被人推开，高大的男人声音急迫，砰的一声摔上车门，手里的枪还冒着烟：“辰辰！”

两排随从跟着冲过来，将男人包围住。

莫北焱健步如飞，几步冲过来，望见男人怀里的孩子后心头一松：“辰辰！”

初少抬起头来。

莫北焱一怔。

二人面对面站着，没想到第一次见面会是这样的场景，沉默半晌，竟然谁也没有先开口。

气氛就这么一直沉默着，直到一阵手机铃声响起，边上跟着的心腹忙接起来，说了几句后递过来：“大少爷，是大少奶奶，她在街上找小少爷，已经急疯了。”

莫北焱伸手接过手机，里面传来女子几近崩溃的声音，他始终盯着初少的脸：“已经找到了，别担心，快去把腿上的伤擦点药。”

初少眉梢轻挑，伸出手去：“百闻不如一见，莫总你好，我是Baron，单名一个初字。”

莫北焱看着他的眼睛，伸手同他交握：“你长得很像我弟弟。”

“是吗？”初少嘴角勾笑，“你长得也很像我已经出家的哥哥。”

“……”

莫北焱脸色一沉，心腹站在边上瞅着，这人真的不是二少爷吗？

连说话都这么爱堵人……

莫北焱视线落在他怀里的莫曜辰身上，见莫曜辰衣服上有点滴血迹，眉头一皱："快让医生来，在路上会合！"

"不用担心，"初少俊脸恢复冰冷，瞥了眼，"这不是他的血。"

"是你的？"莫北焱望向他的手，"谁打伤你了？"

"不碍事。"

此时，手机再度响了起来，心腹看了眼："大少爷，还是大少奶奶。"

初少眯起眼睛，搂着莫曜辰的劲道松了下，她肯定急疯了吧？

"你接吧，告诉她我们在回去的路上，让她别急。"

"是。"

心腹退下去接电话，初少轻柔地伸出手，将怀里的莫曜辰递过去，莫北焱伸手接过，动作熟练，显然是经常抱孩子。

莫曜辰感觉到熟悉的气息，在莫北焱的手臂上轻蹭了下，男人脱下外套，裹在他瑟瑟发抖的小身子上，而后又用手背探了下他的额头。

初少看着他的动作，眉梢不自觉地被染暖，他能看出来，这四年，莫北焱必定将孩子照顾得极好。

用人将保暖袋递上来："小少爷肯定冻坏了吧。"

莫北焱将保暖袋放在莫曜辰的小肚子上，抬起头："今天谢谢你，"他说着看向用人，"我们再不回去，孩子他妈妈要急疯了。"

初少轻点下头，双手插兜，眉目已经彻底恢复冷漠："不碍事，举手之劳。"

莫北焱闻言瞥他一眼："难道你是刚好路过？"

"对。"

成，继续装。

这演技，绝对是奥斯卡奖。

莫北焱知道戳穿不了他，扬起抹笑，抱着莫曜辰朝轿车走去："我听说，你今天在GK赌场烧了我弟弟的照片？"

初少也走出来，随从的车子就停在门口，他顿了下脚步："我可以把我哥哥的照片送你烧。"

"……"

莫北焱脸色更沉，好，莫南爵，你有种！

随从拉开车门，初少抬腿跨进去，开出去之际，莫北焱说了句："今日之恩，改日登门拜谢。”

初少磁性的声音随着海风飘来：“不用，我会邮寄我哥哥的照片给你。”

“……”

用人在边上差点笑死。

莫北焱俊脸铁青，砰的一声摔上车门：“谁再敢笑打裂嘴！”

“……”

用人忙闭上嘴巴。

轿车一路开到中景濠庭。

童染也开着车在街上找了一圈，这会儿接了电话后刚回来，莫北焱的车子刚开进来，她便冲上去：“辰辰！”

用人拉开车门：“大少奶奶，小少爷没事，您别着急……”

莫北焱抱着莫曜辰跨下车，童染望见血迹后双目一刺，伸手接过儿子：“辰辰……”

“没事，那不是辰辰的血，”莫北焱在她背后轻拍了下，揽着她的肩走进去，“给他洗个澡，让他好好睡一下。”

童染紧抱着孩子，几乎提到嗓子眼的心终于落回心脏。她看着莫曜辰冻白的小脸，止不住地心疼：“对不起，都是妈妈的错，妈妈应该看好你的……”

莫北焱望向用人：“去泡两杯热牛奶来。”

童染喉间哽咽，忙抱着莫曜辰进了浴室，替他舒舒服服地洗了个热水澡。莫曜辰今天确实是吓到了，这会儿还沉沉睡着，童染抱着他来到床边，莫北焱递过奶瓶装着的温热牛奶：“喂喂看，看他能不能喝点，有助睡眠。”

童染接过奶瓶，试了下温度，确定不烫后递到莫曜辰嘴边，他睡得很熟，童染用奶嘴碰了碰，莫曜辰咂了咂嘴，将奶嘴含了进去。

童染露出一丝微笑，一手托着奶瓶防止他呛到，低下头在他额头上轻轻一吻：“我的宝贝。”

莫北焱望着她的动作，眼睛微微眯起。

童染喂莫曜辰喝完奶，又替他将暖气调好，这才出了房间。

她来到三楼的侧厅内，电视中正播放的画面，正是今晚在 GK 赌场门口，初少走进去的那一瞬间，以及他磁性的声音：“难道就因为一张脸，我就必须是你们口中的莫南爵吗？”

童染杏目圆睁，眼底累积起的坚强被这一幕彻底击裂，她站着没动，全身的血液仿佛倒流，脑子里嗡嗡作响，让她听不见任何声音。

是她看花眼了吗？

莫北焱从厅外走进来，见童染僵着没动，便拿起遥控器将电视关掉。

画面一下消失。

莫北焱走到童染身边，推了下她的肩：“染爷？”

童染视线定格在某一处，双唇艰难地动了动：“我……我看到他了。”

她呼吸急促，仿佛下一秒就要喘不过气来，莫北焱拿起桌上的热牛奶递给她：“先喝点，今晚找辰辰你也累了。”

“不！”童染猝然抬起头来，动作太大导致牛奶打翻在地，她双手揪住头发，忽然弯下腰去，“我看到他了！我没看错！”

莫北焱没想到她反应会这么大，本来这件事情他想暂时瞒着童染，因为莫南爵这次回来换了身份，若不是方才在北龙港见了一面，莫北焱甚至都不能肯定那个人是不是莫南爵，所以他想确认后再做打算。

童染整个人几乎坐到地上，莫北焱伸手握住她的肩将她拉起来：“染爷，你别这样，你听我说。”

“我真的看到了，我不会看错的，谁都会看错他，可是我不会……”童染痛苦地眯起眼睛，四年来，她从未睡过一次好觉，梦里梦外全是男人的脸，她想她这辈子是不可能脱离开的，也不愿脱离开，“他回来了，他真的没死……”

“染爷！”

莫北焱眉头一皱，童染这几年密闭恐惧症越发严重，并未见丝毫好转的迹象，他握住她的双肩，“你冷静点，事情还没搞清楚，我会叫人去查，你先别想太多。”

童染胸膛剧烈起伏几下，莫北焱将她扶到沙发边坐下：“为了辰辰你也要冷静，爵回来了是好事，但现在内忧外患太多，我们都得小心。”

童染双手放在腿上，十指紧紧掐住掌心，她强迫自己冷静后抬起头来：“你……见过他了吗？”

“见过了，”莫北焱点点头，点上支烟，“今晚辰辰就是他救的。”

童染猝然抬起头来，瞪大眼睛："他见到……辰辰了？"

"是的，我去的时候他抱着辰辰，"莫北焱眯起眼睛，"抓辰辰的那个人已经死了，我派人去查他的底了。"

"是莫家那边的人吗？"童染闻言皱起眉头，"还记得那一次吗？我开车送辰辰去学校的时候，后面就有车子跟着，我当时还给你打电话了，如果不是你赶过来，我不确定那天是不是会出什么意外……"

莫北焱沉着声音，屈起手指在桌面轻敲几下："这样吧，这段时间你们不要单独出门，有事情我送你们。我想现在初少出现了，莫家那边会把辰辰盯得更紧，虽然莫文斌死了，但是莫正龙和林美洁也不可能会松口的。他们一直觉得辰辰长得更像莫南爵，上次 DNA 鉴定我想办法作假混过去了，但是始终是个隐患，他们想让辰辰和我小时候一样接受训练的想法始终没改变过。"

"好，"童染面色凝重地点点头，"我会多注意的。"

"放心吧，我不会让你们出事的，"莫北焱抬起头来，"我不会让你们母子出事的，这是我的责任。"

他眼里微微燃烧起一丝炙热，童染一怔，忙别开视线："谢谢你。"

"跟我还说什么谢谢，染爷，这可不像你，"莫北焱盯着她白皙的侧脸，莫名其妙地，有些话不可抑制地冲口而出，"难道我们不是一家人吗？"

不是吗？

应该是的啊，可……

童染垂下头："莫北焱，我很谢谢你照顾我和辰辰，以后有机会的话，我一定会报答……"

"为什么要报答？"莫北焱眉心一凝，她这句话没有哪里说错，可他听着就觉得不舒服，他也说不清是为什么，男人硬扯出一抹轻佻的笑，"我是辰辰的爸爸，你是我明媒正娶的太太，还要报答什么？"

童染喉间轻哽，站起身来，动作有些慌乱："我去看看辰辰有没有踢被子。"

"染爷！"

莫北焱伸手扣住她的手腕。

童染一惊，下意识地就将他甩开："你做什么！"

莫北焱站起身，高大的身形使得侧厅都显得逼仄，他只觉得胸口莫名有些压抑，忽然开口问道：“如果初少真的是莫南爵……他回来了，你开心吗？”

童染毫不犹豫地回答：“开心。”

四周一片静谧，童染等了许久，才又听到莫北焱开口：“如果以后时机成熟了，或者是……他要接你们出去住，你去吗？”

“去，”童染点点头，没有一丝隐瞒，“他是辰辰的爸爸，是我的男人，我们肯定要和他待在一起。”

“那，如果……”莫北焱视线转向窗外，没有去看她的脸，“莫南爵一直没有回来，或者他不肯接你们走……”

“那我会等他，”童染打断他的话，“我会一直等他，这辈子都等他，直到我死的那一天，我到了阴间也会等他。”

是啊，说得没错。

莫北焱也挑不出她这话里有什么不对，他笑了下，语气好像又恢复了平常那般轻佻无谓：“你和辰辰要是走了，我又要一个人住一栋大别墅了。”

童染喉间轻哽，扯出抹笑，想要缓和气氛：“你堂堂焱少要是想找女人，估计来的人都会踏破门槛吧？”

“那不一样，”莫北焱视线落进她眼底，“我说的是家人，她们终究只是外人。”

童染没有说话，莫北焱凤目轻轻眯起：“你说快我本来还不觉得，但现在一想，四年了……我还真是有点舍不得辰辰。”

“辰，辰辰可能醒了，我去看看。”

童染转过身朝外面走去，莫北焱挡在她身前：“染爷，陪我抽支烟吧。”

她皱起眉头：“我不会抽烟。”

“我抽，你坐这儿，让我看见有人在就好。”

“可是……”

“用人在房间里看着，辰辰醒了她会来喊我们的。”

他站着没动。

童染垂下视线，来到沙发边坐下，莫北焱在她对面坐下来，点了支烟，缭绕的烟雾下看不清他眼底的波动。

侧厅内空气静谧，半晌，莫北焱将手里快要燃尽的烟头在烟灰缸内按灭，他笑了笑："有人陪着，烟抽起来味道都不一样。"

童染望了眼烟灰："吸烟有害健康。"

"好，那我以后不抽，"莫北焱抬手将烟盒丢进垃圾桶内，"听你的。"

"……"

此时，侧厅的门被用人轻敲两下："大少爷、大少奶奶，小少爷醒了，正要找爹地呢。"

童染忙站起身，莫北焱已经走了出去，他脚步急切，对着用人挥了下手："你休息吧，今晚我来看着他。"

房内柔软的鹅绒大床上，莫曜辰之前在船上受了点惊吓，毕竟才四岁，这会儿也睡不安稳，许是做了噩梦，小脸上满是泪痕，他皱着英俊的小眉毛，一双小手抓着被子不放："呜呜，有坏人……"

童染走进房间时，莫北焱已经弯腰将莫曜辰轻柔地抱了起来，男人姿势标准，高大傲慢的身形也有了些许柔和。他一手托在莫曜辰后背处轻拍几下，低头亲了亲他白嫩的小脸："辰辰不怕，爹地在，没坏人，爹地都打跑了……"

莫曜辰在他怀里翻个身，将脸蛋埋到他胸前抽泣："爸爸，辰辰怕……"

莫北焱双手轻轻摇着，在房间里来回走动，边走边哄道："辰辰乖……"

童染望着他的动作，扶在门边的手握紧。用人正好端着牛奶走过来，见状赞叹道："大少爷真是个好男人，我以前服侍过别的大户人家，男主人根本不管孩子的，哪像大少爷这么细心，还哄孩子呢，大少奶奶，您真是好福气。"

童染眼底莫名一刺，她接过用人手里的牛奶："你下去吧。"

"是，大少奶奶。"

童染端着牛奶走进去，莫北焱朝她竖起根手指："小点声，他睡着了。"

童染将牛奶放在桌边，伸手去接儿子："我来吧，很晚了，你快去休息。"

"没事，我答应了今晚哄他，你没听见他做梦都喊爸爸吗？"莫北焱望着怀里的辰辰，嘴角勾勒出宠溺的笑容，"明后天我们带他去水上公园玩玩吧，这小淘气包肯定吓坏了。"

童染没有说话，莫北焱见莫曜辰睡熟了便弯腰将他放在床中央，掀开被子要躺下去。童染见状几步过去拉住他的胳膊：“我陪他睡，你回房间吧。”

莫北焱动作一顿，别过头：“染爷，难道你不放心我吗？”

“不是，”童染脱口反驳，“我是辰辰的亲生妈妈，所以……”

她意识到自己说了什么，忙顿住了声音。

莫北焱神色黯淡下来，他抓着被子的手松开，而后站起身来：“哎，你不提醒我都忘了，我不是辰辰的亲生爸爸。”

他语气轻快，童染听着却很不舒服，摇头道：“莫北焱，我不是那个意思……”

她不自觉地提高了声音，躺着的莫曜辰小眉毛一皱，嘴里开始嘟囔：“爸爸，爸爸……”

童染忙推开莫北焱，侧躺下去将儿子搂进怀里：“妈妈在，辰辰乖……”

莫北焱被推得后退两步，童染掀开被子将莫曜辰裹好，搂着他的手臂呈保护姿态：“宝贝，妈妈陪你睡。”

莫北焱嘴角轻勾，转身朝外面走去，临到门口之际，童染忽然在他身后开口：“哥……谢谢你。”

哥？

莫北焱背脊一僵，拉住门把的手握紧：“哎呀，染爷，我发现你真是个残忍的女人。”

童染一怔，再抬起头时男人已经走了出去。

房门被极轻地带上，莫北焱一路走下楼，脚步放得很轻，生怕吵醒莫曜辰。

童染盯着房门半晌，直到楼下传来车子发动的声音，她才收回视线，起身关掉床头的灯，搂着莫曜辰闭上了眼睛。

金域华府。

轿车开到正门口停下，随从忙过来将车门打开。

初少满脸冰冷，用力推了下门，下车后大步朝别墅内走去。

用人瞅了眼，这气势……又要打白少了吗？

三楼卧室。

白念弦正坐在床沿，夜已经深了，可他没有丝毫睡意，不，应该说，就算有，他也不可能睡着。

白念弦垂着头，视线空洞地定格在某一处，不敢闭上眼睛，只要一闭上，就会浮现那些画面。

那些令他痛不欲生羞辱至极的画面……

四年了，整整四年，他没有一天忘记过，只要一个人待着，只要是在房间里，他就没有一刻摆脱那些记忆，睁眼闭眼、站着躺着、说话喝水……只要还在呼吸，他就忘不掉。

耻辱般的记忆涌上来，白念弦双手抱头，一想起她也看到过那些画面，就觉得整颗心都被人撕裂。他将腰完全弯下去，俊脸几乎贴在腿上，皱起眉头，喉间抑制不住的恶心朝上涌来，白念弦死死揪住自己的头发："啊——"

砰!

房门被人一脚踢开。

白念弦浑身一震，下意识地就朝边上躲："别过来！"

初少冷着脸走进来，抬脚将门踢上，整个人沉浸在阴沉中。

白念弦抬起头，望见他后竟莫名地松了口气，他喉间哽咽："这么晚了，你有事吗？"

"你说我有没有事？"初少抬起头，冰冷的目光直射向他，"你自己做过什么事，不记得了？"

白念弦拧着眉："你……"

他话还未出口，初少几步冲上前，抡起拳头就朝他脸上砸，男人抬腿将他抵在墙面上，双手揪住他的衣领："继续编啊，童染肚子里的孩子不是你的吗？你倒是说啊，再给我说两句听听？！"

"……"

白念弦抿着唇不说话，初少握住他的双肩将他一个后空摔，几乎摔断他的腰骨："你不是很能说吗？"

男人真的是气得不行，若不是今天看见辰辰，他还要一直以为那个孩子是白念弦的!

初少越想越气，将白念弦从地上抓起便朝洗手间拽，他拧开水龙头，将白念弦的头朝水池里按。

“莫南爵……”白念弦呛了几口水，双手撑住池面用力将头抬起来，“莫南爵！”

莫南爵俊脸一沉，抬腿朝白念弦膝盖上一踢，直接将他踹进边上蓄满热水的浴缸里：“你不是说你碰过她吗？这个孩子又是怎么回事？！”

白念弦，也就是洛萧抓着浴缸边缘，还未站起身，莫南爵已经冲过来将他按回去，二人在浴缸里扭打起来。洛萧哪里是他的对手，才几个过招便被按回浴缸，莫南爵抬脚踩在他肩头上：“怎么，装不下去了？你不是从来不还手吗？”

“你放手！”洛萧呛得脸色通红，“对，那个孩子确实是你的，我确实从来没碰过小染，那又怎么样？”

没碰过？！

莫南爵闻言怔了怔，虽然他可以做到不在乎，可听到洛萧这么说，巨大的喜悦还是在心底炸开来。

洛萧抬眸瞪向他：“我当初那样说，就是想气死你，莫南爵，你有本事就把我打死！”

莫南爵气得俊脸铁青，抬手就是一拳，洛萧不再任由他打，用力握住他的拳头，二人再次扭打在一起，水溅了一地，满室一片狼藉。

突然，浴室的门被人推开：“少主！”

李钦几步冲进来，以为发生了什么事，一把拉开洛萧，抬腿就朝他身上踹：“你居然敢打少主？！”

李钦对着他一顿拳打脚踢后，这才松了手。

洛萧撑着池沿抬起头：“打够了吗？”

李钦白他一眼。

洛萧艰难地站起身，回到卧室时，莫南爵正在抽烟，洛萧站在他身前：“你不能抽烟。”

莫南爵瞥他一眼：“关你什么事？”

洛萧转身来到柜子前，取出一个装着白色液体的小瓶子：“这是新的药，你拿给陈安，他知道该怎么用。”

李钦抢先一步接过来：“你确定没问题？”

洛萧脸色平静：“你可以找别人研制——当然，前提是如果有人会的话。”

李钦抬手就想打他："你——"

洛萧侧身躲过后来到窗边："我要休息了，你们出去吧。"

李钦瞪着他的背影："早知道我就不该救你，你就活该被狼叼走咬成碎片。"

洛萧视线落向窗外，并未转身："那你现在可以去找只狼来叼走我。"

李钦正欲上前，莫南爵掐灭手里的烟后站起身："李钦，到我房间来一趟。"

"是。"

房门砰的一声被带上，洛萧双手撑着窗台，垂下头去。其实他更希望他当时被狼叼走，那样至少不会继续活着。

不继续活着，就不会有希冀，也不会这么痛苦。

书房内。

莫南爵站在落地窗边，李钦进来时喊了声："少主。"

男人微微眯起桃花眼："都准备好了吗？"

"是，"李钦掏出手机，连接边上的电脑后打印出几份文件，"GK赌场还是比较守信用的，伯霖人虽然死了，但是他亲口答应的赌注依旧有效，帝爵的持有权以及旗下大部分品牌已经收回来了，这是合同。"

莫南爵看了一眼："都放着吧，这几天就能用上。"

这几日才竣工的帝爵大厦屹立在市中心，与莫氏大楼遥相对应。

上班时间一到，好几辆轿车便齐刷刷地开过来——

迎宾上前将车门拉开，一身纯黑色西装的男人跨了下来。莫南爵摘掉鼻梁上的墨镜，顺着红地毯朝正门走进去。

三楼的接待厅正在召开记者发布会。

接待将门拉开。

莫南爵在人群的簇拥下走进去，在正中央的位置坐下。记者们开始一一提问："初少，请问您为什么要砸巨资将已经倒下的帝爵集团扶起来呢？"

“请问您这是变相地承认您是莫南爵本人吗？”

“这其中是有什么隐情吗？”

“我正好也要开个公司收收心，”莫南爵回答得从容不迫，“既然我和莫南爵那么有缘，不妨就重振帝爵集团，反正对我来说，什么名字都一样，有钱赚的公司，就是好公司。”

“请问帝爵以后的业务会是哪一块？”

“全方位的，只要能做到的项目，我们一个都不会少。”

“请问您将帝爵大厦建在莫氏大厦对面，寓意是什么？”

“美洲不是莫氏最牛吗？”莫南爵薄唇勾笑，半开玩笑道，“在最牛的公司对面，那就是更牛。”

“初少，那再请问……”

记者的声音被压了下去，莫南爵站起身来，话筒被升高，男人双手撑着桌面，颀长的身形被清晨的阳光拉长，他抬起头时笑容魅惑：“我正式宣布，纽约时间10时28分，本人担任帝爵集团新一任总裁，集团中心为拉斯维加斯，于三周后在纽约证券交易所上市。”

底下响起雷鸣般的掌声，莫南爵嘴角始终噙着笑，不再回答任何问题，在记者的簇拥下走出了接待厅。

秘书拿着文件走了过来：“初少，有几个人在会客厅，说一定要见您。”

“没空，”男人转身走进电梯，“今天什么人都不见。”

秘书忙道：“他们说是莫家的人。”

莫南爵按电梯的手一顿，眯起眼睛，莫家的人这么快就找来了？

他想了下还是走出了电梯：“去打电话通知下陈安。”

“是。”

莫南爵来到会客厅，随从将门推开，男人一走进去，便看到沙发上坐着的人。

林美洁听见脚步声抬起头来，激动地站起身：“老二！”

一旁跟着几个侍卫，谢阳华也站在边上，恭敬地垂首：“二少爷。”

莫南爵闻言诧异地挑眉，嘴角勾起抹笑：“一大早的也不让人清净，又是来认亲的？”

“老二啊，”林美洁穿着正式的旗袍，几步走过来握住男人的手，“真的是你！家里都以为你在四年前那场地震……老天保佑，你没事就好……”

莫南爵皱眉将手抽回来：“我不是什么老二，你认错人了。再说我要当就当老大，老二算什么东西？”

林美洁一怔：“老二，你……”

“二少爷，您既然回来了，为什么不跟我们说？”谢阳华视线落在莫南爵脸上，眸中闪过一丝精光，“都是一家人，您知道老爷子和二夫人有多思念您吗？”

莫南爵俊脸微仰，在边上的沙发上坐下：“说过的话我不想一直重复，新闻想必你们也看了，我不是什么莫南爵，所以也不是你们口中的老二。今天这次就算了，下次要是再来，我只能以扰民罪报警了。”

“老二啊，二妈知道你肯定是有什么苦衷，但是……”林美洁犹豫了下，似乎不太敢说，“你也知道，如今你爸走了，莫家顶梁柱未定，你要是回来，也好跟老大争一争……”

“这话说的，我本就不是莫家的人，争什么？”莫南爵眯起眼睛，面露不悦，“来人，送客。”

随从忙走过来：“抱歉，请你们……”

“二少爷，”谢阳华使个眼色，侍卫将随从推开，谢阳华走到莫南爵身前，“如果您非要这么说，请问您敢做DNA鉴定吗？”

“DNA鉴定？”莫南爵闻言抬起头来，单手支起下巴，“我凭什么要做这种东西？”

“就凭您这张脸，”谢阳华很是笃定，“您敢吗？如果您真的不是莫南爵，做了之后双方都安心，也省得二夫人和老爷子日夜牵挂。”

莫南爵冷笑一声，早就料到他会提出这个，站起身道：“成，要怎么做？你方才说莫南爵他爸死了，难道要跟你鉴定？”他看一眼林美洁，“你是他妈？”

林美洁心里咯噔一下，忙摇头否定：“不是的，他母亲也去世了。”

莫南爵诧异道：“那怎么做？”

林美洁皱起秀眉，谢阳华见状开口道：“我去通知大少爷，让他来一趟。”

莫南爵转身窝回沙发内："那就让他快点来，我时间不多。"

帝爵离莫氏并不远，二十分钟不到，莫北焱便来了。

男人也是一身笔挺的西装，大步走进来，酒红色的碎发潇洒不羁，谢阳华点了下头："大少爷。"

莫北焱在莫南爵对面坐下来，食指在桌面上轻叩："你们什么意思？"

"做 DNA 鉴定，"谢阳华喊来早就找好的医生和护士，"只是需要抽点血，不会耽误太久。"

莫北焱眉头紧紧皱起，他看一眼对面的莫南爵，二人眼神交流间似乎已经明白了什么，莫北焱随即点点头："成，抽吧。"

护士上前将二人的血液都采集好，莫南爵按着手臂看一眼莫北焱："你也觉得我像你弟弟？"

"我看不太像，"莫北焱凤目轻轻眯起，"我弟比你帅多了，不是一个档次的。"

"……"

记仇！

血液样本立马被送去专业的机构进行鉴定，一个小时后，鉴定的结果被送了回来。

谢阳华伸手接过，正准备打开，莫南爵却先开了口："我今儿个把话放在这儿，如果结果显示我不是你们家的人，那以后别再来认这个那个，仅此一次，下不为例。"

"是，那是当然的。"谢阳华点点头，其实他心里是肯定了的，这张脸就是莫南爵。

谢阳华打开鉴定报告，目光下移……而后一怔。

莫南爵端起桌上的咖啡杯轻啜一口："怎么，失望了？"

谢阳华眉头紧皱，最底下一行小小的红字很清楚：送检双方非父系的亲属关系。

竟然不是？！

谢阳华难以置信地抬起头，视线落在莫南爵脸上，随后转过头问道："全程你们都看着吗？"

侍卫点点头："是，都是我们的人看着，不会出问题的。"

"可以了吧？"莫南爵双手插兜站起身，"我最后再说一次，我不是什么莫南爵，你们再来一万次我也是这句话。"

谢阳华脸色凝重地收起检测报告，林美洁走到莫南爵身边："你是老二，我不会看错的……"

莫南爵面露厌恶，转身出了会客厅："送客！"

林美洁伸手抹了下眼角，这番动作看在莫北焱眼里更加刺目，他擦着谢阳华的肩膀走出去，丢下句话来："丢人现眼。"

"……"

谢阳华抿着唇，只得和林美洁出了帝爵大厦。

一路上，林美洁脸色很不好，莫正龙身体一直很差，已是奄奄一息，自从莫文斌死后，莫家很多事都暂时压在了她身上，各处人心惶惶，没一天能睡上安稳觉。

谢阳华忍不住道："二夫人，鉴定这种东西也有偏差，我们再想办法确认吧。"

林美洁疲倦地点点头："我现在就想要孙子在身边，不管那人是不是老二，辰辰我们必须接回来。"

谢阳华皱起眉头："明目张胆地接大少爷肯定不会同意，如果您真的想要小少爷，我倒是有个办法。"

林美洁不由得抬头："什么？"

谢阳华诡笑一声："小少爷现在能在外面过，不就是因为大少爷和大少奶奶都还在吗？但如果出了什么事，导致这其中有裂痕，或者，不得不离婚呢？"

"离婚？"林美洁有些诧异，"老大和童染的感情我看一直还不错，也没见他们闹过什么事，离婚不太可能。"

"那就让它变成可能，没闹是因为没事情闹，如果有事情就不一样了，"谢阳华冷笑一声，"二夫人您想，要是大少奶奶被抓进了锦候宫，那出来后，还能是莫家大少奶奶吗？"

林美洁顿时恍然大悟："你是说，我们可以从童染身上下手？"

“对，只要大少奶奶进过锦候宫，再出来大少爷肯定不会再接受大少奶奶，这样的话我们就有充分的理由把小少爷接回来了，也避免了小少爷再被接出来的后患。”

林美洁深深思索一番，确实是这样没错：“可是，我们怎么才能抓到童染？老大肯定将她保护得很好……”

“二夫人您忘了？”谢阳华勾起冷笑，“大少奶奶的母亲苏澜，现在还住在莫家。”

童染这段时间都没怎么出门，这天下午的时候，接了个电话，居然是苏澜的。

虽然童染和莫北焱想办法带着莫曜辰搬出来住了，可没办法带走苏澜，只能让她暂时住在莫家。

电话里，苏澜说想跟童染见上一面。

童染上楼换了套衣服，出门之前本想给莫北焱说一声，可犹豫了下，还是将话筒放了下去。

她将莫曜辰哄了午睡，便开车出了中景濠庭，一路来到约定的咖啡厅。

午后街上并没太多人，童染推门走进去，二楼包厢内，苏澜正坐在朝南的座位上，看见她后忙招手：“小染，妈在这儿。”

童染心下一松，忙快步走过去：“妈，你怎么……”

砰！包厢的门被人大力关上。

谢阳华坐在苏澜身后隐蔽的沙发上，对童染点了下头：“大少奶奶，好久不见了。”

童染心底一沉，一手朝下想要伸入包内，可指尖还没触碰到手机，便被侍卫一把抓住，将她的包抢了过去：“大少奶奶，冒昧了。”

“还给我！”童染反手去抓，却被两个侍卫按住了双臂，谢阳华笑了一声：“大少奶奶不必做无谓的抵抗了，我们既然能找你来，你觉得你还跑得了吗？”

童染难以置信地抬起头：“妈？”

“小染，对不起，妈也不想的，”苏澜双手抓着桌沿，神色懦弱，“他说要是不找你出来，就打断我的另一条腿，妈已经瘸了，不想瘫痪……”

童染眼前一黑，只觉得无限悲凉，苏澜又说道：“小染，你听话点，好好跟他们说，别倔……”

“……”

童染冷笑着别开视线，谢阳华站起身朝她走来：“大少奶奶别怕，我只是找你去个地方，出来之后你还是你，没什么太大差别。”说完他转过身，从包厢内打通的暗道走出去，“带走！”

童染被侍卫扛起来朝外面走去，她挣扎着抬起头，苏澜跟在后面，二人视线相对，苏澜心虚地别开头，犹豫半天，还是开了口：“小染，妈不想骗你，他说，如果能见你一面，还可以想办法帮你爸减刑。你现在成家有孩子了，可妈不想一个人……”

呵——果然，人都是自私的吗？就连亲生父母也不例外……

帝爵大厦顶层的办公室内，洛萧正和陈安在桌边进行药性配比检测，莫南爵翻着文件，总觉得哪里不对劲，他丢开笔，陈安抬起头来：“怎么了？”

莫南爵看一眼洛萧：“他在这儿，我看着想吐。”

“……”

洛萧抿着唇没反应，只是专心致志地盯着A4纸。

蓦地，门外响起脚步声：“总裁，有人找。”

莫南爵点下头，还没说话，李钦推开门便冲了进来：“少主……”

莫南爵剑眉紧皱，心里的不对劲被无限放大：“怎么了？”

李钦喘着气：“我今天在锦候宫守了一天，看见一个酷似童小姐的女人被抓了进去，更巧的是，跟在她身边的人就是莫家的管家，谢阳华。”

“你说什么？！”

莫南爵和洛萧同时站起身，手边的咖啡杯砰的一声打翻在地。莫南爵胸口剧烈起伏着，连声音都跟着颤抖：“多久之前的事？”

“就刚才，我们的人进不去，只能看着他们的人下车后进去，”李钦脸色也很难看，“那个女人身高身材都和童小姐差不多。”

莫南爵俊脸阴沉，砰的一拳砸在桌面上：“敢抓我的女人！”

洛萧神色一黯，提到锦候宫，他便觉得浑身抑制不住地颤抖，那是比噩梦还要可怕的地方，这一点他比任何人都清楚。

陈安皱着眉："是谢阳华抓的，那他的目的……"

"目的肯定是莫曜辰，"莫南爵眯起眼睛，"如果童染进了锦候宫再出来，他们就可以明目张胆地把辰辰抢回莫家，这绝对是他打的如意算盘。"

李钦神色急迫："少主，怎么办？童小姐她……"

莫南爵薄唇紧抿，垂在身侧的手紧握成拳，洛萧突然开口道："我有办法。"

锦候宫。

童染被抬进了一个大浴池，女服务员让她泡了个牛奶浴，而后给她换上了一件薄纱连衣裙。

童染被喂了药，这会儿全身都没力气，服务员又给她化了个淡妆。

时间很快到了晚上七点整。

整栋别墅内都亮起了七色炫目的光。

下方竞拍嘉宾已经坐满，边上的风铃响了三声，第一个拍卖的人被推了上来。

台子四周漆黑一片，正中央笼着一顶银白色的素灯。童染跪在地上，双手被绑在后面，身上的衣服很薄，脖子上的细绳被后面的服务员拉了下，她被迫仰起头，一张小脸衬着灯光展露在众人面前。

"哇，这个身材很正啊！"

"我来我来，三十万！"

"我翻双倍！"

"九十万！"

"一百万！"

台下竞拍声此起彼伏，童染屈辱地闭着眼睛。她在想，洛萧曾经待在这里的那段时间，求死不能的感觉到底有多可怕?

竞拍还在激烈地进行，下方忽然响起一声："我要替卖！"

童染浑身一震，这声音，她无比熟悉……

服务员是谢阳华打过招呼的，闻言忙拒绝："对不起，我们……"

洛萧换了件白衬衫，起身走到台边："这里的规矩是可以替卖的，行不行要下面的人决定，不是吗？"

服务员哑口无言，只得领着洛萧来到台上："请问各位，今天一号换成这位先生，有人反对吗？"

洛萧同童染并排跪着，他仰起脸，下面的人看了后还挺满意，就是图个消遣，也没人反对，倒是有人认出他来了："哎，这小白脸不是当时那个三十七号吗？"

"好像真的是他，怎么又回来了？"

"我还以为他死了呢，当时还可惜了一把……"

议论声响起，童染睁开眼睛，看着边上的人："你……"

洛萧并不说话，也没有看她。

服务员见状也没辙，规矩摆在这里，他不能违反："那好，一号换成这位先生，请问原来的一号您有指定的选派嘉宾吗？"

"有，"洛萧点点头，"201 号，送到三楼。"

"好的。"

几个服务员上来将童染抬起来，她视线紧盯着洛萧："你别……"

服务员的声音压过了她的声音："接下来一号竞拍重新开始！"

报价声再度响起，洛萧闭着眼睛，背在身后的双手紧攥成拳。说不怕是假的，这里他做梦梦到都能吓醒，走路想起来时会痛到弯下腰，每天每天挣扎……

可如今再次走进来，他发现自己比想象中要平静。

至少她没事……

童染被抬进了三楼 201 房，四肢大张地绑在床上，身上的衣物都被剥去，冰凉的薄毯盖在身上。

女服务员出去时留下冷冰冰的一句："这房里四周都有夜光型摄像头，第二天房间录像的母带我们会交给客人处理，今晚你必须和客人进行交易，否则后果自负。"

童染努力睁大眼睛，屋内漆黑一片，她什么也看不清，四周寂静得可怕，连窗外风吹过的声音都听不见。

蓦地，门外响起脚步声。

房门被人推开，而后关上，发出啪嗒一声。

童染知道那是落锁的声音。

脚步声一点一点地朝大床边靠近，童染喉间轻哽，可嘴里被固定了防止咬舌和喊叫的架子，她张着嘴，却什么声音也发不出来。

脚步声在大床边停下。

童染感觉到灼热的视线在自己身上来回游弋，她试着动了下，手脚的链子发出叮叮叮的声音。

床边的男人发出了类似轻笑的声音，童染听不太真切，屋内太黑，她看不见他的脸，却能感觉到他手上的动作。

他在脱衣服！

童染瞪大眼睛，呼吸渐渐急促起来。

如果……

蓦地，一件衬衫丢在她脸上，男人的身体随即压下来，薄被的一角被掀开，一只大手探了进来。

童染浑身猝然紧绷，连带着发丝都在颤抖。她想躲，却动弹不得，那只大手抚上她的细腰，指尖摩挲肌肤后来回几下，却又收了回去。

薄被重新被盖上，男人撑起身体，竟然去解她手脚上的绳索。

童染一怔，绳索很快被解开，她得到自由后并未有过多迟疑，伸手将嘴里的东西抠出来，卷起被子就朝床下跑。

男人也不追，侧身半靠在床沿，点上了一支烟。

童染还没跑到门口，只听嘀的一声，地毯的四个角竟然被拉了起来，形成一张巨大的网，童染脚下骤然悬空，整个人栽了进去：“啊——”

才不过几秒钟时间，那张网便犹如被机器控制般朝着床边移动，童染双手死死揪住被角，直接被重新甩回了床上！

男人气定神闲地掐灭手里的烟，在她被甩回来的一瞬间，精准地伸手勾住了她的腰！

童染眉头一皱，抬腿便要踢："放开我！"

男人闻言松开手，童染翻身就朝床边爬去，即将爬到床尾的时候，却被他一把拽住脚踝。

童染用力想要蹬腿，却被捞进了一个温暖的怀抱中，男人手臂收紧，低下头凑到她耳边道："我就是喜欢野性的女人。"

他的声音磁性而魅惑，在童染听来却是无比熟悉的，她瞳孔猛然收缩："你……"

"你叫什么名字？"莫南爵伸手捏住她的下巴，似乎在仔细端详她的脸。

童染被迫抬起小脸，这一下视线正好撞入他的眼眸中，她眼底猝然泛起惊讶之色！

她一遍又一遍地看过在 GK 赌场时记者的报道，也很清晰地记得他说的那句话，他说，世间再无莫南爵……

"怎么，"莫南爵眉梢轻挑，低头咬了下她的嘴角，"被我迷住了？"

童染紧紧盯着他的脸，四年了，魂牵梦萦的脸庞如今就在眼前，她几乎怀疑自己在做梦："莫南爵……"

是他。

真的是他……

她嘴唇轻颤，能发出的只有这三个字。

她幻想过无数次能再见他一面，她坚信他没死，她想，也许他们会在大街小巷擦肩而过，也许会在异国他乡不期而遇，也许……

但她万万没想到，会是在这样的地方，他们之间的关系仍是交易，就和刚认识那时候一样。

莫南爵嘴角勾笑，修长的食指描绘着她的唇瓣："你和莫南爵是什么关系？"

"仇人，"童染迎上他的视线，"他欠了我一生一世，还没有还。"

"一生一世？"莫南爵闻言，狭长的眼眸眯了起来，低头去吻她的唇，"既然这样，你就把我当成他。"

"他是无可替代的！"

男人伸手扯开她身上的薄被，俊脸埋入她的脖颈间轻吻，大手在她身上来回游移，点燃一片熟悉的战栗。

童染双目迷离，情不自禁地喊出声来：“莫南爵……”

莫南爵并未回应，薄唇止不住印在她的锁骨上，一把火几乎燃烧了整晚。童染在蒙蒙眬眬间昏睡过去，依稀记得男人在她耳边以极轻的声音说了两个字。

“我在。”